Julius Wolff

Lurlei
(Rheinsage)

e-artnow 2019

Achim von Arnim, Bettina von Arnim
4 Märchen: Der Königssohn + Hans ohne Bart + Die blinde Königstochter +
Das Leben der Hochgräfin Gritta von Rattenzuhausbeiuns

Berthold Auerbach
Barfüßele

Johann Wolfgang Goethe
West-östlicher Divan

Marie Petersen
Prinzessin Ilse

Julius Wolff
Der Rattenfänger von Hameln

Julius Wolff

Lurlei (Rheinsage)

Ein Romanze des Autors von Der Rattenfänger von Hameln, Till Eulenspiegel redivivus und Der fliegende Holländer

e-artnow, 2019
Kontakt: info@e-artnow.org
ISBN 978-80-273-1898-8

Inhaltsverzeichnis

Den Kranz auf!

Den Kranz auf! daß mit breitem Ringe
Der Rebe grünes Laub euch rund
Das sorgenfreie Haupt umschlinge
Zu Zier und Zeichen unserm Bund!
Wenn sein Geflecht sich kühl und bauschig
Beschattend um die Stirne biegt
Und an die Schläfen leicht und lauschig
Die schöngezackten Blätter schmiegt,
Da schauen gleich noch eins so helle
Die Augen drunter vor, da kommt
Das rechte Wort noch mal so schnelle,
Das einer guten Stunde frommt.
Denn wisset, volle grüne Ranken,
Weinlaub zumal, ums Hirn gelegt,
Macht frisch und freudig die Gedanken
Und Sinn und Seele froh bewegt.
Drum Kranz auf! daß zu Gunst geneigter
Ihr meinem Sang die Ohren spitzt,
Zu glauben dünket angezeigter
Dem, der bekränzt beim Weine sitzt.
Und kann auf Erden wohl zum Dichten
Ein bessrer Ort als dieser sein
Und zum Erzählen von Geschichten?
Bedenkt, Gesell'n, – wir sind am Rhein!
Romantik ist ja hier zu Hause,
Treibt ihren Zauber aus und ein,
Durchglänzet tags Palast und Klause,
Geht nächtens um im Mondenschein.
Im Kreuzgang spuken Mönchsgespenster,
Auf Türmen Ritter ohne Ruh,
Aus jedem alten Bogenfenster
Winkt eine Geisterhand euch zu.
Nie kommt ihr aus dem Kreis der Sage,
Fahrt ihr den Rhein zu Berg, zu Tal,
Euch mahnt bei jedem Ruderschlage
Am Ufer ein bedeutsam Mal.
Da schauen in des Stromes Spiegel
Die Zeugen der Vergangenheit,
Und alles hat mit Brief und Siegel
Schicksal und Urkund alter Zeit.
Efeubewachsne Steine reden,
Des Ritterschlosses zäher Rest
Und unter ihm, ergraut in Fehden,
Das kleine, trotz'ge Bürgernest.
Hoch jenes über steilem Pfade
Mit Turm und Zinnen aufgereckt,
Und dies behäbig am Gestade
Mit seinem Bollwerk hingestreckt.
Die Burgen aber und die Städte,
Fast zahllos an des Rheines Lauf,

Sind sein Geschmeid und Ziergeräte,
Wie Perlen reihen sie sich auf.
Schaut nur von dieses Hügels Runde,
Wie ruhig dort der Strom sich wiegt,
Wie freundlich hier im Vordergrunde
Uns Sankt Goar zu Füßen liegt!
Hier hüben dehnt sich an der Halde
Das stolze Rheinfels mächtig aus,
Und drüben ob der Schlucht am Walde
Da sitzt die Katz und dort die Maus.
    Jetzt kommt auf schmalen Eisensträngen
Das Dampfroß schnaubend angesaust,
Daß es auf beiden Uferhängen
Dumpf donnernd aus der Ferne braust.
Die Eisenglieder rolln und klirren,
Es krümmt sich der geschuppte Schweif,
Es stöhnt und faucht, und Funken schwirren
Im langgezognen Wolkenstreif.
Da gähnt am Berg mit offnem Rachen
Entgegen ihm ein finstrer Schlund,
Es ist die Höhle wohl des Drachen
In des Gesteines tiefem Grund.
Der schwarze Lindwurm kreischt, und knatternd
Stürzt er sich in der Erde Bauch,
Taucht unter, und den Fels umflatternd
Verliert sich seines Atems Hauch.
Da klingt vom Rhein her eine Glocke,
Das Schiff, das Schiff! es kommt zu Land,
Und lustig weht am Flaggenstocke
Vom Topp des Wimpels rotes Band.
Die Räder schaufeln, daß am Buge
Die scharf durchschnittne Flut sich bäumt
Und hinterher im Doppelzuge
Langhin noch Well' auf Welle schäumt.
Ins Sprachrohr ruft auf seinem Stege
Der Kapitän, daß sich genau
Der Dampfer an die Brücke lege,
Und weit hinüber fliegt das Tau.
Die einen gehn, die andern kommen,
Laut zischt der Dampf aus dem Ventil,
Bis Sack und Pack an Bord genommen,
Und wieder vorwärts rauscht der Kiel.
Es quirlt und brodelt in den Wellen,
Und aller Blicke schau'n zurück.
Die Tücher wehn, die Herzen schwellen
Von Wanderlust und Reiseglück.
    Gesprengt im Rheine sind die Riffe,
Daß nicht wie sonst er brausend geht,
Und sicher fahrt ihr, wenn zu Schiffe
Der Lotse hoch am Ruder steht,
Wo einst im Tiefen Bänke ragten
Bis hin zum Binger Mäuseturm,

Stromschnellen über Klippen jagten
Mit Wirbelsturz und Wogensturm.
Der Wald, wie's früher war, erstrecket
Sich nicht mehr bis zum Uferwall,
Von andern Tönen wird erwecket,
Als ehemals, der Widerhall.
So weit jedoch die Blicke reichen,
Habt ihr von hier aus, Zoll um Zoll,
Ein Bild vor Augen ohnegleichen,
Hochherrlich, heiter, anmutvoll.
Weit müßt ihr gehn und lange suchen,
Bis wieder ihr des Himmels Blau,
Das Grün der Reben und der Buchen,
Des Wassers Glanz, der Felsen Grau
Noch einmal so beisammen findet,
Wie's hier in farbenreicher Pracht
Zum vollen Einklang sich verbindet
Und lockend euch entgegen lacht.
    Doch wie auch Werb und Wellen blinken,
Die Berge sonnen ihren Schatz,
Wie Städtlein auch und Burgen winken
Und manch ein trunkgerechter Platz
Gleich diesem hier, – ich seh' euch spähen
Nach jener schauerlichen Wand,
Die von dem First, dem schwindlicht jähen,
Schroff abfällt zu des Stromes Rand.
Man spricht seit vielen hundert Jahren
Von diesem Berg, ein altes Wort
Nennt ihn den ›Lurlenberg‹, bewahren
Soll er den Nibelungenhort.
Wüst ist die Wand und kahl der Gipfel,
Der Fels gefurcht von Spalt und Kluft,
Da grünt kein Strauch, da rauscht kein Wipfel,
Und keine Blume spendet Duft.
Nichts rührt und regt sich hoch dort oben
Tagsüber auf dem nackten Stein,
Und alles Leben scheint verstoben,
Der Wind weht über Gras und Grein.
Doch glänzt vom Abendrote wider
Der Berg im letzten Sonnenstrahl,
So tönen oftmals süße Lieder
Vom Felsenjoch herab ins Tal.
Es ist ein zauberstarkes Klingen,
Das einsam durch die Lüfte schallt,
Und wer es hört, das holde Singen,
Dem greift's ans Herz mit Wunschgewalt.
Er strebt hinauf mit allen Sinnen,
Von Sehnsucht höllenheiß erfaßt,
Die Sängerin sich zu gewinnen,
Hat nirgend Ruhe mehr und Rast.
Doch wehe, weh, wenn er sie schauet,
Wenn ihn umfängt die schöne Fei!

Sie herzt und küßt ihn, daß ihm grauet,
Die liebeslist'ge Lorelei!
    Ihr wollt nicht an die Hexe glauben
Und lächelt spöttisch, wenn ihr trinkt?
Nein, Brüder! bei dem Blut der Trauben,
Das hier in unsern Römern blinkt!
Die Lurlei lebte, lebt noch immer,
Saß auf dem Felsen schon und sang,
Bevor des Mondes Glanz und Flimmer
In die gebrochnen Burgen drang.
Geschichte waltet, Sage webet,
Und jede wird zur Dichterin,
Doch was durch Mit- und Nachwelt schwebet,
Das hat auch einen Grund und Sinn.
Und wie und wo in Volkes Munde
Nun Mären kommen oder gehn,
Von der Verführerin die Kunde,
Die konnte nur am Rhein erstehn,
Am Rhein, wo allezeit der Glaube
An seltsam Abenteuer siegt
Und überall zu Rausch und Raube
Versuchung auf der Lauer liegt.
Denn eingewurzelt mit den Reben
Ist, was ein hurtig Herz beglückt,
Ein unverwüstlich flottes Leben,
Das wie der Lurlei Sang berückt.
Es lockt mit Wein und Lied und Liebe,
Und wer nicht fest sich weiß und frei,
Tät besser, wenn er ferne bliebe
Ihm und der Zaubrin auf der Lei.
Schwer wird es jedem zu entrinnen,
Den einmal traf ihr Minnegruß,
Und schwer bringt wiederum von hinnen
Der Wandrer den bestaubten Fuß,
Weil, was er manchmal sieht und höret,
So dicht ans blaue Wunder grenzt,
Daß jeder Trunk ihn hold betöret,
Als hätt ihn Lorelei kredenzt.
Denn wie im Wein des Weines Blume,
Sein Geist und innerster Gehalt,
So nistet in des Rheines Ruhme
Der Nixe schillernde Gestalt.
Sie halten treulich, ungetrennet
In eurem Denken gleichen Schritt,
Und wo man seinen Namen nennet,
Tönt auch der ihre leise mit.
Vom Süden ist sie bis zum Norden,
Gehüllt in sagenhaft Gewand,
Des Volkes Eigentum geworden
Im ganzen deutschen Vaterland.
    Erlaubt mir, daß ich euch berichte
Ausführlich, wie ich kann und mag,

Der Lurlei Leben und Geschichte
Von Anfang bis zum heut'gen Tag!
Ein Märchen ist's aus alten Zeiten;
Ihr wißt ja, ich beschwöre gern
Gestalten und Begebenheiten,
Die manches Säkulum uns fern.
Schon lange hat es mich getrieben
Zu diesem Sang hin ohne Ruh;
Nehmt's hin, wie ich's hier aufgeschrieben,
Als tränk' ich fröhlich eins euch zu!
Rückt euch den Kranz, daß hier im Bunde
Die Lust euch aus den Augen blitzt!
Und voll die Römer in der Runde,
Wie Bruder neben Bruder sitzt!
Nur daß ich erst die Lippen netze,
Heb' ich das Glas mit goldnem Wein,
Und eh' ich's wieder niedersetze –
Stoßt an! gesegnet sei der Rhein!

I. Die Milchbrüder

Eines heißen Nachmittages
Um die Zeit der Rosenblüte
Stand der Oberwes'ler Ratsherr
Henne Frei von Paffenau
In der steingewölbten Laube,
Mit der Aussicht nach dem Rheine
Breit gebaut im Oberstocke
Seines Hauses, Schweres wägend.
Der Hochedle, Ehrenfeste
War ein Mann von mehr als fünfzig,
Starkem Wuchs und hellen Augen,
Der in stolz gemessner Haltung
Durch die Gassen schritt zum Rathaus.
Seine Linke in die Hüfte
Eingestemmt und mit der Rechten
Auf der weiten Bogenöffnung
Festgefugten Bord sich stützend,
Blickt' er auf den Rhein hinunter.
In der edlen Zechgesellschaft,
Deren Mitglied er seit Jahren,
Hatt' er eine ›ew'ge Zeche‹,
Doch geteilt mit einem Freunde,
So daß jeder von den beiden
Einen Tag nur um den andern
In die Herrenstube kommen
Und am Wein sich laben durfte.
An den Tagen, wo der Sozius
Seine Hälfte nahm in Anspruch,
Pflegte Henne gegen Abend
Vor das Tor hinaus zu wandeln,
Um durch nötige Bewegung
Das Geblüt sich zu erleichtern,
Das vom Sitzen und vom Trinken
Sich bedenklich ihm verdickte.
Heute war der Tag des andern,
Und er selber mußte fasten.
Aber bei dem staub'gen Wetter
War's ihm trocken in der Kehle,
Und so sann und überlegt' er,
Ob er etwan ausnahmsweise
Hier zu Haus ein schmales Kännlein
Von dem wackern Vierundneunz'ger,
So er selbst im Keller hatte,
Seinem Durst verwill'gen sollte.
Ja, das wollt' er! aber wie nun?
Sollt' er erst den Gang vollbringen
Und sich dann den Trunk gewähren?
Oder sollt' er vorher trinken
Und nachher spazieren wandeln?
Oder aber – **tertium datur** –

Sollt' er erst ein Kännlein leeren,
Danach sich Bewegung machen
Und dann, wenn er wiederkäme,
Zur Belohnung noch ein Kännlein?

    So in einem harten Kampfe
Lag Herr Henne, konnt' und konnte
Mit sich selbst nicht einig werden,
Und auch aus des Rheines Rauschen
Ward ihm weder Rat noch Meinung.
Wie er noch darüber nachsann,
Kam Besuch herein zur Laube, –
»Peter, du! Gottlob! nun weiß ich's!«
Rief er überfrohen Mutes
Und dann aus der Bogenöffnung
In den Garten: »Trude! Trude!
Rasch ein Kännlein Engehöller
Und zwei Becher! aber sput' dich!«
Dann erst drückt' er seinem Gaste
Warm die Hand. »Willkommen, Peter!
Hab dich ja in Ewigkeiten
Nicht gesehen, lieber Bruder!«
»War schon unten bei Frau Heilwig,
Ein paar Äschen in die Pfanne
Euch zu liefern, die heut morgen
Ich im Gründelbach erwischte,«
Sprach der andre. »Äschen? Äschen?«
Lächelte verschmitzt der Ratsherr,
»Danke, Peter! aber darum
Kommst du doch bei dieser Hitze
Nicht von Sankt Goar nach Wesel?
Trägst gewiß dich noch mit anderm,
Was ich dir wie schon so manches
Auch noch abzunehmen habe.«
»Nun, ein starker Aal ist auch noch
In dem Korbe,« sagte Peter,
Der die Anspielung des Freundes
Wohl verstand, jedoch mit Absicht
So verdrehte. »Ist ein fetter,«
Fuhr er fort, »und Aalfett, weißt du –«
»– heilt Kahlköpfigkeit, versteht sich!«
Fiel der Ratsherr ein, den Schädel,
Blank und glänzend wie ein Kürbiß,
Mit den Fingern sich betupfend.
»Freilich! und daß Äschenleber
Gut ist gegen Schlaganfälle,
Karpfengalle gegen Fieber,
Krebssaft gegens Zipperlein,
Ja, das weiß ich alles, Peter,
Dank' es alles deiner Weisheit.
Lieber Gott! von wieviel Aalen
Hab' ich's Fett schon auf die Glatze

Mir geschmiert in starker Hoffnung,
Daß die Haare wachsen sollten!
Und sie kommen doch nicht wieder.
Willst mit deinen Fisch-Latwergen
Von Gebresten und Beschwerden
Mich befrei'n, und dabei werd' ich
Immer fetter, immer runder,
Immer röter im Gesichte.«
    »Fleißig Wasser trinken, Bruder!«
»Wasser!« – vorwurfsvoll und schaudernd
Sprach das eine Wort der Ratsherr,
Aber dann mit hellen Äuglein:
»Hast wohl Durst? nach solchem Gange
Und bei dieser Bratenhitze
Ist, weiß Gott! ein Trunk vonnöten,
Hatte mir schon selber einen
Zugedacht, – da kommt er! hierher!
Hierher, Trude! auf die Brüstung!« –
    Peter Sandrog war ein Fischer,
Dem in Sankt Goar sein Handwerk
Gute Nahrung gab und Wohlstand.
Eins der ersten kleinen Häuser
An des Städtchens oberm Ende
Nannt' er sein; mit einem Garten
Stand es, grün berankt und freundlich,
Grad Burg Katz dort gegenüber.
Just in Hennes Alter war er,
Stämmig, von gedrungnem Körper,
Wetterharten, braunen Zügen
Und schon stark ergrauten Haaren.
Nicht nur Freunde seit der Kindheit,
Auch Milchbrüder waren beide;
Peters Mutter, Frau Salvete,
War vor Zeiten Hennes Amme
In der Freien Haus gewesen.
Sahen auch im Lauf des Jahres
Selten sich die zwei, die wenig
Über eine Stunde Weges
Einer von dem andern wohnten,
War doch fest und unverbrüchlich
Ihre Freundschaft, und wenn Peter
Etwas auf dem Herzen hatte,
War es stets in Oberwesel
Sein geliebter Bruder Ratsherr,
Dem er seine Sorgen sagte,
Und der stets mit offnen Armen
Hoch willkommen hieß den Treuen.
    So auch heut. Gemächlich saßen
An der breiten Fenstermauer,
Drauf der Wein stand mit den Bechern,
Sich die beiden gegenüber
Wie in einem großen Rahmen,

Wo sie freien Umblick hatten
Und ein kühles Fächellüftchen
Sie vom Wasser her umhauchte.
Gleich erkundigte sich Henne
Nach Salvete, Peters Mutter,
Nach Frau Dankmod, seiner Hausfrau,
Nach dem Sohn und den drei Töchtern,
Deren ältre zwei im Orte
Brave Männer schon gefunden,
Und die Auskunft klang erfreulich.
»Ganz besonders noch erzähle
Von der Jüngsten mir, der Blonden,«
Sprach er dann; »weist sie noch immer
Alle Freier ab, die Spröde?«
Peter schwieg darauf und leerte
Tief bedächtig seinen Becher,
Und der Ratsherr fuhr im Reden
Ohne weitres fort und sagte.
»Daß dein strammer Erstgeborner,
Heinrich, fast zum Mann geworden,
Ja, das kann ich mir wohl denken.
Aber was mich wundert, Peter,
Ist und bleibt, daß nach dem Vierten
Euch der Storch nicht mehr der Kindlein
In die Wiege noch gelegt hat,
Denn ihr wart doch beide jung noch,
Du und deine schmucke Dankmod.«
»Hast wohl recht,« versetzte Peter
Langsam vor sich nieder nickend,
»Mit dem lieben Kindersegen
War's nun aus, doch – bei dem Mädchen
Ist noch andres Wunderbares,
Als daß leider unser jüngstes
Sie geblieben.« Danach stockt' er,
Sah den Ratsherrn an und seufzte.
»Nun, was weiter?« sagte Henne,
»Was denn sonst noch Wunderbares?
Tust befremdlich ja und heimlich.«
»Ist auch heimlich,« sprach der Fischer,
Sich verlegen seitwärts drehend;
Und die Faust am Herzen, murrt' er:
»Hier! hier sitzt's und wurmt und quält mich,
Daß ich keine Ruhe habe!
Bruder, – Hand drauf, daß du schweigest!
Aber endlich von der Seele
Muß mir's runter! – also höre.
Nicht der Storch ist es gewesen,
Der das Kindlein uns gebracht hat!«
»Nicht der Storch? ei, was du sagest!«
Mußte trotz dem Ernst des Freundes
Unwillkürlich Henne lachen.
Doch dem Fischer war's nicht spaßhaft,

Und wie Kampf und Überwindung
Zuckt' es über das Gesicht ihm.
Zweimal setzt' er an und brachte
Doch das Wort nicht aus dem Munde,
Noch nicht schlüssig, ob er reden,
Oder ob er schweigen sollte,
Bis er endlich, sich bezwingend,
Barsch hervorstieß: »Aus dem Rheine
Fischten wir das arme Würmlein
Splitternackt und neugeboren.«
Da ward auch des Ratsherrn Miene
Hochgespannt, mit großen Augen
Blickt' er auf den Gast und sagte:
»Peter, hast noch nie im Leben
Mir ein Märlein aufgebunden,
Nichts für ungut um mein Lachen!
Aber nun – nun sag auch alles,
Wie's in Wahrheit sich begeben!«
Als er noch mit einem Trunke
Sich gestärkt, begann der Fischer:
    »Zwanzig Jahr ist's her, doch alles
Seh ich noch so klar und deutlich,
Als wär's gestern erst gewesen.
Eines Nachts, bei Vollmond war es,
Daß wir auf dem Rheine fischten,
Ganz allein wir, ich und Dankmod.
Doch es kam nichts, ich ward mürrisch,
Und die Mitternacht war nahe.
Einen Zug noch, denk' ich, tust du,
Und dann heim, mit oder ohne!
Nun, wir hatten niedrig Wasser,
Wirbel und Gefährt so ruhig,
Wie ich's selten noch gesehen.
Da ich einziehn will und hebe,
Sackt das Netz sich, festgehalten
In der Tiefe, daß ich meine,
Nimmer kriegt' ich's unzerrissen
Aus dem Wasser in den Nachen.
Zwischen Bank und Ufer war es
An der Lei des Lurlenberges,
Wo's von Klippen starrt im Grunde.
Endlich gibt es nach, und Henne, –
Einen Fang find ich im Garne,
Fast zu schwer für das Gestricke,
Fast zu groß, um ihn zu bergen.
Wie wir nun vor Freude zitternd
Diese Menge Fische eintun,
Fass' ich mit der Hand ein Etwas,
Das nicht Schuppen hat noch Flossen,
Sondern weich und zart sich anfühlt,
Und – den Schrecken kannst du denken! –
Und es war ein Menschenkindlein! –

Mitten unter all den Fischen
Lag es nackt und still, das Würmchen,
Tot natürlich, wie wir glaubten.
›Sicher ist's ein Kind der Sünde,‹
Sprach ich, ›das die Rabenmutter
Heimlich in den Rhein geworfen;
Leg' es hin! in aller Stille
Wollen morgen wir's begraben.‹
Dankmod nimmt es sanft und hüllt es
Sorglich in ein Tuch, und siehe,
Sieh, da fängt es an zu atmen,
Wird lebendig, regt sich leise,
Schlägt die Äuglein auf und lächelt,
Lächelt, Henne! mußt mir's glauben.
Uns ward's wirbelig im Kopfe,
Wie es möglich, daß ein Kindchen,
Aus dem Rhein gefischt, noch Leben
In dem kleinen Körper hatte.
Auf der Heimfahrt in dem Nachen
Redeten wir mit einander,
Was zu tun sei, und beschlossen,
Still zu schweigen und das Mägdlein
Flugs für unsern eignen Sprößling
Bei den Nachbarn auszugeben.
Mitleid mit der armen Mutter,
Die betrogen und verlassen
Sich vielleicht vor Schimpf und Schande
Anders nicht zu retten wußte,
Riet uns, unbedingt zu schweigen.
Mitleid mit dem Kinde selber
Und die Dankbarkeit geboten,
Es zu pflegen, weil's im Netze
Uns so überreiche Beute
Mitgebracht, als wollt' es gerne
Für die Kosten uns entschäd'gen,
Die sein bißchen Nahrung heischte.
Uns ging's knapp mit unsern dreien,
Ella war noch kaum ein Jahr alt,
Doch wir dachten, hätt' der Himmel
Noch ein Viertes uns beschieden,
Wie's ja wirklich nun der Fall war,
Würd' es auch noch satt mit werden.
Dankmod hielt sich eine Woche
Still zu Hause, und im Städtchen
Hieß es bald: bei Fischer Sandrogs
Ist der Storch schier unerwartet
Wieder einmal eingetroffen.
Mit dem Fläschchen – anders ging's nicht –
Ward das Kindlein aufgezogen
Und gedieh und wuchs und blühte.
Bald auch ließen wir es taufen,
Und dem Ort nach, wo wir's fischten,

An der Lei des Lurlenberges,
Nannten wir das Mädchen *Lurlei*.
Bruder, solltest jetzt sie sehen!
Rank und schlank und schön und kräftig,
Ist sie unser Stolz und Freude,
Ach! und unsre schwere Sorge.«
    So erzählte Peter Sandrog.
Frei von Paffenau, der staunend
Zugehört bis an das Ende,
Reicht' ihm seine Hand und sagte:
»Was ihr an dem Kinde tatet,
Wird euch Gott einst segnen, Peter,
Und euch auch der Sorg entled'gen,
Wenn erst mal der Rechte anklopft
Und der Jungfrau Herz gewinnet.«
Peter sprach. »Der Segen ließ nicht
Auf sich warten, denn von Stund an
Mehrte sich mein Gut, die Salme
Drängten förmlich sich zu Scharen
Mir ins Netz, ja tun's noch immer,
Und ich weiß, bei den Genossen
Regt der Neid sich, in der Gilde
Nennen sie mich schon den Reichen.
Dazu schweig ich; aber Henne,
Eine Furcht hab ich im Herzen:
Dieses Glück, dies ganze Wesen
Geht nicht zu mit rechten Dingen,
Da ist Teufelswerk im Spiele.«
»— sagt der Pfaffe! nicht? dem habt ihr's
Wohl gebeichtet,« höhnte Henne,
»Daß ein Kind vom Wassertode
Ihr gerettet und es aufzogt?«
»Nicht ein Wort! nicht eine Seele
Außer mir, Salvet' und Dankmod
Ahnt etwas davon,« sprach Peter;
»Lurlei selber denkt, sie wäre
Unsre leiblich rechte Tochter,
Und du kannst mir's glauben, Henne,
Uns ans Herz gewachsen ist sie
Mehr fast, als die eignen Kinder.
Aber manchmal graut uns vor ihr,
Ja! und daß ich es nur sage,
Was ich denke: Nixenbrut ist's!«
»Geht der Leib ihr von den Hüften
Stracks in einen Fischschwanz über?
Oder schleppt sie am Gewande
Einen nassen Saum, der niemals,
Auch nicht an der Sonne trocknet?«
Frug mit scharfem Spott der Ratsherr.
»Nicht das eine noch das andre,«
Sprach der Fischer, »sonder Tadel
Ist ihr Wuchs, doch auf dem Herzen

Hat ein hellergroßes Mal sie,
Eine Schuppe, die in Farben
Wie Perlmutter glänzt und schillert.«
»Das ist alles?« lachte Henne,
»Darum soll sie Nixenbrut sein?
Bringe stärkere Beweise,
Wenn es dir darum zu tun ist,
Daß ich das Mirakel glaube!«
Peter, den des andern Lachen
Offenbar verdroß, erhob sich,
Ging mit steifen, schweren Schritten
Im Gemache auf und nieder,
Blieb dann bei der Bogenöffnung
Vorne stehen, beide Hände
Hinterrücks verschränkt, und blickte
Finster auf den Strom da unten.
»Du willst stärkere Beweise?«
Frug er noch in halbem Ärger,
»Wohl! so höre denn ein weitres
Von dem Mädchen und dann sage,
Ob ich recht hab' oder unrecht.«
»Darauf wart' ich,« sprach der Ratsherr.
    Peter setzte sich und knüpfte
Ruhig wieder an den Faden.
»Unter Dankmods Hut und Pflege
Wuchs im Haus die kleine Lurlei
Munter auf mit unsern dreien,
Und wir lebten in dem Glauben,
Daß sie uns von Gott gesandt sei,
Uns zur Prüfung und zum Heile.
Aber manche Eigenschaften,
Manche wunderlichen Züge
Im Gebahren unsres Findlings
Weckten endlich den Verdacht uns,
Daß in ihm sich was Besondres,
Übermenschliches verberge,
Das mit seinem Stamm der Hölle
Näher als dem Himmel stünde.
Schwer hab' ich mit mir gerungen,
Wie ich mich in solcher Lage
Nun als Christ verhalten sollte.
Doch das Kind, so hold und fröhlich,
Das mit seinen großen Augen
Mich so lieb und traulich ansah,
Wenn mein Blick argwöhnisch prüfend,
Finster in dem seinen ruhte,
Und das doch an seinem Ursprung
Keine Schuld trug, fortzujagen
Und dem Elend preiszugeben,
Bracht ich übers Herz nicht. Henne,
Hättest du's getan? gewiß nicht!«
Henne schüttelte. »Nun, siehst du!

So behielt ich's denn trotz allem
Und gewöhnte mich allmählich
An des Mädchens Art und Weise,
Ließ mir auch, wohl oder übel,
Jeden Streich von ihr gefallen,
Wenn sie damit auch zuweilen
Uns in Angst und Schrecken setzte.
Laß aus ihren reifern Jahren
Dir ein solches Stück erzählen.
   Sommer und ein heißer Tag war's,
Und wir waren auf dem Fischfang,
Heinrich, Lurlei, ich und Dankmod.
Heinrich hielt den Kahn mit Rudern
Ziemlich in des Stromes Mitte,
Ich und Dankmod hatten beide
Hinten mit dem Netz zu schaffen,
Das wir bald zu werfen dachten.
Lurlei, damals funfzehn Jahr alt,
Lag mit Hemd und kurzem Röckchen
Nur bekleidet, vorn im Nachen
Übern Bord gelehnt und spielte
Plätschernd mit der Hand im Wasser.
›Beuge nicht so weit dich über!‹
Rief ihr Dankmod zu. Sie hört' es,
Wandte sich und lachte schelmisch,
Ohne sich vom Bord zu rühren
Und ihr Spielwerk aufzugeben.
Als wir unser Netz geworfen
Und nun beide wartend saßen,
Blickte Lurlei noch einmal um,
Und in ihren Augen – später
Hab ich dessen mich entsonnen –
Blitzt' es neckisch auf und listig.
Dann nach einer kleinen Weile
Schallt' ein Schrei, ein Sturz ins Wasser,
Und ich sah noch in die Tiefe
Lurleis nackten Fuß verschwinden.
Bebend und gelähmt vor Schrecken
Standen wir nun da und starrten
Auf die Stelle hin, wo Lurlei
Uns vor Augen war versunken,
Und ich sagte mir: nun ist sie
Wiederum dahin gegangen,
Wo sie einstens hergekommen.
Plötzlich aber uns im Rücken
Auf des Kahnes andrer Seite
Tönt ein gellend, jauchzend Lachen, –
Und da ist sie! nickt und winkt uns,
Lacht in einem fort und schüttelt
Heftig ihre goldne Mähne,
Daß im Kreis die Tropfen fliegen.
Grenzenlos war unsre Freude,

Sie zu sehn, und eh ich ahne,
Welchen Schelmenstreich die Dirne
Uns im Übermut gespielt hat,
Streck ich ihr die Hand entgegen,
Ihr zu helfen, sie zu retten;
Doch sie lacht und schwimmt und prudelt
Schnell und tummelt sich im Wasser
Wie ein Fisch und fühlt sich lustig
Recht in ihrem Elemente.
Nun ging mir sofort ein Licht auf,
Und doch konnt ich ihr nicht zürnen
Über ihren Schwank, mit Schlauheit
Ausgeführt, um uns zu foppen,
Denn daß Lurlei schwimmen konnte,
Wußten wir ja nicht bis dahin.
Heinrich wußt' es und gestand nun,
Daß er oft mit ihr geschwommen,
Und daß er sich nicht geängstigt
Bei dem kecken Taucherstückchen. –
Nun, was sagst du zu dem Streiche?«
Henne zuckte mit den Achseln
Und erwiderte gelassen:
»Daß sie schwimmen kann und tauchen
Und zugleich ein loser Schalk ist.«
»Weiter nichts?« versetzte Peter.
»Hättst du sie dabei gesehen,
Würdest du wohl anders denken.
Überhaupt, es läßt sich gar nicht
Alles sagen und beschreiben,
Was in diesem Mädchen drin steckt.
Ihren eignen Kopf und Willen
Hat sie schon seit frühster Kindheit
Und versteht's, ihn durchzusetzen,
Sei's mit Schmeicheln, sei's mit Trotzen;
Aber nie sah ich sie weinen.
Betteln kann sie, flehn und drängen,
Hat in ihren blauen Augen
Eine Bittgewalt, um einem
Schier das Herz im Leib zu schmelzen.
Wonnig sind dann anzuschauen
Und holdselig ihre Züge,
Und ein recht spitzbübisch Lächeln
Spielt um ihre Schelmenlippen.
Damit körnt sie Alt und Junge
Wie mit Reiherschmalz und Honig
Wir die Fische, und wer anbeißt,
Der wird angehau'n wie'n Grashecht.
Denn ein loser Schalk daneben
Ist nun allerdings erst recht sie.
Nichts tut lieber sie, als necken
Und ist dabei so erfindrisch
Und so drollig ausgelassen,

Daß mit ihren Narreteien
Sie zu Lustigkeit und Lachen
Oft uns wider Willen hinreißt.
Aber nun sieh sie im Zorne,
Und du kennst sie gar nicht wieder!
Ganz ein ander Wesen ist sie,
Ganz verwandelt und verwechselt.
Stolz und hart ist dann ihr Antlitz,
Blutlos wie ein Bild von Marmor.
Um den bleichen Mund da zuckt es,
Und die Nasenflügel zittern;
Ihre Augen schießen Blitze
Schlangengleich, und manchmal leuchten
Sie von einem grünen Feuer
Wie der Katze Blick im Dunkeln.
Eine Wildheit, unbezähmbar,
Kommt mit Schrecken dann zum Vorschein,
Und wer's sieht, den packt ein Grausen.«
    Langsam mit dem Haupte schüttelnd
Sprach der Ratsherr: »Höre, Peter,
Sagtest du vorhin nicht, Lurlei
Wäre dir ans Herz gewachsen?«
»Freilich ist sie's!« rief der Fischer,
»Aber sieh auch ihre Schönheit,
Diese Wohlgestalt des Körpers,
Dieses Angesicht, die Augen
Und das wunderbare Goldhaar,
Das sich ihr an Stirn und Schläfen
Üppig bäumt und lockt und ringelt
Und in langen, weichen Wellen
Ihr den Rücken überflutet!
Hör sie lachen, – ach! und Henne,
Hör sie singen! solchen Wohllaut,
Solche süße Kraft der Stimme
Hast du nie aus Menschenmunde
Noch vernommen. Weiß der Teufel,
Wo sie ihre Lieder herkriegt,
Daß sie wie mit Zauberweisen
Mit dem quellenden Gesange
Alle Herzen bannt und bindet!«
    Peter, der zur Übertreibung
Und in seiner schlichten Derbheit
Auch zum Schwärmen nicht geneigt war,
Hatte doch bei seiner Schildrung
So ins Feuer sich geredet,
Daß er selbst davon erregt war.
Doch zum Freunde sprach der Ratsherr:
»Weißt du, was ich glaube, Peter?
Lurlei ist in ihren Eltern
Vornehm von Geburt und Abkunft,
Und wir müssen ihre Mutter
Unter hohem Schilde suchen.

So bestechend reiche Mitgift,
Solcher Schmuck an Leib und Seele –«
»– sind des Satans Angebinde!«
Unterbrach ihn rauh der Fischer.
»Meine Mutter zwar denkt auch so
Und behauptet jetzt noch immer,
Lurlei wäre hochgeboren,
Eines Ritters, einer Gräfin
Sündhaft ausgesetzte Tochter;
Aber das ist nichts, als Schnickschnack.
Halt' doch alles nur zusammen,
Was ich dir von ihr berichtet;
Ist es denn nicht übermenschlich?
Nicht unheimlich und besorglich?
Niemals hab' ich's glauben wollen,
Was von alters her man munkelt,
Daß es Nixen gäb' im Rheine,
Schöne, zauberkund'ge Weiber,
Die in Felsengrotten wohnen,
Lauernd jungen Männern nachstelln,
Sie mit Liebeslist umstricken
Und in ihren weißen Armen
Sehnsuchtsvoll zum Grund hinabziehn.
Anders denk' ich jetzt darüber,
Und ich laß' es mir nicht nehmen:
Solcher Nixe Kind ist Lurlei.«
»Wenn ich,« schmunzelte der Ratsherr,
»So ein aalglatt, nackicht Weiblein
Nur einmal zu sehn bekäme!
Wollte gern mich hätscheln lassen
Von den weichen Schlangenarmen,
Sei's zu Wasser, sei's zu Lande.
Na, nur ruhig Blut, mein Alter!«
Lacht' er, als des Freundes Antlitz
Sich verfinsterte, und klopfte
Seinem Peter auf die Schulter,
Um ihn wieder zu begüt'gen,
»Habe nur Geduld und Nachsicht
Mit dem schönen, wilden Mädchen.
Ob nun Menschenweib, ob Fischweib
Lurleis Mutter sei, sie selber
Ist doch unsresgleichen, Peter;
Und was Heimliches und Fremdes
In ihr steckt, wird mit den Jahren
Mehr und mehr sich noch verlieren,
Sonderlich, wenn sie dereinstens
Eines wackern Mannes Weib wird.
Darum sorge dich nicht, Bruder!
Laß uns noch ein Kännlein trinken
Und von andern Dingen reden.«
»Nein, mehr nicht! 's ist Zeit zum Heimweg,«
Sprach der Fischer und erhob sich.

»Wie du willst,« versetzte Henne,
»Dann geleit' ich dich ein Stücklein,
Mir die Füße zu vertreten,
Wie's der Medikus mir vorschrieb.«
Und nach Hut und Stocke greifend
Macht' er sich bereit zum Gange.

II. Am Ufer

Abend war es nun geworden,
Heller, heitrer Sommerabend,
Der des Tages Glut allmählich
Mit ersehnter Kühlung löschte.
Die bewachsne Bergeshalde
Zu der beiden Wandrer Linken
Und der breite Strom zur Rechten
Lagen in willkommnem Schatten.
Drüben aber auf die Höhen
Schien die Sonne noch und wob
Um die braunen Felsenzinnen
Einen Goldglanz, daß sie leuchtend
Wie aus Erz gegossen standen.
    Die vieltürm’ge Stadt im Rücken,
Wandelten die beiden Alten
Nun gemächlich ihre Straße;
Doch Gespräch in Gang zu bringen
Mühten beide sich vergebens,
Weil jedwedem die Gedanken
Noch von dem gefesselt waren,
Was so lebhaft in der Laube
Sie vorher beschäftigt hatte.
Endlich drängte eine Frage
Sich dem Ratsherrn auf die Lippen,
Daß er stehen blieb, die Linke
In die Hüfte stemmt’ und anhub:
»Peter, hast in meinem Hause
Manches mir erzählt von Lurlei,
Wie sie bitten kann und schmeicheln,
Wie sie lachen kann und necken
Und mit ihrem schönen Singen
Euch bezaubert; aber Peter,
Sag mal, – kann sie denn auch beten?
Glaubt sie auch in frommer Demut
Fest an Gott und an Maria,
Unsre benedeite Jungfrau?
Dieses scheint mir bei dem Zweifel,
Ob sie nicht ein Kind der Hölle,
Doch zu wissen sehr vonnöten.«
Peter stutzte vor der Frage,
Und doch war’s ihm lieb, daß Henne
Ganz aus sich heraus die Rede
Noch einmal auf Lurlei brachte,
Über die sich mitzuteilen
Weiter noch ihn selbst verlangte.
Er erwiderte dem Freunde:
»Wir erzogen unsre Kinder
Von kleinauf in Gottesfurcht,
Frömmigkeit und tiefer Demut,
Und seit Lurlei von sich selbst weiß,

Ehrt und übt sie unsrer Kirche
Heil'ge Bräuche, geht zur Messe,
Kniet mit uns in stiller Andacht,
Regt die Lippen und bekreuzt sich.
Nie das kleinste Widerstreben,
Irrsal oder Mißbehagen
Merkten wir an ihrem Wesen
Bei geweihtem Wort und Werke,
Das wir Christenmenschen brauchen
Zu der Seele Heil und Notdurft.«
»Damit könntest du doch füglich
Dich zufrieden geben, Peter,«
Sagte Frei. »Ist Lurlei gläubig,
So gehört sie nicht dem Bösen
Und hat nicht geringre Hoffnung
Auf die Seligkeit im Jenseits,
Als wir beiden alten Sünder.«
»Ja, wer weiß denn,« sprach der Fischer,
»Ob sie auch in Geist und Wahrheit
Und mit rechter Inbrunst betet,
Oder ob es Schein und Trug ist
Und sie alles nur so mitmacht
Uns zu Liebe, weil wir's wünschen,
Während sie vielleicht im Herzen
Glaubenslos ist und verworfen?«
»Muß man denn vom lieben Nächsten
Stets das Schlimmste denken, Peter?«
Frug der Ratsherr, »ich vermag's nicht.
Doch nach dem, was ich vernommen,
Möcht' ich euch vor allem raten,
Lurlei weislich zu verschweigen,
Wie und wo ihr sie gefunden,
Und daß nicht als eure Tochter
Sie der Himmel euch bescherte;
Sonst verliert ihr allen Einfluß
Auf das Mädchen, und sie wandelt
Trotzig ihre eignen Wege.«
»Schweigen? schweigen?« rief der Fischer,
»Meinem Schöpfer dank' ich, Henne,
Daß von Anfang ich geschwiegen!
Damals tat ich es aus Mitleid,
Und jetzt muß ich's – Heinrichs wegen!«
»Heinrichs wegen?« wiederholte
Auf dem Flecke stehen bleibend
Höchlich überrascht der Ratsherr,
»Deines Sohnes Heinrich wegen?«
»Ja, so sagt ich!« sprach der Fischer,
»Wohlerwogne, wicht'ge Gründe
Zwingen mich, ihm zu verschweigen,
Daß er Lurleis Bruder nicht ist,
Denn von Stund an, da er's wüßte,
Würd' er sie zum Weib begehren.«

»So sehr liebt er sie?« frug Henne.
Peter nickte Ja! zur Antwort.
»Und sie ihn? sie liebt ihn wieder?
Anders noch, als eine Schwester
Liebe fühlt für ihren Bruder?«
»Ob sie ihn liebt,« sprach der Fischer,
»Und mit anderen Gefühlen,
Als es einer Schwester zukommt,
Weiß ich nicht und glaub's nicht, Henne.
Lurlei ist und bleibt ein Rätsel,
Von gemeinem Menschensinne
Nicht zu lösen. Sie und Heinrich
Sind im Grunde so verschieden
Von Gemütsart, daß der eine
Fast zum Widerspiel des andern
Scheint geschaffen und berufen,
Und doch waren sie als Kinder
Schon sich zugetan von Herzen.
Heinrich hütete die Schwester,
Schützt' und schirmte sie und trug sie,
Selbst als sie schon groß und stattlich,
Oft noch auf den starken Armen.
Mit den Jahren ist die Freundschaft
Der vermeintlichen Geschwister
Immer inniger geworden,
Und sie haben vor einander
Kein Geheimnis, denn so züchtig
Lurlei sonst trotz ihrer Necklust
Sich benimmt, so aller Zagheit
Ist sie ledig vor dem Bruder
Und enthüllt wie keinem andern
Ihm ihr Denken und Empfinden.
Aber er auch tut mit Freuden
Alles wieder ihr zu Liebe,
Was sie bittet, was sie fordert,
Was er ihr an Augen ansieht.
Auch ihr unaufhörlich Necken
Läßt er ruhig und geduldig
Von dem Unband sich gefallen.
Hat sie es ihm aber endlich
Doch einmal zu arg getrieben,
Daß er unwirsch wird und aufbraust,
Oh dann leuchten ihr die Augen,
Und sie steht und hört sein Schelten
Lächelnd an, als ob sie innen
Recht sich seines Zornes freute,
Und dann fliegt sie an die Brust ihm,
Preßt ihn an sich, herzt und küßt ihn,
Daß der Atem ihm vergehet.
Mit unsichern, heißen Blicken
Sieht er dann das schöne Mädchen
Träumrisch an, und tief im Herzen

Scheint sich ihm der Wunsch zu regen,
Daß er nicht ihr Bruder wäre. –
Sieh, so steht es mit den beiden;
Heinrich fühlt schon jetzt zuweilen
Stille Leidenschaft für Lurlei,
Die er Schwester nennt, nun denke,
Wenn er wüßte! wenn er wüßte!«
Als der Ratsherr eine Weile
Drüber nachgesonnen, stieß er,
Wie von einem guten Einfall
Nun erleuchtet mit dem Rücken
Seiner Hand den Freund am Arme
Und sprach haltend: »Höre, Bruder!
Eigentlich das beste wär' es,
Wenn sie's alle beide wüßten.
Liebt sie ihn und wird sein Weib sie,
Läßt sie folgsam auch und ehrbar
Sich von ihm zum guten lenken,
Wird mit ihm und macht ihn glücklich,
Schenkt ihm Kinder, lockt ihm Fische
In das Netz und –« »– seine Seele
In das ewige Verderben!«
Fuhr der andre wild dazwischen.
»Das ist ja mein ganzes Sorgen,
Das der Grund, weshalb ich jetzt noch
Über Lurleis Herkunft schweige;
Denn ich leid' es nicht, daß Heinrich
Sich mit Nixenbrut verbindet,
Die sie ist in meinen Augen,
Will's nicht, weil ich überzeugt bin,
Wer in innigster Gemeinschaft
Mit ihr lebt, der ist verloren.
Drum gereicht es mir zum Troste,
Daß bis jetzt auch keinen andern
Sie als Liebsten noch umschlungen.«
   Wieder eine Strecke schweigend
Gingen sie nun mit einander,
Nicht des Wegs zu ihren Füßen,
Nicht des schönen Abendglühens
Oben auf den Bergen achtend,
Sondern in den grauen Köpfen
Zwiegeteiltes Denken schichtend.
Bald jedoch begann aufs neue
Frei von Paffenau und sagte:
»Keinen Liebsten also, meinst du,
Hätte noch bis jetzt die Blonde?«
»Sicher nicht!« versetzte Peter.
»Alle neckt sie, keinen liebt sie,
Läßt sich keinen nahe kommen.
Seit ich bei den klugen Leuten
Im Geruch des Reichtums stehe,
Hat's in Sankt Goar an Freiern

Meinen Töchtern nie gemangelt,
Und wenn's brave Jungen waren,
Hab' ich ihnen und den Mädchen
Nie verwehrt, in Zucht und Ehren
Sich des Abends und am Sonntag
Mit einander zu vergnügen.
Ob nun Lurlei, zwar die Jüngste,
Aber dafür auch die Schönste,
Wirklich glaubte, daß die Burschen
Einzig ihretwegen kämen, –
Ja, wer weiß das? doch sie tat so,
Scherzt' und tändelte mit allen
Und erkühnte sich, verlockend
Bald mit diesem, bald mit jenem
Zu liebäugeln, um zuletzt ihn
Unbarmherzig auszulachen.
Zum Verdruß und Tort der Burschen
Und zum Leid der beiden Schwestern
Trieb sie dieses Spiel ohn' Ende,
Aber keinem war's so schmerzlich,
Es mit anzusehn, als Heinrich;
Und weil er allein von allen
Ein'gen Einfluß hat auf Lurlei,
So verwies er's ihr mit Sanftmut.
Anfangs lachte sie, dann aber
Fuhr sie heftig auf und sagte:
›Wenn ich einen lieben wollte
Oder könnte, wie ich möchte,
Lag' ich längst in seinen Armen!‹
Zufall war's, daß ich die Antwort
Selbst vernahm, jedoch behielt ich
Schweigend bei mir, was ich dachte.«
»Und das war?« bemerkte Henne.
»Lurlei *kann* nicht lieben! dacht' ich,
Hat kein Menschenherz im Leibe,
Einen andern je zu lieben,
Als sich selber,« sprach der Fischer.
»So viel Weibsnatur ist in ihr,«
Fuhr er fort, als jener stehn blieb,
»Daß ein unbestimmtes Sehnen
Sie erfüllt, doch das ist alles.
Sie versteht es, – nein, was sag' ich!
Wie der Glühwurm abends leuchtet,
Leuchten muß, also entströmet
Ihr die Kraft, die ihr verliehn ist,
Andern Liebe einzuflößen;
Aber selber sie im Herzen
Zu empfinden, zu erwidern,
Dazu ist sie nicht imstande.
Reizen kann sie nur und narren
Und läßt jeden, der kopfüber
Sich verliebt in ihre Schönheit,

Hoffen erst und dann sich trollen,
Aber wehe, sag' ich, wehe,
Wenn ein andrer *sie* betröge!«
»Meinst du?« lächelte der Ratsherr,
»Nun, dann geb' ich auch die Hoffnung
Noch nicht auf und sage nochmal:
Laß nur erst den Rechten kommen!«
Aber mit dem Haupte schüttelnd
Sprach der Fischer. »Niemals, niemals
Wird für sie der Rechte kommen;
's ist ihr Erbteil, ihre Mitgift
Von der kalten Nixenmutter,
Deren Schoße sie entsprossen.«
»Wie die Katz' auf die vier Beine
Fällst du immer wieder, Peter,
Auf denselben Fleck, und niemals
Werden wir uns drüber ein'gen,«
Sprach der Ratsherr. »Jetzt, hier scheid' ich,
Will zurück noch, eh' es dämmert.
Du gehab' dich wohl in Treuen,
Grüße Dankmod und Salvete,
Balde komm' ich einmal selber
Und besehe mir das Wunder,
Euer Nixenkind, die Lurlei.«
    Auf dem Wege nah dem Ufer,
Das von hohem Schilf bewachsen,
Standen nun die beiden Alten
Hände schüttelnd, Abschied nehmend.
Frei von Paffenau, der weiter
Mitgewandert war, als anfangs
Er sich vorgenommen hatte,
Wandte schon den Fuß zum Gehen,
Als zur Seite hinterm Schilfe
Voll und klar Gesang ertönte.
Wie von Fittichen getragen
Schwebten ausdrucksvoll die Klänge
Durch die abendliche Stille.
»Horche!« flüsterte der Fischer,
»Das ist Lurlei! mit dem Nachen
Muß sie dort sein oder badet.«
Beide lauschten nun dem Liede
Der vom hohen Schilf Verdeckten,
Und so klang's in reinen Tönen:
    Es glänzt die Flut und senkt und hebt
Sich leise nur im Ried,
Und überm stillen Wasser schwebt
Des Windes säuselnd Lied.
Er küßt die Welle, singt und summt
Ihr zu ein schmeichelnd Wort,
Dann wieder ist sein Hauch verstummt,
Und weit schon ist er fort.

Die Welle springt empor im Fluß
Und schaut sich um und schäumt;
Ihr hat des Liebsten Gruß und Kuß
Doch wahrlich nicht geträumt?
Sie rauscht ihm nach, in Hast gespannt,
Ob sie ihn nicht erreicht,
Und findet ihn, wie er entbrannt
Um eine Rose streicht.
    »Sieh da, du fahriger Gesell!
Ist das nun deine Treu?
Du wechselst deine Liebe schnell,
Knie' nieder und bereu'!«
Die Rose bricht der Wind jedoch,
Wirft sie der Welle hin.
»Da hast du sie! nun sage noch,
Daß ich dir untreu bin!«
    Als der letzte Ton verhallt war,
Sprach der Ratsherr voll Bewundrung
Zu dem Freunde: »Wahrlich, Peter.
Damit sollst du recht behalten –
Singen kann das böse Mädchen!
Solchen zaubersüßen Wohllaut
Hab' ich nie in meinem Leben
Noch aus Menschenmund vernommen.«
»Wußt' es wohl,« versetzte sicher
Und mit hellem Augenblinken
Peter Sandrog; »aber Henne,«
Fügt' er gleich hinzu, »nun sage.
Deucht es dir nicht selber seltsam?«
»Übermenschlich! höchst verdächtig!«
Spöttelte vergnügt der Ratsherr.
Jetzt erscholl ein leises Plätschern
Dort im Wasser; schnell verbargen
Hinter einem Erlenbusche
Sich die Lauscher, damit Lurlei
Sich nicht scheute, mehr zu singen
Oder badend zu erscheinen,
Wie der Ratsherr heimlich hoffte.
Doch es klangen Ruderschläge,
Und ein Nachen fuhr vom Schilfe.
Lurlei lenkt' ihn selbst mit Rudern
In den Strom, ihr gegenüber
Saß ein Mann, noch jung an Jahren
Der Gestalt nach, denn er kehrte
Den Beschauern just den Rücken.
»Dein Sohn Heinrich?« frug der Ratsherr.
Peter aber stand und starrte
Nach dem Boot und gab nicht Antwort,
Bis Herr Henne nochmal fragte.
»Nein!« erwiderte der Fischer
In ersichtlichem Verdrusse,
»Heinrich ist es nicht, ich weiß nicht,

Wer es ist, mit dem das Mädchen
Einsam auf dem Rhein herumfährt.«
»Bruder,« lachte nun der Ratsherr,
»Sollte das vielleicht am Ende
Gar der Rechte sein für Lurlei?
Sieh, so kann der Mensch sich irren!
Warst so sicher, daß als Liebsten
Sie noch keinen Mann umschlungen,
Und was sagst du nun, mein Alter?«
»Narrenspossen!« brummte Peter,
»Was weiß die von Herzensneigung!«
Da vom Boot erschallte lustig
Ein durchdringend helles Lachen.
»Hörst du's? das ist ihre Antwort,
Echtes, rechtes Nixenlachen!
Übermenschlich! übermenschlich!«
Höhnte wiederum der Ratsherr.
»Nun denn, Gott befohlen, Peter!
Denk' an mich: die Blonde dreht dir
Eine ellenlange Nase!«
Sprach's und machte sich von dannen.

    Peter Sandrog stand und strengte
Seine Augen an, den Fremdling
Dort im Boote zu erkennen.
Doch umsonst, in der Entfernung
Konnt' er das Gesicht des Mannes,
Der kaum älter schien, als Heinrich,
Nicht mehr deutlich unterscheiden.
Und sich nun im allgemeinen
Über Hennes Vorhaltungen,
Über das, was er mit Augen
Vor sich sah hier, im besondren
Mancherlei Gedanken machend
Murmelt' er im Weiterwandern:
»Sollt' ich in dem Teufelsmädchen,
Das mir in den zwanzig Jahren
Schon soviel zu raten aufgab,
Dennoch mich von Grund aus irren?
Hat sie wirklich einen Liebsten?
Ist sie doch ein ganz natürlich
Menschenkind wie alle andern
Trotz des ersten Bads im Rheine?
Nun, ein Wunder bleibt ein Wunder,
Alles ist des Himmels Fügung
Und bei Gott kein Ding unmöglich.«

III. Im Nachen

Am Felsrand ist verblichen
Der steinernen Rosen Glut,
Ein Windhauch kommt gestrichen,
Und Kühlung atmet die Flut.
Klar über den Geländen
Und über dem ruhenden Tal
Wölbt zwischen steilen Wänden
Der Himmel den Schild von Stahl.
Und jede steigende Welle
Blinket im Widerschein,
Daß noch in schimmernder Helle
Geht durch die Berge der Rhein.
Von Ufer bis Ufer breitet
Sich aus die Wasserbahn,
Auf ihrem Spiegel gleitet
Einsam der stille Kahn.
Die Wellen schaukeln und schwingen
Ihn leise her und hin
Und klopfen an und klingen
Und schau'n nach den Schiffern darin.
Sie fahren im Strom und fahren
Und blicken schweigend sich an,
Ein Mädchen mit goldigen Haaren
Und ein jungrüstiger Mann.
Sie haben ums Vorwärtskommen
Wohl beide keine Not,
Sie haben herein genommen
Die Ruder ins kleine Boot
Und lassen es langsam treiben,
Es mag sich wenden und drehn,
Wenn sie beisammen nur bleiben
In ihrem Wiedersehn.
Sich streckend ruht und müßig
Am Bord die schöne Maid
Blankarmig und barfüßig
Im kurzgeschürzten Kleid.
Sie blinzelt nur verstohlen
Zu dem Gefährten hin
Und lächelt halb verhohlen
In neckisch verschlagnem Sinn.
Er kann den Blick nicht lassen
Von ihrer schönen Gestalt,
Den blühenden Leib zu umfassen
Reizt ihn der Sehnsucht Gewalt.
Er mußte sie lange bitten
Um eine Fahrt zu zwei'n,
Nun hat er's sich endlich erstritten,
Nun ist er mit ihr allein.
Sie wollte wohl ihn führen
Zu Wasser auf dem Rhein,

Jedoch sie zu berühren,
Das sollt' ihm verboten sein.
Schon sind sie manche Stunde
Gerudert hin und her,
In seinem Herzen die Wunde,
Die brennt ihn mehr und mehr.
Nicht länger kann er's tragen,
So nahe sie zu sehn
Und allem zu entsagen,
Was Liebe läßt geschehn.
Er wirft sich zu ihr nieder
Am enggeschweiften Bord
Und fleht: »Oh gib mir wieder
Heraus mein töricht Wort!
Damit ich darf umschlingen
Dich mit den Armen rund,
Und daß ich auch darf zwingen
Meinen Mund an deinen Mund!«
Da zuckt's ihr um die Brauen,
Da fährt ein blitzend Licht
Aus Augen, die zürnend schauen,
Allein sie regt sich nicht.
Des Unmuts Wolken verfliegen
Schnell wie sie aufgetaucht,
Kaum daß ihr Mund im Liegen
Ein leises Nein gehaucht.
»Versage mir nicht die Bitte,«
Flüstert er auf sie ein,
»Hier in des Stromes Mitte
Sind wir ja ganz allein.
Und wenn wir uns hier küssen,
Sieht's niemand als die Well'n,
Die mögen's, wenn sie müssen,
Den Wogen im Meer bestell'n,
Daß sie im Rhein beim Wandern
Getragen ein Menschenpaar,
Von dem der eine dem andern
Ans Herz gesunken war.«
Die Maid mit wägenden Sinnen
Lugt unter den Wimpern vor,
Laut pocht sein kühnes Minnen
An ihres Herzens Tor.
Sie hebt mit sanfter Gebärde
Die Hand, wie Träumende tun,
Und läßt sie ohne Fährde
Auf seinem Scheitel ruhn.
Und wie sie damit streichet
Sacht über sein braunes Haar,
Da denkt er, das erweichet,
Was in ihr spröde war,
Neigt sich zu ihr und preiset
Im stillen schon sein Glück,

Sie aber wehrt und weiset
Schnell seinen Arm zurück.
Dann lächelt sie listig wieder
Mit ihren Perlenreih'n
Und reckt die schlanken Glieder
Und freut sich seiner Pein.
»Du spottest meiner Leiden,«
Ruft er nun liebesrot,
»Tust dich ergötzen und weiden
An meiner Herzensnot.
Ich habe mein Wort gehalten
Herauf, herab den Rhein,
Jetzt kann ich mit dir schalten
Wohl nach dem Willen mein.
Dort siehst du hinter uns liegen
Am Ufer jenen Ort,
Wo ich zu dir gestiegen,
Längst sind wir drüber fort.
Nichts hält mich mehr gebunden,
Du bist in meiner Macht,
Als hätt' ich dich hier gefunden,
Gefangen dich eingebracht.«
Da schmettert helles Lachen
Sie laut ihm ins Gesicht
Und richtet sich auf im Nachen,
Greift nach den Rudern und spricht:
»Herr Graf, Ihr mich gefangen?
Und ich in Eurer Macht?
Verzeiht, wenn statt zu bangen
Ich grad herausgelacht!
Wagt Ihr es, mich zu zwingen,
So kostet's mich einen Schritt,
Hier in den Rhein zu springen,
Und die Ruder, die nehm' ich mit.
Dann sehet, wo Ihr landet,
Wenn sich der Tag erhellt,
Falls Ihr nicht vorher strandet
Und an den Klippen zerschellt.
Die Lust, mich zu erschrecken,
Die lasset Euch vergehn,
Ihr würdet mit solchem Necken
Gar übel vor mir bestehn.«
Und wieder rückwärts bieget
Sie auf des Kahnes Rand
Sich lässig hin und schmieget
Furchtlos die Wang' in die Hand.
Von ihrem Zorn betroffen,
Von ihrem Lachen verletzt,
Doch immer noch voll Hoffen,
Einlenkend der Graf versetzt.
»O liebe! dich zu kränken,
Das soll mir ferne sein,

Von Schelmenstreichen und Ränken
Ist meine Seele rein.
Doch meine Glut zu steigern
Und meines Herzens Wahn
Und dann den Kuß zu weigern,
Das ist nicht wohlgetan.«
»Ihr fordert ungeduldig,
Was ich noch jedem gewehrt,«
Spricht sie;»bin ich Euch schuldig,
Was Ihr von mir begehrt?
Ich schlug Euch keine Wunde,
Wie kein' ich heilen kann,
Seh' jeder, wie er gesunde,
Was geht Euer Herz mich an?«
»Lurlei!« ruft er mit Schallen,
Das war ein böses Wort!
Doch ist's in Wind gefallen,
Der weh' es eilig fort.
Hast, wo du gingst und standest,
Du mich nicht angeblickt?
Und nicht, wo du mich fandest,
Mir lächelnd zugenickt?
Aus deiner Augen Glühen
Stieg meiner Sehnsucht Glut,
Vor deiner Schönheit Blühen
Kam mir ins Wallen das Blut.
Mir will das Herz zerbrechen
Vor Unruh Tag und Nacht,
Wie willst du nun besprechen,
Was selber du angefacht?«
Sie schweigt auf seine Frage
Wie von den Worten berauscht,
Als hätte so süßer Klage
Sie gern noch länger gelauscht.
Allein der Schelm im Nacken
Läßt wieder ihr nicht Ruh
Und raunt mit Zwicken und Zwacken
Ihr kichernd die Antwort zu.
Sie taucht, wie sie nun sitzet,
Die Finger in den Rhein
Und schnellt die Tropfen und spritzet
Ihm ins Gesicht sie hinein
Und lacht: »Wer Euren Gefühlen
Die Flammen erst geweckt,
Der muß auch löschen und kühlen,
Was er in Brand gesteckt.«
Schnell ist er zugesprungen
Auf ihre Ruderbank
Und hält sie nun umschlungen
Auch ohne ihren Dank.
»Jetzt hab' ich dich doch gefangen,«
Frohlockt er mit ganzem Gesicht,

»Dein Spott ist bald vergangen,
Von Herzen kommt er nicht;
Drum gib ihn auf, den losen,
Und schließe mit mir den Bund,
Es ruht sich wie auf Rosen,
Wenn Mund sich legt auf Mund.«
Sie sträubt sich und entwindet
Sich seiner Arme Zwang:
»Wer Rosen sucht, der findet
Auch Dornen auf seinem Gang.
Es möchte wider Vermuten
Euch treffen ein scharfer Stich,
Und solltet Ihr dran verbluten, –
Zu Tode lacht' ich mich.«

»Und wenn du mir nicht gönnest
Den süßen Rosenmund
Und meinest gar, du könnest
Mich beißen blutig wund,
So laß mich doch erfahren,
Wie hoch im Preise stehn
Drei von den goldnen Haaren,
Die dir im Nacken wehn.«

»Das erste dürft Ihr nehmen,
So Ihr's als Fessel braucht,
Den wildesten Falken zu zähmen,
Bis er zur Beize taugt.
Das zweite will ich geben,
Knüpft Ihr als Strang es ein
Zum Schwingen und zum Schweben
Der größten Glock' am Rhein.
Das dritt' Ihr dann als Ferge
Zum Tau bekommen sollt,
Wenn ihr am Lurlenberge
Im Strudel ankern wollt.
Und wenn die drei nicht reißen,
Nicht Fessel, Strang und Tau,
So will ich Euch verheißen –
Was, weiß ich noch nicht genau.«

»Zu Proben, so fein erfunden,
Gäb' ich dein Haar nicht her;
Und wenn ich selbst gebunden
Mit einem einzigen wär',
Es hielte mich fester als Ketten,
Ich riss' es nimmer entzwei,
Und könnt' ich vom Tode mich retten,
Und käm' ich im Leben nicht frei!
Doch ist dir's zum Verschenken
Zu schade noch fürwahr,
So reiche zum guten Gedenken
Mir nur dein Händchen dar.«
Sie blickt ihn von der Seite
Schalkhaft argwöhnisch an,

Als ob im Liebesstreite
Sie neue List ersann.
Dann hält sie die Hand ihm entgegen,
Doch wie er danach greift,
Zuckt sie mit schnellem Bewegen
Zurück, daß er kaum sie streift;
Und zwischen den Händen, den raschen,
Geht das in einem fort
Mit Lauern und Huschen und Haschen,
Mit Lachen und schäkerndem Wort.
Endlich trotz Pfiffen und Kniffen
Hat er mit spielendem Ruck
Das schwänzelnde Fischlein ergriffen
Und hält es mit zärtlichem Druck.
»Halt!« ruft er, »und nimmer von hinnen
Kommst du mir ungebüßt,
Eh du nicht ohne Besinnen
Mir meine Müh versüßt!«
»Nehmt Euch in acht, ich springe!«
Droht sie und zieht und zerrt,
Allein sie sitzt in der Schlinge,
So sehr sie auch sich sperrt.
Von seiner Rechten umschlungen,
Von seiner Linken erfaßt,
Muß sie sich endlich gezwungen
Ergeben zu Ruh und Rast.
An seiner Schulter lieget
Ihr Haupt nun willenlos,
Sie sitzen dicht geschmieget
Mit Hand bei Hand im Schoß.
Nun flüstert er ihr leise
Manch minnig Wort ins Ohr
Zu ihrem Lob und Preise,
Und wie er den Frieden verlor.
Daß ihm ihr Bild geblieben
Seit einem sonnigen Tag,
Und daß er sie müßte lieben
Mit jedem Herzensschlag.
Sie sei ihm
Das Liebste nah und fern,
Sie solle sein eigen werden,
Sein Glück, sein einziger Stern.
Er wollte sie halten und hegen
Als Herrin lieb und wert
Und ihr zu Füßen legen,
Was sie von ihm begehrt.
Der Jungfrau glühn die Wangen,
Ihr wallt und wogt die Brust,
Halb hört sie es mit Bangen
Und halb mit heimlicher Lust.
Und bis zum tiefsten Grunde
Erbebt sie, wie sie spürt,

Daß er mit heißem Munde
Ihr Scheitelhaar berührt.
Da trifft ein Stoß den Nachen,
Daß er empor sich bäumt
Und Kiel und Planken krachen,
Von tosenden Wellen umschäumt.
Lurlei, mit flatternden Locken,
Fährt auf, wie's rollt und rauscht,
»Wo sind wir?« fragt sie erschrocken,
Späht über die Flut und lauscht.
»Die Wogen steigen und klimmen,
Als trügen sie Menschengesicht,
Mit weißen Armen umschwimmen
Sie uns im Dämmerlicht.
Daß wir den Strudeln uns nahten,
Des hatt' ich selbst nicht acht,
Sitzt still, bis wohlberaten
Ich Euch ans Ufer gebracht.«
Sie lenkt den Kahn zu Lande
Aus schaukelnder Wellen Spiel,
Bald knirscht am Ufersande
Sein leichtgezimmerter Kiel.
»Ich soll von dannen mich heben,
Verlangst du,« spricht der Graf,
»Und hast nicht Antwort gegeben,
Ob mein Herz deines traf
Zu meinem auf halbem Wege,
Wie meines zu Deinem hin;
Jetzt sage mir, eh' ich mich rege,
Ob ich dein Liebster bin.«
Sie stemmt die Ruderstange
Grundein zu Halt und Haft
Und steht und lehnt die Wange
An den umklammerten Schaft.
Den Wuchs und die herrlichen Glieder
Schaut mit Entzücken er an,
Sie blinzelt durch die Lider
Herab auf den lauschenden Mann
Und spricht mit lächelndem Munde:
»Mein Liebster ist der Mond,
Der heimlich manche Stunde
Bei mir im Kämmerlein wohnt,
Und dem ich alles vertraue,
Was mir zu Herzen dringt,
Der, wenn ich ihn nur schaue,
Mir Trost und Ruhe bringt.
Heut wird er wohl nicht kommen,
Er hat der Liebchen mehr
Und wird in Anspruch genommen
Von einem ganzen Heer.«
    »Wenn du auf all die andern
Nicht eifersüchtig bist,

Denen beim Wechseln und Wandern
Er willig ein Tröster ist,
Darf ich den Mond dort oben
Wohl auch so gram nicht sein,
Daß du ihn selbst erhoben
Zum Liebsten im Kämmerlein.
Darf er bei dir erscheinen,
So sperr' auch mich nicht aus,
Hast dann am Himmel einen
Und einen im Erdenhaus.
Komm her, laß dich erweichen,
Heut an der Reih' bin ich!
Wer weiß, zu was für Streichen
Mein lockrer Partner schlich!«
Schon will er ein übriges wagen,
Da schüttelt sie das Haupt:
»Ich muß ihn doch erst fragen,
Ob er es auch erlaubt.
Seht Ihr in voller Helle
Ihn auf der Himmelsbahn,
So sollt Ihr hier zur Stelle
Mich finden mit dem Kahn.«
Gern hört's der Graf, doch trüber
Blickt er ins Dunkel hinaus:
»Wagst du allein dich über
Und findest dich nach Haus?«
Das Mädchen kräuselt die Lippen,
»Mich fürchten?« fragt sie und lacht,
»Ich fahre durch Wirbel und Klippen
Sorglos bei Tag und Nacht.
Und wenn die Wellen mich schwingen
In ihrem wildesten Tanz,
So kann ich jauchzen und singen,
Als trüg' ich den Maienkranz.
Jetzt aber heißt's geschieden!
Es ist die höchste Zeit;
Zieht hin und lebt in Frieden
Und aller Fröhlichkeit!«
»So willst du, daß ich scheide
Mit diesem kargen Gruß?«
Spricht er in tiefem Leide,
Schon auf dem Rand den Fuß.
Noch zaudernd bleibt er stehen,
Als wollt' er nicht von dar,
Sie sagt: »Auf Wiedersehen
Im Vollmond, Graf Lothar!«
Und blickt ihn an und drücket
Ihm leise nur die Hand,
Doch fühlt er's, und beglücket
Springt er vom Bord ans Land.
    Nun breitet ihre Flügel
Die Nacht auf Strom und Au

Und streut auf Berg und Hügel
Den milden Himmelstau.
Lurlei, mit ihren Gedanken
Auf weitem Wasser allein,
Fährt in dem Boot, dem schwanken,
Still heimwärts über den Rhein.
Leicht steuernd nach Belieben
Den schräg gestellten Kiel,
Naht, mühelos getrieben,
Sie langsam ihrem Ziel.
Die Ufer bald verrinnen,
Im Dunkel die Berge stehn,
Schon ist mit Turm und Zinnen
Burg Katz nicht mehr zu sehn.
Doch glänzt daraus von ferne
Ein Licht herab ins Tal
Und wirft gleich einem Sterne
Weithin den Flammenstrahl.
Quer übers Wasser schießet
Der spiegelnde Flackerschein,
Ein langer Goldreif fließet
Dem Boote hinterdrein.
Stets auf den Steg, den hellen,
Lurlei mit Freuden blickt
Und denkt, es würd' auf Wellen
Ein Gruß ihr nachgeschickt.
Die schwippen nun und schlagen
Begehrlich an den Bord,
Als hätten sie zu sagen
Ihr ein vertraulich Wort.
Es flüstert leis im Winde,
Es gurgelt in der Flut,
Dem blonden Fischerkinde
Wird bänglich doch zumut.
Die Stimmen aus dem Grunde,
Die murmeln immer nur:
Glaub keinem Menschenmunde,
Trau nicht des Mannes Schwur!
Doch lockender den Ohren
Haucht schmeichelnder Lüfte Klang:
Er liebt dich! er hat dich erkoren,
Der dich mit Armen umschlang!
Der Jungfrau klopft und schwillet
Das Herz aus seiner Ruh,
Ihr strömt und wogt und quillet
Unsägliche Sehnsucht zu.
Sie sieht wie sinnbetöret
Vor sich des Grafen Gestalt,
Sie sieht ihn, und sie höret
Seiner Rede süße Gewalt.
Sie fühlt, daß ohne Zaudern
Sein eigen sie werden muß,

Sie fühlt mit Wonnen und Schaudern
Den ihm verweigerten Kuß.
Sie will ihn von sich wehren
Und wieder an sich ziehn,
Sie will zurück zu ihm kehren
Und wieder vor ihm fliehn.
Sie glaubt ihr Herz verwettet
An ihn in ringender Qual,
Dünkt sich an ihn gekettet
Durch seines Lichtes Strahl.
Und um sich los zu reißen,
Nimmt sie die Ruder zur Hand,
Doch auf dem Wasser das Gleißen
Ist ein unlöslich Band.
Der Nachen, wie sie ihn wendet,
Hängt an dem goldnen Seil,
Das blinkt auf den Wellen und blendet
Und blitzt wie ein schwirrender Pfeil.
»Du willst mich binden und zwingen?
Halte den Kahn, so du kannst,
Oder knüpf' andere Schlingen,
Ehe du mich übermannst!«
So ruft sie mit spöttischem Lachen,
Entgürtet sich unverweilt
Und springt in die Flut vom Nachen,
Die sie mit Armen zerteilt.
Doch wie sie schwimmt – o Bangen!
Befreit ist der Nachen nur,
Sie selber bleibt gefangen
Wie Fischlein an der Schnur.
Sie fühlt sich im Wasser erbeben,
Ihr Trotz verliert den Halt,
Sie muß sich dem Grafen ergeben,
Er hat über sie Gewalt.
Bald wieder im Boot, muß schauen
Zum Licht sie unverwandt,
Halb Sehnen und halb Grauen
Hält ihren Blick gebannt.
Und wie sie endlich gelandet,
Ist's ihr im Kämmerlein,
Als wär' ihr Herz gestrandet
Und läge draußen im Rhein.

Verschiedne Menschen hier auf Erden
Bescheint die Sonne, zaust der Wind;
So welche, die nie fertig werden,
Und welche, die stets fertig sind.
Den einen ruft die Morgenstunde
Mit ihren Vogelstimmen zu:
Wohlauf! ich habe Gold im Munde,
Erhebt euch früh nach sanfter Ruh!
Die andern legen auf die Kissen
Von Vogelfedern mehr Gewicht
Und wollen nichts von Lerchen wissen,
Des Sinns. wer schläft, der sündigt nicht.
Nun aber Freund dem Lerchenschlage,
Die Fischersleut in Sankt Goar
Es nie versahn, daß mit dem Tage
Auch Tages Werk begonnen war.
Da sitzen sie in trauter Gruppe
Nach Sonnenaufgang froh und frisch
Bei ihrer guten Morgensuppe
Und ihrem Schwarzbrot um den Tisch.
Vornan der Peter; ihm zur Rechten
Salvete, seine Mutter, schon
In hohen Jahren, grauen Flechten,
Mit Heinrich, seinem starken Sohn.
Dem Fischer wiederum zur Linken
Dankmod, sein Weib, nicht jung, nicht alt,
Achtsam gefällig seinen Winken
Und von behäbiger Gestalt.
Dann Lurlei, zwar in schlichtem Kleide,
Doch in der Schönheit Glanz und Stolz,
Den andern recht zum Unterscheide,
So fremd, so aus ganz anderm Holz,
Als würd' in diesen Linnenfalten
Von denen, die hier um sie sind,
Geflissentlich versteckt gehalten
Ein unbewußtes Fürstenkind.
Ordnung beherrscht die Fischerhütte,
Blitzblank ist Hausrat und Geschirr,
Im Garten stehen Trog und Bütte
Und hängt der Netze kraus Gewirr.
Und Eintracht waltet, Fleiß und Frieden,
Ein jeder weiß, was er zu tun,
Denn jedem ist sein Teil beschieden,
Und nach der Arbeit darf er ruhn.
Heut aber ist es nicht wie immer, –
Verschob sich etwas unterm Dach?
So schweigsam war das Frühstück nimmer
Im braungebälkten Wohngemach.
Wohl liegt den Hausgenossen allen
Der gleiche Gegenstand im Sinn,

Doch jeder gibt sich nach Gefallen
Den eigenen Gedanken hin.
Worüber alle grübeln mußten,
Ward auch nicht einer daraus klug,
War Lurleis Fahrt, seitdem sie wußten,
Wen außer ihr der Nachen trug.
Als Peter nach dem Morgensegen
Sie fragte, wer denn mit ihr war
Auf ihren späten Wasserwegen,
Gab sie zur Antwort: »Graf Lothar«.
»Der Graf von Katzenellenbogen?«
Frug Peter Sandrog wiederum,
Als hätt' ihn sein Gehör getrogen,
Und alle blickten bang und stumm.
Lurlei erwiderte gelassen
Mit einem festen, trocknen »Ja!«
Die andern wußten's kaum zu fassen
Und saßen voller Neugier da.
»Wie kam's?« – Noch suchte sie zu wahren,
So ausgefragt, der Ruhe Schein
Und sprach. »Er bat mich, ihn zu fahren,
Ich schlug's nicht ab, und er stieg ein.«
Kurz angebunden klang's dem Alten,
Und übellaunig frug er jetzt:
»Pflegt ihr das öfter so zu halten?
War's nicht zuerst und nicht zuletzt?«
Nun über Lurleis Antlitz flammte
Ein helles Rot, das rasch verblich,
Dahin entfloh, woher es stammte,
Und einer tiefen Blässe wich.
»Es war das erste Mal, – das letzte
Wird es wohl nicht gewesen sein!«
Mit trotz'gen Lippen sie versetzte
Und hielt dann atemwallend ein.
Der Blick, der Ton, der Zug am Munde,
Den ihren aus der Jahre Lauf
Bekannt schon, riet: auf weitre Kunde,
Als dies, gebt jede Hoffnung auf!
Der Fischer wechselte verdrossen
Mit Dankmod einen Blick und schwieg;
Auch Heinrich hielt den Gram verschlossen,
Der ihm aus schwerem Herzen stieg.
Salvete nur, die Alte, grinste
Beim Essen mit vergnügtem Sinn
Und schielte seitwärts, lauscht' und blinzte
Aufmunternd nach der Jungfrau hin,
Die still und fürder ungeschoren
Hantierte, als ob nichts geschah,
Und ab und zu wie traumverloren
Durchs Fenster in das Blaue sah.

Nach dem gestörten Frühmahl eilten
Die Männer auf den Fang hinaus,
Die beiden Frauen aber teilten
Die Arbeit unter sich im Haus.
Salvete wollte Netze flicken
Und winkte Lurlei heimlich zu,
Doch Dankmod sah das Mädchen nicken
Und sprach: »Nachher; jetzt bleibe du! –
Ich habe dir ein Wort zu sagen,«
Fuhr sie dann fort, mit ihr allein,
»Lurlei, mich kümmert dein Betragen,
Mit Graf Lothar das Stelldichein.
Mit jungen Rittern pflegt ein Mädchen
Von Sitt' und Anstand nicht Verkehr,
An einem dünnen, dünnen Fädchen
Hängt einer Jungfrau Ruf und Ehr.
Solln sie mit Fingern auf dich zeigen:
Das ist des Grafen Liebste, seht!?
Willst du verlegen stehn und schweigen,
Wenn Schmähwort über dich ergeht?«
Das Haupt gesenkt, in Scham befangen
Stand Lurlei zitternd und bewegt,
Wie Purpur glühten ihr die Wangen,
Ihr Busen wogte, tief erregt.
»Lieb Mutter,« sprach sie, »kannst es glauben,
Es ging in Zucht und Ehren zu,
Der Graf hat nicht im Sinn, zu rauben
Mir Frohmut und Gewissensruh.«
»Das, liebe Tochter, will ich hoffen,«
Sprach Dankmod, »daß es nicht zu spät,
Doch ist, wirst du mit ihm betroffen,
Des Argwohns Same schnell gesät.
Du darfst es niemals wieder wagen,
Mit Graf Lothar allein zu sein,
Denn hört' ich Übles von dir sagen,
Ich könnt' es nimmer dir verzeihn.«
Da legte flugs die runden Arme
Um Dankmods Hals die schöne Maid,
»Lieb Mütterlein, – daß Gott erbarme!
Nie mach' ich dir solch Herzeleid!
Doch warum gleich dich so betrüben?
Unnötig ist es, daß du bangst,
Denn mit dem jungen Grafen drüben,
Vor dem – da habe keine Angst!«
So sprach sie bittend, schmeichelnd, scherzend,
Mit stürmisch wilder Zärtlichkeit
Dankmod in ihren Armen herzend,
Zu jedem Übermut bereit.
Die Mutter mußte mit ihr ringen,
Sich von dem Kobold zu befrei'n
Und rief: »Könnt ich's nur fertig bringen,
Einmal recht bös' auf dich zu sein!«

Dann gab sie mit der Hand, der flachen,
Ihr einen leichten Backenstreich,
Und Lurlei sprang mit hellem Lachen
Hinaus ins grüne Gartenreich.
Dort schlenderte die Sorgenlose
Vergnügt einher die Weg' entlang,
Blieb stehen, roch an eine Rose
Und freute sich und summt' und sang.
      Es waren zwei Nachbarskinder,
Die hatten sich heimlich lieb,
Daß eines jeden Sehnen
Dem andern verborgen blieb.
      Keins bracht' es über die Lippen,
Wovon das Herz ihm schwer,
Vergingen vor Lieb' und Leide,
Ertrugen es nimmermehr.
      Er wollte fürbaß wandern
Weit weg mit seinem Weh,
Sie wollte sich Ruh verschaffen
Daheim im tiefen See.
      Sein Weg führt' ihn vorüber,
Wo sie am Ufer stand,
Da mußt' er ihr doch bieten
Zum Abschied noch die Hand.
      »Was tust du hier am Wasser
Und starrst hinab zum Grund?«
»Wohin hast du's so eilig
In früher Morgenstund?«
      »Ich zieh' in alle Ferne,
Denn eine liebt mich nicht;
Ich will sie nicht mehr sehen,
Weil's mir das Herze bricht.
      »Und ich will hier mich betten,
Weil einer mich nicht mag;
Ich kann nicht ohn' ihn leben
Noch einen einzigen Tag.«
      »Sag' mir. wer ist zum Sterben
Der Schelm, der dich verschmäht?«
»Erst sag'. wer ist die Spröde,
Die dir zum Wandern rät?«
      »Sie steht mit bleichen Wangen
An tiefen Wassers Rand.«
»Und er mit düstern Augen
Will fort in fernes Land.«
      Sie sahn sich an mit Blicken, –
Nichts mehr von Tod und Weh!
Er ging nicht in die Fremde
Und sie nicht in den See.
      Salvete saß bei ihren Netzen
Und winkte Lurlei nun herbei,
Sich doch hier neben sie zu setzen
Zu ihrer Maschenflickerei.

Sie frug. »Was hat es denn gegeben?
Hat Mutterchen dich ausgezankt?«
Doch Lurlei sagt’: »Es ging noch eben,
Und herzlich hab’ ich ihr gedankt.«
Nichts weiter sprach sie, sondern schaute
Nachdenklich von dem Gartenplatz,
Wo funkelnd Blatt und Blume taute,
Gradaus hinüber nach Burg Katz,
Die hoch auf steilen Felsen thronte,
In der als Burgherr Graf Lothar
Mit seinem Ingesinde wohnte,
Und wo jetzt tageshell und klar
Sie jenes Fenster auch erkannte,
Aus dem Lothar ihr in der Nacht
Den Lichtstrahl übers Wasser sandte;
Das hielt ihr Blick nun scharf bewacht.
Salvete sah’s, und was zu wissen
Sie lüstern war, jetzt wußte sie’s:
Aha! Fischlein hat angebissen
Und zieht und zappelt nun! sie ließ
So fallen, um mal anzuklopfen.
»Wie doch die Burg den Felsen ziert!
Hat Schweiß gekostet manchen Tropfen
Und andres, was die Welt regiert.
Ist das ein Schloß! da mag’s behagen
Der künftigen Gebieterin!
Man hört ja Wunderdinge sagen
Von all der Pracht. Warst du schon drin?«
    »Ich? nein! wie sollt’ ich?« – »Ei, ich dachte.
Doch freilich, dafür ist gesorgt,
Daß unsereins so hoch nicht trachte;
Nun, Grafenstolz ist auch geborgt.«
    »Stolz? stolz ist Graf Lothar mitnichten!«
    »Nicht stolz? sieh mal! das hör’ ich gern!
Die Welt ist schlecht, Stolz anzudichten
Solch einem lieben jungen Herrn!
Hat der im Kopf auch ein paar Augen!
Die leuchten ja von Glut und Glast,
So rechte – rechte Grafenaugen,
So welche, wie du selber hast.
Wem wird, sein eigen ihn zu nennen,
Wohl dermaleinst beschieden sein?
Was red’ ich denn?! mußt ihn ja kennen,
Fuhrst ihn ja gestern übern Rhein!«
»Er kam,« sprach Lurlei, »aus den Bergen
Und suchte, müde von der Jagd,
Zum Übersetzen einen Fergen,
Gleichviel, ob Schiffsknecht oder Magd.
Zufällig sah er mich im Nachen
Diesseits am Ufer, winkt’ und bat,
Da fuhr ich ihn – was sollt’ ich machen?
Schnell über, weil ich’s gerne tat.«

»Natürlich! hm! er kam vom Jagen,
So spät! verirrt im Dunkeln gar!
Ich hätt's ihm auch nicht abgeschlagen,
Zumal er schon so müde war.
Erzählt' er dir auch Jagdgeschichten,
Märlein, hübsch ausgedacht mit List,
Um nicht in Wahrheit zu berichten,
Was einem so begegnet ist?«
Lurlei ward rot und fiel vergnüglich
Doch in Salvetes Lachen ein
Ob jenem Zufall und bezüglich
Der schnellen Überfahrt zu zwei'n.
»Erinnre dich,« begann aufs neue
Salvete nun, »an einen Streich,
Nach dem du Tränen hatt'st und Reue
Und ein Versprechen gabst zugleich.
Du warest halb so alt wie heute,
Und Abend war's, der Vater kam
Vom Fang zurück mit reicher Beute,
Die er nur aus dem Nachen nahm
Und eilig in den Kasten setzte
Am Ufer hier, daß für die Nacht
Die Fische fließend Wasser letzte,
Bis man zu Markte sie gebracht.
Früh schwamm der Kasten angekettet,
Voll Wasser zwar, sonst aber leer,
Die Fischlein hatten sich gerettet,
Darin war keine Gräte mehr.
›Wer hat den Deckel aufgelassen?‹
Frug nun der Vater streng und ernst,
›Heinrich, daß du doch aufzupassen
Dich nicht gewöhnen kannst und lernst!‹
Und über ihn, der sich verwahrte,
Erging ein ziemlich Strafgericht;
Die schuld war, leugnete und sparte
Dem Ärmsten seine Rüge nicht.
Du hatt'st am Kasten spät gesessen,
Ich wußt's, doch an dir dummen Ding
Hatt' ich schon meinen Narr'n gefressen,
Schwieg drum und ließ es gehn, wie's ging.
Dann aber nahm ich dich beiseite,
Und du bekanntest, aus Versehn
Hätt'st abends du die Läng' und Breite
Den Deckel offen lassen stehn.
Nie wieder sprächst du eine Lüge
Und wolltest, was es immer sei,
Womit dein Herz sich heimlich trüge,
Mir stets vertrauen frank und frei.«
Schon während der Erzählung machte
Lurlei ein schelmisches Gesicht,
Und nun – »Großmütterchen!« sie lachte,
»Die Wahrheit war das auch noch nicht.

Nicht aus Versehn blieb unverschlossen
Der Kasten, nein! ich deckt' ihn auf
Und dreht' ihn um, und hurtig flossen
Die Fischlein fort im freien Lauf.
Laßt euch nicht noch einmal erwischen!
Sagt' ich zu ihnen, denn so gut
Bin keinem Tier ich wie den Fischen,
Den Schwimmern in der kühlen Flut.«
»Was?!« rief die Alte, »doch gelogen?
Den ganzen Fang vertan im Nu
Und mich dabei noch aufgezogen?
Das ist zu toll! Du Racker, du!«
»Ja!« lachte Lurlei, »doch erwäge,
An Fischen wahrlich nie gebricht's,
Und Heinrich kriegte keine Schläge,
Das bißchen Schelte war ja nichts.
Dafür sollst du nun auch erfahren,
Was gestern ich im Boot bestand,
Die ich bei dir in jungen Jahren
Stets guten Rat und Vorschub fand.«
Und nun erzählte sie der Alten,
Ihr näher rückend, treu und wahr
Und ohn' ein Wort zurückzuhalten,
Haarklein die Fahrt mit Graf Lothar.
Salvete war mit allen Ohren
Ganz bei der Sache, und es ging
Nicht das geringste ihr verloren,
Wie alles so zusammenhing.
»Hast ihm doch keinen Kuß gegeben?«
War ihre erste Frage dann,
»In einer steten Hoffnung schweben,
Doch nichts erreichen muß ein Mann.
Sehnsucht wird dadurch nur genähret,
Daß man mit Gunstbezeigung geizt,
Was man zu leicht, zu früh gewähret,
Nutzt ab, doch das Verbotne reizt.
Laß ihn vor deinen Lippen stehen
Als Bettler eine lange Frist,
Laß Nacken, Arm und Fuß ihn sehen
Und zeig' es ihm, wie schön du bist.
Laß listig des Gewandes Falten
Ihm mehr verraten, als verhülln,
Doch klüger ist's, ihn hinzuhalten,
Als sein Verlangen zu erfüllen.«
    Auf niedrem Schemel saß die Junge
Und horchte zu der Alten auf,
Wie diese mit geläuf'ger Zunge
Sie unterwies im Liebeskauf.
Doch ohne jetzt den Blick zu heben
Sprach sie. »Großmütterchen, den Kuß, –
Ich hab' ihn ihm ja nicht gegeben, –
Doch daß ich dir's gestehen muß, –

Nur ungern hab' ich ihn verweigert
Dem ritterlichen Grafensohn,
Und hätt' er sein Begehr gesteigert,
Wer weiß –? Ich glaub', ich lieb' ihn schon.«
»Schad't nichts! schad't nichts! nur nicht gleich küssen!«
Lacht ihr Salvet' ins Angesicht,
»Wirst noch manch andres lernen müssen,
Das Küssen ist das schwerste nicht.
Doch wie du auch darüber denkest,
Trag's Köpfchen hoch nur früh und spat,
Stolz schlägst du einst, die jetzt du senkest,
Die Wimpern auf; kommt Zeit, kommt Rat.«
Dem Mädchen klang's wie Glockenläuten,
Wenn man nicht weiß woher, wohin,
Drum sagte sie. »Kann mir's nicht deuten,
Verstehe nicht der Worte Sinn.«
»Ist auch nicht nötig,« sprach Salvete,
»Sei du nur pfiffig und gewitzt,
Daß unentrinnbar dir in Stete
Das Gräflein an der Angel sitzt.
Hast dir Bedenkzeit ausgebeten;
Das war gescheit, du kannst ihm nun
Schon ein klein wenig näher treten,
Doch zu verliebt darfst du nicht tun.
Zeig' immer noch dich etwas spröde,
Jedoch mit Maßen, nicht zu sehr,
Und ist er danach gar zu blöde,
Gewährst du gleich ihm etwas mehr.
Brauchst ihm nicht alles abzuschlagen,
Stets auf der Hut nur mußt du sein,
Kein unbedingtes Ja zu sagen
Und kein unwiderruflich Nein.
Am besten ist's, wir Zwei befinden
Nach jedem Mal, daß ihr euch seht,
Wie wir den edlen Falken binden,
Daß er uns nicht von dannen geht.«
»Du sprichst,« seufzt Lurlei, »von Entweichen,
Und die Gefangene bin ich,
Mir sagt' ein wundersames Zeichen,
Daß er Gewalt hat über mich.
Er sandte gestern aus dem Bogen
Des Fensters dort im Burggemach
Durchs Dunkel glänzend auf den Wogen
Mir hellen Lichtes Zauber nach.
Der hielt mich fest wie goldne Ketten
Im Boot, und als ich draus entsprang,
Konnt' ich mich doch nicht davor retten,
Ich war in seines Geistes Zwang.«
»Schön! schön, mein Liebchen! gute Märe!«
Freut sich die Alte, »nun gib acht,
Daß ich das Wunder dir erkläre,
In Lieb' und Huld dir dargebracht

Von seiner Gnaden. Es bedeutet
Ein helles, ja ein glänzend Los,
Das klug erfaßt und ausgebeutet,
Dich einsetzt in des Glückes Schoß.
Er will sich strahlend an dich drängen,
Dich an sein Herz unlöslich ziehn,
Mit goldnen Ketten dich behängen,
Du sollst ihm nimmermehr entfliehn.
Hof halten sollst du, Feste leiten
Mit Blick und Wort und hohem Mut,
Zur Jagd und Beize mit ihm reiten
Im Schleier und im Federhut.
Kurzum, du wirst Frau Gräfin werden,
Der alles zu Gebote steht,
Was man nur wünschen kann auf Erden,
Und die in Samt und Seide geht.
Zum Vollmond siehst du ihn ja wieder,«
Fuhr sie dann augenzwinkernd fort,
»Dann denke, steigt er zu dir nieder,
Der guten Lehren Wort für Wort.«
Doch Lurlei sagte halb verloren
So vor sich hin: »Wie soll das gehn?
Die Mutter hat mich drum beschworen,
Es sollte niemals mehr geschehn.«
»Ach was denn! auch noch lang besinnen!«
Rief jene ungeduldig aus,
»Nur dreist! ich helfe dir von hinnen
Und lasse wieder dich ins Haus.
Man hängt's nicht jedem auf die Nase,
Wohin man seine Schnüre warf,
Wer fragt denn Mutter, Muhm' und Base,
Ob er zum Liebsten schleichen darf?«
Lurlei sah in Gedanken sitzend
Hinüber nach dem Grafenschloß,
Dann auf den Strom, der wellenblitzend
Im Sonnenschein vorüber floß.
Nun sprang sie auf. »Ich muß mich regen,
Zu rasch kommt's über mich herein,
Ich muß auf unbetretnen Wegen
Allein mit meinem Herzen sein.«
So sprach im Aufruhr der Gefühle
Die Jungfrau, schritt dem Rheine zu
Und sucht' in schatt'ger Waldeskühle
Vor Liebesandrang Rast und Ruh.
    Salvete schob das Netz zur Erde,
Die Hände faltend überm Knie
Und mit frohlockender Geberde
Lurlei nachblickend sagte sie:
»Ein Netz geflickt und eins gesponnen,
Das auch so bald nicht wieder reißt,
Sie wird in Glück und Glanz sich sonnen
Wenn sie auch nicht – Frau Gräfin heißt.«

Vorüber an den grünen Reben
Von Berg zu Tale geht der Rhein,
Vorüber an der Menschen Leben
Geht Tag und Nacht ins Meer hinein.
Da geben Stunden sich und Wellen
Selbander sicheres Geleit,
Ruhloser Wandrung Fahrtgesellen,
Verrinnt das Wasser und die Zeit.
Rasch strömt dahin und wälzt und zwänget
Sich durchs Geklüft der Wogen Schwall,
Und vorwärts, immer vorwärts dränget
Es endlos nach in Flut und Fall.
Wieviel sich auch stromab ergießet,
Nie stockt's, nie staut's, nie hört es auf,
Des Riesen Kraft und Reichtum fließet
In unerschöpflich vollem Lauf.
In seiner Tiefe birgt er Risse,
Aufragt umschäumter Klippe Rand,
Auf seinem Rücken trägt er Schiffe
Vom Alpensee zum Dünensand.
Die ziehn vorbei an Bank und Barren,
Der Wind bläst in des Segels Schoß,
Die Wimpel wehn, die Spieren knarren,
Im Takte schallt der Ruder Stoß.
Sie müssen drehen sich und winden
Durch Mühsal, Hemmnis und Gefahr,
Im Felsgewirr den Weg zu finden
Vom Binger Loch bis Sankt Goar.
Bald liegt zur Rechten, bald zur Linken
Der schmale Paß, vom Strom bedeckt,
Die sieben Jungfern tückisch winken,
Und böse Leien sind versteckt.
Wenn Schiff und Schiffer dann entkommen
Der Strudel unheilvoller Macht,
Wird hart in Anspruch noch genommen
Von manchem Zollamt ihre Fracht.
Der König und der Bischof teilen
Und Burg und Stadt und Stift und Dom,
Mehr Zölle sind am Rhein, als Meilen,
Und Pfaff und Ritter sperrt den Strom.
Zollschreiber ist zuerst Empfänger,
Dann stellt sich der Beseher ein,
Ihm folgt Nachschreiber, dann Nachgänger,
Vier Mann hoch zapfen sie am Wein.
Die seßhaft an den Ufern hausen,
Die lassen Zeit und Wasser ziehn,
Sie sehen's schäumen, hören's brausen,
Und mit den Well'n die Stunden fliehn.
Manch einer steht und schaut mit Sinnen
Den Schifflein auf dem Strome nach

Und denkt: oh könntest auch entrinnen
Du deiner Sorgen niedrem Dach!
Allein wohin auch Sehnsucht steuert,
Habsucht ist dort erwartungsvoll,
Die überall den Wein verteuert,
Denn jedes Glück heischt seinen Zoll.

Langsamer als den andern flossen
Lurlei die Tag' und Stunden hin,
Doch hinter klugem Spiel verschlossen
Hielt sie den unruhvollen Sinn.
Sie plauderte, sie scherzt' und lachte,
Ihr Antlitz war wie Sonnenschein,
Von allen, die sie fröhlich machte,
Sah keiner ihr ins Herz hinein.
Mit Macht war über sie gekommen
Ein Sehnen, das sie nie gekannt,
Hatt' in Besitz sie ganz genommen,
Wie eine Sturmflut überrannt,
Seit sich um ihre Gunst bemühte
Der sieggewöhnte Grafensohn
Und ihr, wie sehr er für sie glühte,
Gestand mit höfisch feinem Ton.
Wie anders auch weiß er zu werben
Mit Blick und Wort, als jene Schar
Von Winzern oder Fischererben,
Die sie umfrei'n in Sankt Goar!
Bestrickend ist des Grafen Minne,
Verführend sein beredter Mund,
Doch hat er's gut mit ihr im Sinne?
Ist's Ernst ihm mit dem Herzensbund?
Soll wirklich sie, die Tiefgeborne,
Des armen Fischers Töchterlein,
Vor allen Edlen die Erkorne
Des einstigen Gebieters sein?
Es will ihr ganz unmöglich scheinen,
Wie Zweifel über Zweifel spricht;
Nur so viel weiß sie sicher: einen
Von ihren Freiern nimmt sie nicht!
Und niemals wird sie sich vermählen,
Wär's mit dem Grafen nur ein Traum,
Viel lieber teilt sie ohne Wählen
Mit Heinrich einer Hütte Raum.
Will er sein Los an ihres ketten
Zu Lust und Leid mit ihr allein,
Will sie an seine Brust sich retten
Und freudig ihm ihr Leben weihn.

Wo aber war er? schon seit Tagen
Hatt' ihn die Schwester nicht gesehn;
Er schien ein heimlich Leid zu tragen
Und eignen Wegen nachzugehn.
Zu Hause ward er nicht gefunden

Und nicht im Nachen auf dem Rhein;
Sollt' er etwa, wenn er verschwunden,
Auf einer andern Spuren sein?
Der Argwohn, der ihr aufgestiegen
Anfänglich schwach und flüchtig bloß,
War bald schon nicht mehr zu besiegen
Und stand ihr nun so zweifellos,
Daß sie beschloß, nicht nachzulassen,
Bis Heinrichs Liebste sie entdeckt,
Ihm nachzugehn und aufzupassen,
Wohin er sich mit ihr versteckt.
Doch riet sie falsch, und wenn sie schmollte,
So ahnte sie von ferne nicht,
Wie noch viel mehr ihr Heinrich grollte
Um ihr verstelltes Angesicht.
Denn all ihr Lachen und Getändel,
Den Bruder täuscht' es nimmerdar,
Er witterte doch Liebeshändel
Und Heimlichkeiten mit Lothar.
Und dacht' er, was draus werden könnte,
War Ingrimm seines Grübelns Frucht.
Weil er die Schwester keinem gönnte
In mehr als Bruders Eifersucht.
Der Liebe Glück ihr zu bestreiten,
Hatt' er kein Recht, gehört' es auch
Für ihn zu den Unmöglichkeiten,
Daß eines andern Mundes Hauch
Die Lippen Lurleis je berührte,
Als seines, der, ihr Bruder zwar,
Stets ein Verlangen danach spürte,
Das keine Bruderliebe war.
Ihn trieb zu ihr mit heißem Sehren
Ein unbegreiflich starker Zug,
Daß oft mit stürmischem Begehren
Sein Herz bei ihrem Anblick schlug.
Vor Jahren schon, ganz im geheimen,
Wie ein verworren Traumgesicht,
Begann der Wunsch in ihm zu keimen:
Oh wärest du ihr Bruder nicht!
Und öfter gab wie dunkle Ahnung
Die Stimme der Natur ihm ein,
Des Bluts verräterische Mahnung:
Sie kann nicht deine Schwester sein!
Dann wieder dacht' er, daß von Kinde
Sie mit ihm aufgewachsen war,
Und schlug getrost in alle Winde,
Was haltlos, jedes Grundes bar.
Jetzt aber drückten schwere Sorgen
Den Ärmsten, wie ihm nie geschehn:
Lurlei hielt ihm etwas verborgen,
Was sie nicht wagte zu gestehn.
Der Graf, der stolze Graf da drüben

Kam, wie der Dieb kommt in der Nacht,
Und köderte und fischt' im Trüben,
Auf ihrer Unschuld Fang bedacht.
Verlorne Mühe, sie zu fragen,
Ob beide schon das Band geknüpft.
Ihr aber war in all den Tagen
Auch nicht ein Wort davon entschlüpft.
Er war gewärtig ihrer Beichte
Von jener nächtig langen Fahrt,
Doch sie, statt daß sie sich erweichte,
Hielt ihr Geheimnis streng bewahrt.

So trüb' und schwer wie ihm zumute,
So trüb' und grau war auch der Tag,
Da Heinrich mit der Angelrute
Dem Lurlenberg genüber lag.
Einsam und friedlich war die Stelle
An einer Bucht, geschützt und tief,
Wo von des Stromes Gang die Welle
Mit leisem Rauschen sich verlief.
Das Ufer ging in sanfter Neige
Bis an den Rand, fiel aber jach
Dort ab, und breite Buchenzweige
Beschirmten es mit grünem Dach.
Hier war's zum Angeln gut und lauschen,
Da Wasser ruhig wie ein Sumpf
Für Aale, Karpfen und Karauschen,
Das Wetter wolkig, schwül und dumpf.
Der arme Regenwurm indessen
Umsonst am spitzen Haken hing,
Stückweise ward er aufgefressen,
Dieweil der Angler Grillen fing.
Statt fleißig auf den Kork zu schauen,
Versäumt' er stets, wenn einer biß,
Zur rechten Zeit ihn anzuhauen,
So daß er leer zu Lande schmiß.
Die Rute lässig in der Linken,
Mit stierem Blicke saß er da,
Sah nicht die Schnur ins Wasser sinken
Und hörte nichts von fern und nah.

»Hau' an! er sitzt! er hat gebissen!«
Ruft's hinter ihm, Heinrich erschrickt,
Als er, wie aus dem Schlaf gerissen,
Hier Lurlei unverhofft erblickt.
»Das Plätzchen scheint dir gut zu taugen!
Und nichts im Korbe? nichts erwischt?
Wo hattest du denn deine Augen?
Wonach denn hast du hier gefischt?«
So höhnt sie ihn, und er – gesessen
Hat er verzagt am Ufer hie
Und Floss' und Anhieb nur vergessen
In Gram und Herzeleid um sie.
»Was kümmert dich mein Tun und Treiben?«

Murrt er, »wir sagen uns nicht mehr,
Wohin wir gehn und wo wir bleiben;
Du siehst es ja, der Korb ist leer!«
»Was ist denn das?« fragt sie befangen
Und setzt sich, »ich versteh’ dich nicht;
Was ist denn mit dir vorgegangen?
Heinrich, sieh mir mal ins Gesicht!«
Er tut es mit erzwungner Kälte
Und spricht. »Was mit mir vorging hier?
Wenn es nun ein Geheimnis gälte,
Das ich bewahren will vor dir?«
»So! ein Geheimnis! und ich finde
Dich einsam, habe wohl gestört?
Du warfst die Angel wohl geschwinde,
Nur weil du meinen Schritt gehört?
Wer war’s denn, die vor mir geflohen,
Die ich nicht bei dir sehen soll?«
Fragt sie, und ihre Augen drohen,
Wie sie umherschaut eifervoll.
Er lächelt spöttisch und erbittert,
Zuckt mit den Achseln nur und schweigt,
Indes sie vor Erregung zittert
Und ihr Verdacht im Herzen steigt.
»Heinrich –,« und wie gepreßt in Banden
Klingt schüchtern ihrer Stimme Ton,
»Wir haben immer uns verstanden
Auch ohne Wort, mit Blicken schon.
Soll das vorbei nun und gewesen
Und künftig alles anders sein?
Nicht mehr wie sonst soll Lurlei lesen
In deiner Augen hellem Schein?«
»Vorbei!« spricht er mit dumpfem Klange,
Starrt vor sich hin und stützt das Haupt.
»Was sagst du, Heinrich?!« ruft sie bange
Und aller Zuversicht beraubt,
»Du wolltest abtun, was uns einigt?
Und ich – ich sollte seitwärts stehn,
Verdrängt, verlassen, neidgepeinigt
Dich eine andre herzen sehn?
Vereinsamt bin ich fast im Leben,
Nicht Freund noch Freundin nenn’ ich mein
Und habe, ganz mich hinzugeben,
Niemand, als, Bruder, dich allein.
Du weißt, von meinen Freiern allen,
Die sich ablaufen ihre Schuh,
Will mir kein einziger gefallen,
Ist keiner mir so lieb wie du.
So werd’ ich mich wohl nie bestatten
Und sehne mich auch nicht danach,
Mit einem ungeliebten Gatten
Zu hausen unter einem Dach.
Und du? – wenn ich in unserm Städtchen

Hier Umschau halte, dünket mich,
Daß von den heiratslust'gen Mädchen
Auch keines gut genug für dich.
Mußt du dich denn durchaus beweiben,
Dir Sorgen schaffen, Müh' und Last?
Laß uns doch beide ledig bleiben,
Wenn du noch freien Willen hast!
Weißt noch, wie wir als Kinder spielten
Hochzeit und Herd- und Hüttenbau?
Und meinten, groß geworden, hielten
Wir Wort und würden Mann und Frau?
Was wir uns einst im Scherz verhießen
Mit unschuldvollem Kindermund, –
Heinrich! wie wär' es? komm! wir schließen
Im vollen Ernste nun den Bund!
Laß an der Schwester dir genügen
In reiner Freundschaft immerdar,
Geschwisterlich woll'n wir uns fügen
An einem Herd als treues Paar;
Woll'n alles mit einander tragen,
Bis einer von uns beiden stirbt,
Und jedem will ich mich versagen,
Sei's, wer es sei, der um mich wirbt!«
Je länger sie zu ihm gesprochen,
Je mehr ward sie dabei erregt
Und hatte schon, nicht unterbrochen,
Den Arm in seinen Arm gelegt,
An den sie nun sich fester schmiegte,
Auf Heinrichs Antwort hoch gespannt,
Denn wenn die Schwesterliebe siegte,
War alle Zweifelsnot gebannt.
Und Heinrich fühlt's und hört's mit Beben,
Sein höchstes Glück ist's, was sie spricht,
Er atmet ihrer Seele Weben,
So nah ist ihm ihr Angesicht.
Heiß geht's ihm über, herzbezwungen
Blickt er in ihres Auges Strahl, –
Und selig hält er sie umschlungen,
Als wär's zum allerersten Mal.
Er weiß es gar noch nicht zu fassen,
Was ihm die Schwester damit gibt,
Er hat's sich selbst nicht träumen lassen,
Wie leidenschaftlich er sie liebt.
Er preßt sie an sich wild verwegen
Und glüht in Lust, wie er entzückt
Ihr ungezählten Lippensegen
Auf Mund und Hals und Schulter drückt.
Ihr will beinah der Odem stocken
Von seinem Ungestüm, sie drängt
Ihn sanft zurück, ist ganz erschrocken,
Bis sie nun an zu lachen fängt:
»Gemach, Herr Bruder! sachte, sachte!

Friß mich nicht auf! drück' mich nicht tot!
Bei dem, was ich in Vorschlag brachte,
Sei Sanftmut unser erst Gebot!«
»Sanftmütig, Täubchen! ich erwarte,
Daß du mich diese Tugend lehrst,«
Neckt er sie fröhlich, »und das Harte
Mit Lammsgeduld zum Milden kehrst.«
Da droht sie ihm: »Nun sei vernünftig,
Gib Antwort mir mit Ja und Nein!
Wie soll es mit uns werden künftig?
Gehst du auf meinen Vorschlag ein?«
»Lurlei! wie kannst du nur so fragen!«
Spricht er, »ich habe längst gekürt,
Nur mocht' ich nimmer es dir sagen,
Wohin mich all mein Sehnen führt.
Nur einer, die ich dir nicht nenne,
Gehört mein Herz in Neid und Not
Und, ob's mein Mund auch nie bekenne,
Mein Lieben treu bis in den Tod!«
Wie von kalt Wasser übergossen
Fühlt sie sich, wie dahin gemäht,
Versteht es so, daß er entschlossen
Sie einer andern willn verschmäht.
»Nicht nennen willst du mir die eine?
So viel Vertrauen hast du nicht?«
Ruft sie mit hellem Flammenscheine
Aufwall'nden Zorns im Angesicht.
»Gehst mir behutsam aus dem Wege,
Stiehlst dich mit Korb und Angel fort
Zum Stelldichein im Buschgehege
Und hast für mich kein freundlich Wort?«
Er fällt bei dem, was er vernommen,
Aus allen Himmeln, doch sie läßt
Ihn nicht einmal zu Worte kommen,
Wie sie der Sturm ins Feuer bläst.
»Meinst wohl, ich könnte dir vermindern
Die Lust, zu minnen und zu frei'n,
Durch meine Gegenwart dich hindern,
Im Arm der einen froh zu sein?«
    »Lurlei –!« »Oh folge deinem Drange,
Geh nach Gefallen ein und aus,
Doch laß zu deinem leichten Fange
Die Angel künftig nur zu Haus.«
    »So höre doch –!« »Ich will nichts hören,
Denn deine Schliche kenn' ich jetzt!
Versuche, Fische zu betören,
Daß sie dein Köder lockt und letzt!
Mir aber, das verbiet' ich! zeige
Nicht, wie du dich an der erbaust,
Die, Hasenherz du, blöd' und feige,
Dich nicht einmal zu nennen traust!
O diese unsichtbare eine!

Versteht sie denn das Küssen gut?
Und hat sie auch im Mondenscheine
Zu dir zu kommen wohl den Mut?«
»Schweig!« donnert er, »ich wollt’, die eine
Besäß’ im Leben nicht den Mut,
Mit einem Grafen nachts alleine
Zu fahren auf der dunklen Flut!«
Auf springt er, seine Adern schwellen,
Wie er’s ihr scharf entgegen hält,
»Du willst hier mich zur Rede stellen
Und selber tun, was dir gefällt?
Der ist zum Wächter fein empfohlen,
Der selber nascht verbotne Frucht,
Und wer selbst Minne pflegt verstohlen,
Den kleidet gut die Eifersucht!«
»Haha! süß sind verbotne Früchte!«
Sie steht und lacht ihm ins Gesicht,
»Doch ich, statt daß ich ängstlich flüchte,
Verleugne meine Freunde nicht.
Daß ich zu Nacht hinaus mich wagte
Mit Graf Lothar, war mein Begehr;
Nicht übel klang’s, was er mir sagte,
Und ein paar Arme hat auch er!«

    »So! hat er? und darin zu liegen,
Ist auch dein Wunsch wohl und Begehr?
Läßt dich wohl gern von ihm besiegen
Und machst es ihm nicht allzu schwer?
Nur zu! nur zu! und sieh, wie’s endet.
Du breitest zwischen uns den Rhein;
Gib acht! eh’ sich der Sommer wendet,
Wirst du des Grafen Buhle sein!«

    Lurlei ist wie vom Blitz getroffen,
Bleich ist wie Marmor ihr Gesicht,
Ihr Blick unheimlich wild, weit offen,
Sie weist zum Felsen auf und spricht.
»Hoch auf der Lei dort will ich hausen,
Geflohn von Menschen, ungeliebt,
Vom Sturm geküßt, umfaßt von Grausen,
Eh’ sich mein Herz verloren gibt!
Wir aber sind fortan geschieden,
Es weiß nun jeder seinen Weg,
Und wie du mich zuletzt gemieden,
So bleib’ mir stets aus Weg und Steg!«
Er spricht, den Mißverstand zu lösen,
Verstockt, hartnäckig, nicht ein Wort,
Und sie geht ab und nimmt den bösen,
Unsel’gen Irrtum mit sich fort.

VI. Unter dem Monde

Es war danach am dritten Morgen
Daß Lurlei auf demselben Fleck
An jener stillen Bucht verborgen
Saß unterm grünen Schattendeck.
Sie wußte Heinrich auf dem Rheine,
Wohin die Männer früh am Tag
Sich aufgemacht mit Garn und Leine,
Zu fischen in der Salmenwaag.
Von steilen Höhen war umzogen
Das Strombett in geschloßnem Ring,
Weil hier der Rhein in scharfem Bogen
Um den gewalt'gen Felsen ging.
Dort sich aus nahen Bergen windend,
Als stieß er selbst das Tor sich auf,
Barg er, in Bergen auch verschwindend,
Bald wieder den gekrümmten Lauf.
So war beschränkt des Blickes Weite
Von Wald und Wänden um und um,
Nur talwärts schaute links zur Seite
Burg Katz ums Vorgebirg herum.
Und drüben, Strom und Tal als Frohne
Wirksam beherrschend, stolz und frei
Gleich einem hohen Götterthrone,
Stieg aus der Flut empor die Lei.
Darüber stand im blauen Äther
Der Mond und glänzte silberweiß,
Gewillt, schon wenig Tage später
Zu füllen seines Zirkels Kreis.
Und war er voll und rund zu sehen,
Dann wollte Lurlei zu Lothar,
Wie sie's gelobt, und ihm gestehen,
Was ihres Herzens Meinung war.
Sie löste sich das enge Mieder,
Daß freier sich die Brust bewegt,
Und streckte lang aufs Moos sich nieder,
Die Hände unters Haupt gelegt.
Gezweig und Blätter spielten flimmernd
In Dämmerlicht und Sonnenschein,
Zum Waldverstecke lugte schimmernd
Das tiefe Himmelblau herein.
Und Lurlei wußte sich zu schmiegen,
Versuchte hier und rückte da,
Bis sie durchs grüne Laub im Liegen
Des Mondes bleiches Antlitz sah.
Er war ihr Freund und ihr Berater
Mit seinem wandelbaren Licht,
Und seine ausgebrannten Krater
Erschienen ihr wie ein Gesicht,
Das sich vor ihrem Blick bewegte,
Aus dem nach seiner Züge Maß

Auf Frag' und Zweifel, die sie hegte,
Sie tröstlich Red' und Antwort las.
Auch heute wollte sie ihm klagen,
Warum ihr Herz so heftig schlug,
Ihm Angst und Wunsch und Hoffnung sagen
Und was sie auf der Seele trug.
Soll sie des Grafen Minnewerben
Erhören, das so lockend fleht?
Führt zu Gedeihn, führt zu Verderben
Der Weg, vor dem sie zaudernd steht?
Das lag ihr schwer in den Gedanken,
Wie sie mit Für und Wider stritt,
Noch immer fühlte sie ein Schwanken
Vor dem entscheidend ersten Schritt.
Doch wie sie jenes Wortes dachte
Aus Heinrichs Mund, das haften blieb
Und jetzt noch ihre Wut entfachte,
Die Scham ihr in die Wangen trieb,
Da bäumte sich wie dort die Welle
Am Felsgestein in Überhast
Ihr Stolz empor, und auf der Stelle
War trotzig ihr Entschluß gefaßt:
»Wohlan! ich will's ihm deutlich zeigen,
Daß ich auch ohn' ihn leben kann!
Er soll sich einmal tief verneigen
Vor meines Glückes Viergespann!
Du sei mein Zeuge, Mond, in Hulden,
Daß mir nichts andres übrig bleibt
Und sein Verrat nur und Verschulden
Mich in des Grafen Arme treibt!
Lothar legt alles mir zu Füßen,
Sein einzig Glück, sein Stern bin ich,
Er will das Leben mir versüßen
Und hat nicht Frieden ohne mich.«
    Da war er seltsam anzuschauen,
Der Alte mit dem Schneegesicht,
Er schüttelte und hob die Brauen,
Als billigt' er die Rede nicht.
    »Du wunderst dich; wirst doch nicht denken,
Ich würd' in heimlich freier Wahl
Dem Grafen Leib und Seele schenken?
Nein, Freund! ich werde sein Gemahl!
Auf seinem Schlosse werd' ich wohnen,
Auf hohem Söller mit ihm stehn,
In seinem Saale mit ihm thronen,
In eitel Samt und Seide gehn.
Hof halten werd' ich, Feste leiten
Mit Blick und Wort und frohem Mut,
Zu Jagd und Beize mit ihm reiten
Im Schleier und im Federhut.«
    Der Mond horcht' auf; schnell wieder heiter
Und in verständnisvoller Ruh,

Zog er den Mund gemächlich breiter
Und kniff verschmitzt ein Auge zu.
    »Du lächelst; auch Salvete schürte
Noch meine Lust und riet und frug
Und tat, als ob mir nur gebührte
Des Grafen Hand mit allem Fug.
Du kennst ihn, Mond, in Fried' und Fehde.
Er ist ein Held von Kopf zu Fuß,
Stark ist sein Arm, mild seine Rede
Und wonnig seiner Augen Gruß.
Vielleicht kannst du von deiner Höhe
Ihn sehn, wohin den Schritt er lenkt,
Ob er zu mir nicht gerne flöhe,
Und ob er auch an mich jetzt denkt.«
    Da reckte sich der Mond und schielte
Scharf um die Ecke zum Palas,
Und durch sein schiefes Antlitz spielte
Schalkheit, als säh' er Wunder was.
    Sie richtete sich auf und stützte
Sich mit den Armen aufs Gestein;
Ob ihr nicht auch das Spähen nützte,
Sah sie zur Burg hin übern Rhein,
Die bis hinauf zum Mauerkranze
Des Bergfrieds noch im Schatten lag,
Derweil im Morgensonnenglanze
Linksufrig prangte Hain und Hag.
Umsonst! es war für Menschenauge
Zu weit, mocht' auch die Späherin
Mit Blicken noch so fest sich saugen,
Nur die Gedanken flogen hin.
    Der Graf Lothar hatt' in der Jugend
Verlassen seiner Väter Schloß
Und Waffendienst und Rittertugend
Erlernt in andrer Herren Troß.
Er hatt' in Kämpfen und Gefahren
Als tapfrer Streiter sich bewährt
Und war mit achtundzwanzig Jahren
Und goldnen Sporen heimgekehrt.
Graf Dieter hatte mittlerweile
Dem Sohn ein festes Haus erbaut,
Burg Katz, die von des Berges Steile
Schloß Rheinfels gegenüber schaut.
Schon seit dem Frühjahr hauste droben
Als Burg- und Jungherr Graf Lothar
Und hört' allstunds die Schönheit loben
Der Fischermaid in Sankt Goar.
Er ward begierig, sie zu sehen,
Die jeder rühmte hierzuland,
Doch ließ der Zufall es geschehen,
Daß er sie nie im Städtchen fand.
Endlich auf schatt'gem Waldespfade
Begegnet' er ihr einst allein,

Sie kam, nur leicht geschürzt, vom Bade,
Frisch wie die Ros' im Morgenschein.
Da sah er ihrer Augen Sprühen,
Den Nacken und den bloßen Arm,
Den stolzen Wuchs, der Wangen Glühen,
Und bei dem Anblick ward ihm warm.
»Grüß Gott dich, holde Maid, in Ehren!«
Sprach er und blieb am Wege stehn,
»Hast du es eilig, heimzukehren?
Willst nicht ein Weilchen mit mir gehn?«
Sie sah mit flüchtigem Erröten
Ihn an und sagte sonder Scheue
»Nicht Eile just hab ich vonnöten
Und fürchte nicht, daß ich's bereu'.«
Sie kannt' ihn schon; Gestalt und Züge,
Vornehm und stattlich anzuschau'n,
Sein ganzes Wesen und Gefüge
Erweckten fesselnd ihr Vertrauen.
Er hatt' etwas, das leicht bestrickte,
Als wenn sich ein Erobrer naht,
Wie er sich trug und sprach und blickte,
Das ihr ganz neu entgegen trat.
Da regte sich ihr flugs im Herzen
Der Fanglust angeborner Trieb,
So daß sie, aufgelegt zum Scherzen,
Recht gern an seiner Seite blieb.
Sie wollte sehn, ob's ihr durch Tändeln
Und List und Locken möglich sei,
Mit einem Grafen anzubändeln,
Aus Laune nur und Schelmerei.
Nichts andres hatte sie im Willen,
Als ein vorübergehend Spiel,
Sie wollt' erproben nur im stillen,
Ob sie auch solchem Herrn gefiel.
Nun, das gelang ihr aus der Maßen,
Des Grafen Blicke wurden heiß,
Denn sie betrieb ihr Kirrn und Spaßen
Mit einem ausgesuchten Fleiß.
Je mehr sie sah, wie's ihn entzückte,
Je kühner ging sie darauf aus,
Wie sie ihn reizte und berückte,
Und forderte ihn keck heraus.
Sie trug die freudigste Erregung
In Antlitz und Gespräch zur Schau,
Lebhaft anmutige Bewegung
Zeigt' ihres Körpers schönen Bau.
Es lachte mit so süßem Schwellen
Verführerisch ihr roter Mund,
Und ihres Goldhaars lange Wellen
Umfluteten der Schultern Rund.
Da hielt nicht länger mehr im Zügel
Lothar des Herzens rasche Lust,

Und er umschlang wie Sturmes Flügel
Lurlei und drückte Brust an Brust.
Das aber war der Jungfrau leidig,
Und sprengend seiner Arme Haft
Entwand sie schnell sich und geschmeidig
Mit einer ungeahnten Kraft.
Zornfunkelnd, purpurüberflossen
Sah sie auf den verwegnen Mann,
Daß er halb reuig, halb verdrossen
Sich seiner Ritterpflicht besann.
Und höflich bat er: »Sei nicht böse!
Nicht allzu lange zürne mir,
In Lächeln deinen Unmut löse,
Nur einen Kuß wollt’ ich von dir.«
»So wartet, bis ich ihn Euch schenke,
Statt daß Ihr mit Gewalt ihn raubt,
Und bis ich’s tue, – nun, ich denke,
Das dauert länger, als Ihr glaubt!«
Sie sprach’s, das Haupt empor geschwungen,
Und schritt den Waldweg stolz dahin.
Lang schaut’ der Graf ihr nach, bezwungen
Von aller Herzen Zwingerin. –
    So endete mit Streit im Walde
Ihr erst Begegnen mit Lothar,
Doch Lurlei fühlte nur zu balde,
Daß sie ihm nicht mehr böse war.
Wenn sie hier hüben ihn erblickte,
– Und drüben hatt’ er keine Ruh –
War sie beglückt und stand und nickte
Auf seinen Gruß ihm lächelnd zu.
Er sucht’ ihr öfter nah zu kommen,
Und es gelang auch manches Mal,
Dann immer sprach er ihr beklommen
Von seines Herzens Not und Qual.
Er bat sie wiederholt und dringend
Um eine Kahnfahrt auf dem Rhein,
Und endlich schlug – das Opfer bringend! –
Sie mit geheimen Freuden ein. –
    Durch Lurleis Träumen und Erinnern
Zog Bild und Wort gedankenschnell
Und spiegelte in ihrem Innern
Lothars Erscheinung sonnenhell.
Vor ihrem Geiste stand er ragend
In seiner schönen Männlichkeit,
Nur mit den Augen flehend, fragend
Nach ihrer Liebe Blütezeit.
Da wuchsen Sehnsucht und Verlangen
Und flammten ihr durch Seel’ und Leib,
Und mit des Herzens Lust und Bangen
Ward in der Jungfrau wach das Weib.
    Sie sprach: »Mein bleicher Freund dort oben,
Des Gegenwart mich stärkt und labt,

Dir will ich schwören und geloben,
Als hätt'st mir du den Eid gestabt:
Ich will mein Herz dem Grafen geben,
Ihm hold und treu zeitlebens sein,
Ist er gewillt, mich zu erheben,
Und seine Gunst in Ehren mein.
Ich lieb' ihn, und ich will ihn haben,
Er hat mir's angetan im Flug,
Daß er mit seinen hohen Gaben
Mich schnell in sanfte Fesseln schlug.
Du siehst und hörst mich hier auf Erden,
Nun schwebe hin durch Tag und Nacht,
Laß voll die hohle Wange werden
Zu deines hellsten Lichtes Macht!
Nachzügler du am Himmelsbogen,
Schreit' aus in deinen Nebelschuh'n!
Mich treibt's, in deines Glanzes Wogen
An des Geliebten Brust zu ruhn.
Mit Armen will ich ihn umfangen,
Es dürstet mich nach seinem Mund;
Mond, laß mich zu Lothar gelangen!
Sput' dich, du Träumer! werde rund!«
   Mild wie zu Kinderwünschen lachte
Zu Lurleis Leidenschaft der Greis,
Doch Drohen nicht noch Bitten brachte
Ihn aus dem altgewohnten Gleis.
   Voll war die Brust ihr zum Zerspringen,
Und aus des Herzens tiefstem Drang
Erhob sie nun ein schallend Singen,
Daß es vom Felsen widerklang.
   Mein Herz schlägt laut,
Mein Auge schaut
Auf Wegen und Stegen
Dem Liebsten entgegen.
Ruh sind' ich nimmer
Von Kopf zu Fuß,
Ich sehne mich immer
Nach seinem Gruß.
Ich möcht' ihm begegnen,
Sein Leben ihm segnen
Und was ihm wert,
Sein Roß und sein Schwert.
   Auf hohem Stein
Die Burg ist sein.
Ach, hätt' ich doch Flügel!
Durch Tal, über Hügel
Wollt' ich mich schwingen
Zu ihm hinan
Und selig umschlingen
Den trauten Mann.
Von Hoffnung getragen
Mit Wünschen und Fragen,

Ihr Seufzer, eilt
Dahin, wo er weilt!
   Die Wolken ziehn,
Die Wellen fliehn,
Und meine Gedanken
Mir wanken und schwanken.
Unstet durchjagen
Sie mein Gemüt;
Wie soll ich es sagen,
Was in mir glüht?
O Sehnsuchtsgewalten!
Kein Hemmen und Halten
Auf eurer Bahn, –
So wollet ihm nahn!
   Nun hatte sie sich frei gesungen
Die Seele mit der Melodei,
Das Lied war ihrer Brust entsprungen
Wie ein Knospe bricht im Mai.
Verhohlne Liebe war gestanden
Dem Wald, den Felsen und der Flut,
Und wie erlöst aus Zweifelsbanden
War leicht und fröhlich ihr zumut.
Und angefangen mal mit Singen,
Fuhr sie, als sie den Rückweg nahm,
Nun trällernd fort und ließ erklingen,
Was in den Sinn ihr eben kam. Es pocht’ ein blonder Knabe
Vor eines Schenken Haus
Mit seinem Wanderstabe:
»Herr Wirt! nur schnell heraus
Mit einem kühlen, blanken,
Einem blanken Becher Wein!
Will zahlen und mich bedanken,
Bedanken noch obenein.«
   Wirtstöchterlein, das junge
Mit braunem Augenpaar,
Reicht’ ihm mit raschem Schwunge
Den vollen Becher dar.
»O nein! du mußt erst nippen,
Erst selber nippen am Rand
Mit deinen roten Lippen,
So rot wie kein’ im Land.«
   Sie tat, was er begehrte,
Sie trank ihm lächelnd zu,
Er saß bei ihr und leerte
Den Becher in guter Ruh.
»Könnt’st mir die Rose schenken,
Die Rose von deiner Brust,
Und deiner wollt’ ich denken,
Dein denken in Wanderlust.«
   Sie gab ihm auch die Rose
Von ihrer Brust sogleich, Gefangen hielt der Lose

Ihr Händchen, schlank und weich.
»Könnt'st mich ein Stücklein bringen,
Ein Stücklein auf den Weg,
Im Walde tief verschlingen,
Verschlingen sich Pfad und Steg.«
    Sie ging mit ihm so lange,
Bis daß ein Kreuzweg kam,
Er küßt' ihr Mund und Wange,
Als er nun Abschied nahm.
»Könnt'st mir dein Herz mitgeben,
Dein Herz, lieb Mägdelein!
Vielleicht kehr' ich im Leben,
Vielleicht hier wieder ein.«
    »Mußt warten, lieber Knabe,
Mußt warten Jahr und Tag,
Ob ich's, wenn ich's noch habe,
Noch habe, dir geben mag.«
Er ging dahin und dachte:
Ob wohl das Warten frommt?
Sie schaut' ihm nach und lachte:
Ob er wohl wiederkommt?
    Mägdlein saß in Wald und Moos,
Bunte Blumen auf dem Schoß,
Einen Kranz zu winden.
»Den ich schau' durchs Kränzelein,
Der soll mir der Liebste sein!«
Sprach sie bei dem Binden.
    Kaum ist fertig das Geflecht,
Kommt ein junger Jägerknecht
Aus dem Busch geflitzet;
Kniet und hält das Kränzel dicht
Zwischen sein und ihr Gesicht,
Schon den Mund gespitzet.
    »Sieh! so schaut dein Liebster drein,
Guckt durchs runde Fensterlein,
Komm, mein liebes Kätzchen!«
Wie's gewollt, so hat's gemüßt,
Hat ihn durch den Kranz geküßt,
Ward sein Herzensschätzchen.
    So singend kam dahergeschritten
Lurlei den Pfad am Uferrand,
Als plötzlich in des Weges Mitten
Ein bärt'ger Burgmann vor ihr stand.
Doch sie erschrak nicht vor dem Streiter,
Rauschard, des Grafen Schildknecht war's,
Auf jedem Zuge sein Begleiter,
Der Treu'ste der Getreu'n Lothars.
Er grüßte sie halbwegs verlegen
Und hielt, als hätt's ein schwer Gewicht,
Ein kleines Sträußchen ihr entgegen
Von blühenden Vergißmeinnicht.
»Von meinem Herrn!« sprach er gemessen

»Und seines Herzens Gruß dabei!
Und möchtest ja doch nicht vergessen,
Daß in drei Tagen Vollmond sei.«
Sie nahm's verschämt und nahm's doch gerne
Und lächelte. »Sag dem, der's schickt,
Mich hätten diese blauen Sterne
Wie seine Augen angeblickt.
Und kommen würd' ich, eh' dort oben
Noch über jene Felsenwand
Des Mondes Antlitz sich erhoben
Und niedersäh' auf Strom und Land.«
Dann schritt sie fort, und es belebte
Die helle Freude ihr Gesicht,
An ihrer Brust beim Atmen bebte
Das Sträußchen von Vergißmeinnicht.

VII. Im Fischerhause

Als der Tag, an welchem Lurlei
Zwiesprach mit dem Monde pflegte,
In die Nacht hinab gesunken
Und die Jungfrau, noch beseligt
Von dem Gruße des Geliebten,
Lächelnd sich aufs Lager streckte,
Hielten sehnende Gedanken
Lange noch den Schlummer ferne.
Und als schmeichelnd er dann nahte
Und sie seinem sanften Drängen
Aufgelöst sich hingegeben,
Wiegt' er sie in süße Träume.
Auf die Burg Lothars als Herrin
Führt' er sie und legte leise
Sie in des Geliebten Arme,
Ließ sie ruhen dort die Nacht durch,
Daß des Busens lieblich Schwellen
Ihres Traumes Glück und Wonnen
Noch dem Morgenstrahl erzählte,
Als er kam, sie lang' umschwebte
Sich am holden Anblick weidend,
Bis er zögernd noch und zitternd
Auf die Schlafende sich senkte,
Um sie endlich wach zu küssen.
Oh wie wohlig und behaglich
Reckte sie die schlanken Glieder!
Und wie rosig und vergnüglich
Blickte sie dem neuen Tage
In das heitre Sonnenantlitz!
Noch ein Weilchen blieb sie ruhend
In nachträumendem Besinnen,
Dann erhob sie sich vom Lager
Mit dem köstlichen Gefühle
Frischer, kerniger Gesundheit,
In entzückender Erinnrung
Und in schwelgerischer Hoffnung
Gleichermaßen herrlich blühend.

Sonntag war und also Kirchgang
Für die Leut' im Fischerhause.
Peter, Dankmod und Salvete,
Heinrich und auch Lurlei gingen
Hin zum Hochamt in dem Stifte
Mit des heiligen Goar
Enger, spitzgewölbter Zelle.
Nach dem frommen Gottesdienste
Schienen die fünf Hausbewohner
Alle sorgenfrei und fröhlich.
Lurlei namentlich war wieder
In der besten Sonntagsstimmung,

Allen freundlich und gewogen
Und voll Lustigkeit und Anmut.
Bei dem Mittagsmahl, das heute
Reichlicher als sonst bestellt war,
Neckte Peter seine Blonde:
»Lurlei, heute kommt der Schreiber;
Willst du nicht dein Herz erweichen
Und dem lieben, guten Zacher
Der schon lange darauf wartet,
Endlich Trost und Hoffnung geben?«
Lurlei lachte. »O der Zacher!«
»Ist ein wohlgeborner Mann doch,«
Scherzte Peter Sandrog weiter,
»Führt auch seinen schönen Namen
Ganz mit Fug, du würd'st bei Zacher
Warm und weich im Neste sitzen.
Frau Zollschreiberin zu heißen,
Nun ich dächte –!« Lurlei lachte,
Daß die weißen Zähne glänzten.
»Schreibersfrau und ohne Sorgen!
Schreibersmann mit grauen Haaren!«
    »Graue Haare? hat er die schon?
Nun, so sei doch froh, du Törin,
Wenn er sie schon hat! da brauchst du
Sie ihm nicht erst anzuärgern.«
    »Und so dünn, so spindeldünne!
Wenn ich mich einmal vergäße
Und ihn unversehens herzhaft
In die Arme nähme, fürcht' ich,
Möcht' das Männlein mir zerbrechen.«
»Füttr' ihn dir nur 'ran und pfleg' ihn,
Sollst mal sehn, wie quick und rundlich
Der noch wird!« versetzte Peter.
    »Will's mir überlegen, Vater!
Aber gib ihm nicht das Jawort,
Eh' ich selber ihn begehre.«
»Überlegen, überlegen!«
Wiederholte Peter Sandrog,
»Das sagst du schon seit dem Tage,
Da du, ein halbwüchsig Mädchen,
Ihm sein Schreibbuch an den Kopf warfst
Und er dich in Sanftmut fragte,
Ob du denn statt seiner Schül'rin,
Die durchaus nichts lernen wollte,
Wohl sein Weibchen werden möchtest.«
»Ausgelacht hab' ich ihn weidlich,«
Sagte Lurlei, »und nun war es
Mit dem dummen Lesenlernen
Vollends aus zu meiner Freude.
Andern Tags doch kam er wieder,
Hielt die Hand mir hin und fragte
Noch einmal nach meinem Herzchen.

›Wart', ich geb's Euch, Zacher!‹ sprach ich,
Griff zum Troge schnell und drückte
Einen nassen, kalten Frosch ihm
In die Hand, daß er fast graulich
Sich entsetzte, stracks davonlief
Und mich lange Zeit in Ruh ließ.«
Alle lachten drob am Tische.
»Aber, Mädchen!« drohte Dankmod,
»Wie abscheulich! und der Gute
Kommt doch immer, immer wieder,
Schweigt und hofft und harrt geduldig.«
»Ja, ich seh's, ich muß das Mittel
Mit dem Frosch noch mal versuchen
Oder auf ein bessres sinnen,
Ihn zu heilen,« lachte Lurlei.
   Zacharias Ohnesorge
War in Sankt Goar am Zollhaus
Angestellt als Oberschreiber
Und kein Jüngling mehr an Jahren.
Sparsam, knausrig fast und knickrig
Lebt' er still im eignen Häuschen,
War gewissenhaft und peinlich
In den Pflichten seines Amtes
Und erfreute sich, sein kleines,
Ihm einst zugefallnes Erbe
Klug verwaltend, eines sichern,
Unverächtlichen Besitzes.
Etwas trocken zwar und hölzern
Im Benehmen wie im Reden,
Doch nicht auf den Kopf gefallen
War der brave Junggeselle,
Dem Natur, was sie an Schönheit
Ihm verleihen konnt' und wollte,
In sein Innres wohl versteckte,
Denn sein Äußeres – das Antlitz
Mit der langen, spitzen Nase,
Einem Mund gleich einem Knopfloch,
Und der knochendürre Körper –
War nichts weniger als blendend
Und bezaubernd anzusehen.
Von versöhnlicher Gemütsart
War Zachrias; jeden Sonntag,
Den Gott werden ließ, erschien er
Nachmittags im Fischerhause,
Saß inmitten der Familie,
Der Gevattern und Gefreunde,
Die sich möglich auszusprechen
Und ein übriges zu hören,
Gern sich hier zusammen fanden.
Zum Besuch im Elternhause
Kamen dann mit ihren Männern
Pünktlich auch die beiden Töchter,

Und dann war es Mutter Dankmod
Größtes Glück, ihr Enkelkindchen
Schäkernd auf dem Schoß zu haben.
War Christinens Kind, der Ältsten,
Und ein hübscher, muntrer Junge,
Aller Liebling, der von jedem
Willig auf den Arm sich nehmen,
Hätscheln, tätscheln ließ und herzen..
 Peter war des ganzen Kreises
Würdig Oberhaupt; die Männer,
Über Fischfang, Fahrt und Wasser,
Werk und Handel sich beredend,
Merkten sehr auf seine Worte,
Die auf gründlicher Erfahrung
Und verständ'gem Urteil fußten.
Dankmod aber war der Frauen
Stets bereite Herzenszuflucht,
Die für jegliches Ereignis
In der Wirtschaft und im Haushalt
Rat und Tat und Hilfe hatte.
Zwischen drin, bald hier, bald dorten,
Bei dem Alter, bei der Jugend
Mit Behagen war Salvete,
Horchte, tuschelte und klatschte.
Denn an Jugend fehlt' es auch nicht.
Sonders nicht an jungen Männern,
Heinrichs Gäste und Gesellen,
Die von ihren Freunden sprachen,
Und von denen wohl die meisten
Einzig Lurleis wegen kamen.
 Peter Sandrogs Garten zog sich
Bis zum Rheine, wo ein großes
Und zwei kleine Boote lagen.
Ein paar Schritte weit ins Wasser
Führt' ein Brettersteg auf Pfählen
Zu durchlochten Fischbehältern,
Die hier angekettet schwammen.
Größtenteiles war der Garten
Mit Gemüse, Kohl und Kappes
Und Salat bepflanzt, mit Blumen
Aber nur am Rand der Beete;
Rote Nelken, blaue Lilien,
Klafterhohe Sonnenblumen
Mit den goldnen Zackenkronen
Auf den schwarzen Mohrenköpfen,
Salbei, Rittersporn und Rosen
Blühten dort. Auch einen Grasplatz
Gab es noch mit Apfelbäumen,
Zwischen denen man zum Trocknen
Die gebrauchten Netze aufhing.
Hier im Gras und auf dem Wege
Lagen wie gesät die Schuppen,

Perlgrau oder silberblinkend,
Von den eingebrachten Fischen.
In der Reih am Zaune standen
Bienenkörbe, deren Honig
Man zum Köder vielfach brauchte.
Nah beim Hause hatte Peter
Eine Laube sich gezimmert,
Schlicht und kunstlos, doch geräumig
Und von Reben grün umsponnen.
Um den Tisch auf rohen Bänken
Saßen sie dann Sonntags plaudernd
Oder auch nach Feierabend
In den warmen Sommerwochen,
Ruhten von der strengen Arbeit
Und genossen ihren Anteil
An des Lebens Lohn und Labung
In Zufriedenheit und Wohlsein.
    Heute kam als allerletzter
Der gewohnten Sonntagsgäste,
Zacharias Ohnesorge,
In der Hand ein Bündel tragend,
Eimergroß, doch kantig, eckig,
Unten breiter, oben schlanker.
Nach umständlicher Begrüßung
Peters, seiner wackern Hausfrau
Und der andern, die voll Neugier
Auf das Eingehüllte schauten,
Nähert' er sich schüchtern Lurlei
Und begann, zu ihr gewendet:
»Willst du mir's nicht übelnehmen,
Daß ich heut so spät erst komme –,«
»Nein! ach nein! durchaus nicht Zacher!«
Unterbrach ihn Lurlei spöttisch.
Über Zacharias' Antlitz,
Das vorher so freudig glänzte,
Ging ein Schatten, und der Blonden
Sein Paket entgegen haltend
Sprach er jetzt unsichern Tones:
»Ward erst eben damit fertig,
Mußte leimen noch und kleben
An dem Ding, daran ich lange
Fleißig mit dem Messer schnitzte.
Dacht', es könnte dir am Ende
Eine kleine Freude machen,
Wenn du's von mir nehmen wolltest
Als ein freundlich Angedenken
Und im Kämmerlein ein Plätzchen
Oben auf dem Schrank ihm gönntest.«
Währenddem hatt' er das Bündel
Auf den Tisch gestellt und knüpfte
Selbst die Knoten auf am Tuche,
Bis daraus ein hölzern Schnitzwerk

Nun zum Vorschein kam, das allen
Ein bewundernd Ah! entlockte.
»Was ist das?« frug Lurlei stutzig.
»'s ist Burg Katz, wie sie da drüben
Auf dem Felsen steht!« versetzte
Der Zollschreiber, und geschmeichelt,
Daß sein Kunstwerk Eindruck machte,
Fuhr er fort, indes die andern
Ihn umdrängend es beschauten:
»Palas, Bergfried, Wall und Mauern,
Tor und Turm und jedes Fenster
Seht ihr treulich nachgebildet
Und an seiner rechten Stelle.
Hier der Ritter auf dem Burghof,
Der hier! soll der Graf Lothar sein,
Und der hinter ihm das Roß hält,
Ist sein Leib- und Schildknecht Rauschard.«
»Herrlich! wunderschön! erstaunlich!«
Riefen alle durcheinander,
Sahen nach der Burg hinüber
Und verglichen, voll des Lobes,
Mit der Wirklichkeit das Abbild.
Lurleis Wangen glühten purpurn,
Tief erregt war sie im Herzen
Und vor Überraschung sprachlos.
Niemand merkt' es, weil ein jeder
Noch vertieft war im Betrachten.
Welch ein Zierat! welche Deutung
Mußte dem Geschenk sie geben!
Des Geliebten Burg erhielt sie
Dargebracht, wenn auch zum Scherze
Nur im kleinen nachgebildet,
Doch am Tage nach dem Traume,
Der auf diese Burg als Herrin
Sie geführt! War das ein Zufall?
Oder war es Wink und Ahnung,
Daß ihr Traum Erfüllung fände?
»Kind, was sagst du?« fuhr Salvete
Nun heraus, »ist das nicht seltsam?
Kriegst, mein Seel! ein Schloß zu eigen,
Dem Herrn Grafen seins! was sagst du?
Sag, was soll man davon denken?«
Durch die Alte wachgerüttelt
Aus den wogenden Gedanken
Und erst recht verwirrt und ratlos,
Weil auf sie jetzt alle blickten,
Sprach verlegen Lurlei: »Dank' Euch!
Dank' Euch vielmals, Zacharias!«
Und gab zitternd eine Hand ihm.
Doch der Schreiber, schon zufrieden
Und belohnt durch ihre Milde,
Sah ihr liebevoll ins Auge,

Legt' ihr sichtliches Erröten
Sich zugunsten aus und konnte
Ihr doch nichts darauf erwiedern.
Heinrich, eingedenk des Streites,
Den er unlängst mit der Schwester
Um des Grafen willen hatte,
Blickte finster auf das Schnitzwerk,
Auf den Schreiber und auf Lurlei.
Darauf stieß Salvete wieder
Lurlei mit dem Arm und raunte:
»Bring in Sicherheit dein Schlößlein,
Trag's hinauf, und wenn du erst mal
Auf der Burg da drüben hausest,
Stellst du es auf deinen Putztisch.«
Lurlei tat, wie ihr geraten,
Und im Kämmerlein das Bildwerk
Noch einmal betrachtend sprach sie:
Hier dies Bogenfenster war es,
Draus sein Licht mich traf und festhielt;
Und mit welchem Herzensjubel
Will ich diese Treppe steigen,
Wenn er erst mich hier hinauf führt!
Da! da steh und sei ein Zeuge
Und ein Nährer meiner Hoffnung!«
Damit schob sie's aufs Gesimse
Ihres Schranks und ging hinunter.
    Als sie wieder aus dem Haus trat,
Strahlte sie von Glück und Freude,
Und der jungen Männer Blicke
Hingen alle wie bezaubert
An dem wunderbaren Mädchen.
Lurlei sah es, ließ im Kreise
Ihrer dauerhaften Freier
Blinzelnd rings die Augen schweifen.
Und ein hochmutsvolles Lächeln
Kräuselte die stolzen Lippen.
Plumpe, blöde Schmachtgesellen!
Ihr mit eurem Fischblut ahnet
Nimmerdar die Glut der Liebe,
Die in meinem Herzen lodert,
Und die ich vom Manne fordre!
Also dachte sie und wandte
Sich zu einem jungen Fischer:
»Robert Herpel, deine Bienen
Bringen wohl kein Wachs mehr fertig?
Hast mir wahrlich seit dem Winter
Keine Kerze mehr gespendet,
Und so lange deine letzte
Mir im Kämmerlein geleuchtet,
Dacht' ich deiner immer zärtlich,
Wenn ich mich zu Bette legte.«
»Tatst du das?« erwidert' eifrig

Der Beglückte, »o so weih’ ich
Bald dir wieder eine neue.«
»Ja ich dachte, – weil ich’s wußte,«
Sprach sie listig, boshaft lächelnd.
»Draußen steht er nun, der ärmste,
Steht und starrt herauf zum Fenster,
Holt sich klipperkalte Füße,
Und du hausest hier im Warmen
Und läßt ihn da unten frieren!«
Ärgerlich, vor den Genossen
So sich bloßgestellt zu sehen,
Murrte Robert: »Schönen Dank auch
Für dein warm und zärtlich Mitleid!«
»Ich kann rote Kerzen machen!«
Rief ein andrer, »rot’ und blaue!
Welche möchtest du am liebsten?«
»Hast du rote Farben übrig,«
Höhnte Lurlei den, »so färbe
Dir dein Mehlgesicht und male
Rosenrot dir beide Wangen,
Daß du menschenähnlich aussiehst!«
Da verlachten ihn die Burschen,
Doch das Wort nahm schnell ein dritter:
»Lurlei, kämen alle Menschen
Dir an Schönheit gleich, was hätt’st du
Dann voraus noch vor den andern?
Hättst du dann an jedem Finger
Einen Freier zum Verspotten?«
Lurlei sah ihm hell ins Antlitz
Und gab ihm bestimmt zur Antworte
»Hast wohl recht, Goswin! das wäre
Grad so’n Unglück, als wenn alle
Fast so klug und witzig wären
Wie du selber, denn dann gäb’ es
Zum Verspotten keine Dummen.
Und doch wollt’ ich, mancher wäre
Noch ein kleines bißchen klüger
Und ersparte Zeit und Mühe,
Wort und Weg und bliebe ferne,
Wo doch nichts für ihn zu holen.«
»Wenn wir gehen sollen, sag’s nur!«
Ließ der vierte sich vernehmen,
»Haben’s satt! allein du brauchst uns,
Willst es hören, daß du schön bist,
Willst dich angebetet wissen,
Fühlst dich wohl dabei und würdest
Ohne uns vor Langerweile
Bald vergnittern und vergrämeln.«
Lurlei lachte wie ein Kobold;
»Hast’s getroffen, süßer Seibert!«
Rief sie, ihre beiden Hände
Ihm um seinen Nacken legend

Und mit ihrem schönen Körper
Und Gesicht so nah ihm kommend,
Als ob sie ihn küssen wollte.
»Nein! ich kann euch nicht entbehren,
Bitte, bitte, liebt mich weiter!
Ich, ich lieb' euch alle wieder,
Bin nur noch nicht mit mir einig,
Wem von euch ich mich ergebe.
Jetzt vertragt ihr euch, da keinen
Ich begünst'ge, doch ich fürchte,
Wenn ich einen, dich zum Beispiel,
Mir erwählte, würden alle
Auf dich eifersüchtig werden,
Und es gäbe Mord und Todschlag.«
Übermütig lachend warf sie
Dabei jedem einen Blick zu,
Worin soviel List und Lockung,
Soviel schmeichelnd und betörend
Minniges und Keckes flammte,
Wie nur je aus Weibesaugen
Zielen kann und blitzend treffen,
Manneslust herauszufordern.
»Seht, ihr müßt ja selber lachen!«
Sprach sie, wieder hoffnungsvolle,
Heitre Mienen rings bemerkend.
»Einen kann ich doch nur nehmen..
Und der beste von euch allen
Ist mein Zacher doch; der wollte,
Wie es nun einmal sein Amt ist,
Schon der Liebe Zoll und Zehnten
Für sich selbst von mir erheben,
Als ich noch ein halbes Kind war.
Zacher, nicht? Ihr seid der Treu'ste!«
Wandte sie mit leichtem Sprunge
Nun sich zu dem ganz Verdutzten.
»Doch das müßt Ihr einsehn, Zacher,«
Fuhr sie fort, sich üppig, neckisch
Auf den Zehen vor ihm wiegend,
»Daß ich immer noch zu jung bin
Für die Würde und die Bürde,
Die auf Euren Schultern lastet.«
Zacher seufzte, und die andern
Lachten über ihn und stritten,
Wieviel Jahre schon er zählte,
Was er selbst nicht sagen wollte.
Als sie aber ihre Possen
Gar zu täppisch mit ihm trieben,
Fuhr sie Lurlei an. »Jetzt schweiget.
Dreimal spöttischer und lauter,
Als ihr über Zacher lachet,
Lach' ich über euch, ihr Narren!«

Darauf nahm sie ihn und führt' ihn
Zu den Alten in die Laube. –
    Peter Sandrog war wie immer,
Wenn er Freunde, Kinder, Enkel
Um sich hatte, guter Dinge.
Aus den wetterbraunen Zügen
Sprach mit einer heitern Ruhe
Das Bewußtsein seines Ansehns
Und die innere Befried'gung
Über sein und seiner Dankmod
Freundlich Los. Die beiden hingen
In bewährter alter Liebe
Unverbrüchlich an einander,
Wenn sie auch darüber längst schon
Weiter keine Worte machten.
Dazu kam, daß Peters Handwerk
Mit dem Spürsinn und den Listen
Bei dem Fang des scheuen Wildes
Und mit seiner Lust und Frohheit
Über die erhaschte Beute
Etwas von den hohen Reizen
Und der Freudigkeit des Weidwerks
In sich trug, die Leib und Seele
Frisch und wohlgemut erhalten.
Und weil Segen seine Mühen
Und Behaglichkeit sein Ausruhn
Dauernd krönten und versüßten,
Hatt' er wahrlich Grund und Ursach,
Sich beglückt und froh zu fühlen.
Aber eine ganz besondre,
Große Freude ward ihm heute
Erst zuteil, als gegen Abend
Sein geliebter Bruder Ratsherr
Noch von Oberwesel eintraf.
Hergeritten war der Würd'ge,
Weil zu Fuß den Weg er scheute,
Hatte schon beim Wirt zur Lilie,
In den Stall geführt sein Rößlein
Und kam allen überraschend
Und aufs herzlichste willkommen
Nun zu Peter in den Garten.
Das Erscheinen des am Rheine
Weit Bekannten und Beliebten
Brachte Leben und Bewegung
In das Fischervolk und machte
Viel Geräusch; das Händeschütteln,
Nicken, Fragen, Antwortgeben
Wollte gar kein Ende nehmen.
Denn der Höfliche begrüßte
Alt und jung hier nach der Reihe,
Sie von früher wirklich kennend
Oder sich den Anschein gebend,

Als wenn Name, Stand und Herkunft
Eines jeden ihm vertraut sei,
Was die so von ihm Geehrten
Äußerst schmeichelhaft berührte.
In der Laube unterdessen
Harrte, flink besorgt von Heinrich,
Allbereits ein voller Weinkrug
– Freilich war's kein Engehöller –
Des vielwerten, edlen Gastes,
Eh vor lauter Artigkeiten
Dieser selbst dazu gelangte,
Auf der Bank nur Platz zu nehmen.
Endlich saß er fest und sicher
Hinterm Tische neben Peter,
Der nun an des Freundes Becher
Fröhlich mit dem seinen anstieß.
Als Herr Henne Peters Enkel
Angelegentlichst bewundert
Und dazu des Sprößlings Mutter,
Großmutter und Urgroßmutter
Nach Gebühr beglückwünscht hatte,
Glaubten sämtliche Besucher,
Daß der Ratsherr doch am liebsten
Wohl allein mit Sandrogs bliebe.
Töchter, Freier, Schwiegersöhne
Nahmen also nach einander
Kurzen oder stillen Abschied
Und verschwanden aus dem Garten.
Nur Zachrias ward gebeten,
Da zu bleiben und gefälligst
Einen Becher mit zu trinken,
Welchen Vorzug er auch dankbar
Und in stiller Hoffnung annahm.
Danach saßen sie zu sieben
Um den Holztisch in der Laube
Der Vergangenheit gedenkend
Und der Gegenwart sich freuend.
    Bei den mancherlei Gesprächen,
Die sie mit einander führten,
Blickte Henne viel auf Lurlei.
Wiederholt hatt' er das Mädchen,
Wenn beim Freund er eingekehrt war,
Nicht im Fischerhaus getroffen,
Weil sie jedesmal dann grade,
Wie's so häufig ihr beliebte,
Einsam in den Bergen schweifte
Oder auf dem Rhein herum fuhr.
Und so hatt' er sie vier Jahre
Nicht gesehn, in welchem Zeitraum
Sie so voll und schön erblüht war,
Daß er nun an ihr sein Wunder
Und sein Wohlgefallen hatte.

Wie er auch sie heimlich prüfte
In bezug auf das, was Peter
Ihm von ihr gebeichtet hatte,
Konnt' er doch von Nixenwesen
Keine Spur an ihr entdecken.
    »Nun, wie steht es mit den Salmen?«
Frug er, um vom Gegenstand
Seiner Neugier abzulenken.
»Gut!« erwiderte der Fischer.
»Mehr als jemals hat der Seehund,
Der ihr Feind ist und Verfolger,
In den Rhein hinein getrieben,
Und darunter sind dir Kerle
Wie die Welse! über mannshoch
Springen sie in Walm und Wirbel.«
»Ist es wahr,« frug Henne weiter,
»Was Salvet' in meiner Kindheit
Öfter mir vom Salm erzählte,
Daß er seinen Schwanz ins Maul nimmt,
Wenn er springen will, und federnd
Aus dem Ringe sich empor schnellt?«
»Glaub's nicht, hab's auch nie gesehen,«
Sagte Peter; Heinrich lachte,
Lurlei kicherte, auch Dankmod
Blickte lächelnd auf Salvete.
»Vete!« neckte sie der Ratsherr,
»Also war's ein Ammenmärchen
Was du mir da aufgebunden.«
»Ach, ihr junges Volk, was wißt ihr,
Wie's zu meinen Zeiten zuging!«
Wehrte sich die Alte, »damals
Sprangen immer so die Lachse;
Ob sie das jetzt anders machen,
Weiß ich nicht; was war denn aber
Mit dir kleinem, dickem Schreihals,
Wenn du endlich schlafen solltest,
Anzufangen, als Geschichten
Auf Geschichten zu erzählen?
Denn aufs Singen hab' ich leider
Mich mein Lebtag nicht verstanden
Da hat's Lurlei künftig besser,
Wenn sie erst –« »Großmutter, laß nur!«
Schnitt ihr Lurlei schnell das Wort ab,
»Mir hast du erzählt, die Aale
Gingen nachts bei hellem Mondschein
In die jungen Erbsenbeete,
Um sich an den grünen Schoten
Satt zu fressen; ist das etwan
Auch so'n Stück wie mit dem Lachssprung?«
»Höre du! im Vollmond trägt sich
Manches zu, nicht bloß die Aale
Gehn dann auf verbotnen Wegen,«

Sprach Salvete mit Bedeutung,
Doch verständlich nur für Lurlei,
Die darob erschrak und rot ward.
»Das ist richtig,« sagte Peter;
»Sommers, wenn die Schoten blühen,
Kommt nach Sonnenuntergange
An das Land der Aal, geht aber
Stets vor Sonnenaufgang wieder
Auf demselben Weg ins Wasser,
Wenn der Tau noch auf dem Gras liegt.
Streut man Asche oder Sand ihm
Auf den Weg, kann er nicht rückwärts.«
»Seltsam! auf verbotne Wege
Asche oder Sand zu streuen!
Ob das wohl ein Mittel wäre,
Manchem auf die Spur zu kommen,
Was im Mondschein heimlich umgeht?«
Sprach, die Hand am Kinn, der Ratsherr
Lurlei scharf ins Auge fassend,
Deren plötzliches Erröten
Ihm verdächtig vorgekommen.
»Ohne Zweifel!« lachte Lurlei,
»Nehmt Euch nur in acht, Herr Ratsherr,
Daß auf Euren Mondscheinwegen
Euch die Spuren Eurer Schritte
Nicht einmal im Sand verraten!«
»Ei du aalglatt Schlänglein,« drohte
Ihr der Ratsherr mit dem Finger,
»Nimm du selber nur in acht dich,
Daß man dich nicht mal ertappt noch
Und mit scharfem Griffe festhält!«
Jetzt frug Dankmod, der die Wendung
Des Gespräches nicht behagte:
»Peter, ob vielleicht der Ratsherr
Gerne Krebse ißt? wir haben
Rechte fette grad im Kasten.«
»Wird er wohl! Was meinst du, Bruder?
Magst du sie?« frug ihn der Fischer.
»Ich verschwör' es nicht, Frau Dankmod!«
Lächelte ihr zu der Ratsherr.
»Das gefällt mir!« sagte Dankmod,
»Heinrich, bring mir aus dem Kasten
Zwei Schock von den allergrößten!
Ich geh schnurstracks in die Küche,
Feuer auf dem Herd zu machen.«
So geschah's, die beiden gingen.
»Sind jetzt grade gut,« sprach Peter,
»Mausern eben und bekommen
Neuen Magen! neue Schalen –«
»Neuen Magen!?« rief der Ratsherr,
»Peter! einen neuen Magen?«
»Jedes Jahr,« versetzte Peter,

»Wächst dem Krebs ein neuer Magen.«
»O beneidenswertes Schaltier!
Jährlich einen neuen Magen!«
Sprach mit einem vorwurfsvollen
Blick zum Himmel auf der Ratsherr,
»Und wir armen Menschenkinder
Haben unser ganzes Leben
Uns mit einem durchzuschlagen,
Der von Jahr zu Jahre schlechter
Und erbärmlicher sich ausweist!«
»Mit dem Magen,« lachte Peter,
»Hat's das Krebstier freilich besser,
Und den alten, abgenutzten
Frißt es selber auf, das Viehzeug.«
»Brüderlein, – wer weiß, was ich tät,
Wenn ich einen neuen Magen
Für die lieben Tafelfreuden
Wieder mir verschaffen könnte!
Einen nur! denn alle Jahre
Wollt' ich's gar nicht mal verlangen,«
Sprach der Ratsherr, seinen Becher
Rasch mit einem Zuge leerend.
»Ach, das harte Fell, den Panzer
Neid' ich fast noch mehr dem Krebse,«
Gab Zachrias seinen Segen
Jetzt dazu. »Warum?« frug Lurlei.
»Weil der Krebs die scharfen Stiche,
Die ihm andre gern versetzen,
Und von denen weichre Wesen
Bitter oft zu leiden haben,
Nicht empfindet,« sprach der Schreiber,
Ohne Lurlei anzublicken.
»Oder auch, er wehrt sich wacker,
Wenn ein andrer ihm eins auswischt;
Wozu hat er denn die Scheren?«
Gab ihm diese spitz zur Antwort.
»Krieg und Fehde nimmt kein Ende,
Alles sticht drauf los und schlägt sich
Stets herum mit seinesgleichen,
Und die Großen auf der Erde
Treiben's ärger, als die Kleinen,«
Sprach mit ernstem Ton der Ratsherr.
»Sagt, Zachrias, Ihr beschauet
Und durchsuchet doch die Schiffe,
Die den Rhein hinauf, hinunter
Täglich hier vorüber fahren;
Habt Ihr nichts bemerkt von Fürsten
Oder höfischen Gesandten?«
»Ja gewiß!« entgegnen eilig
Und mit Nachdruck Zacharias,
»Mancherlei Geheimnisvolles
Sieht man jetzt am Rheine, Fremde,

Vornehm von Gesicht und Haltung,
Doch in Tracht so schlicht und ärmlich
Wie verkleidete Verschwörer,
Andre wieder frei und offen
Und mit stattlichem Gefolge.
Jüngst erst fuhr ein Mainzer Domherr
Mit dem Ritter Brand von Lahnstein
Und bewaffnetem Geleite
In den bischöflichen Farben
Auf dem Schiff nach Köln hinunter.«
»Richtig! richtig!« nickte Henne,
»Gebt mal acht! in deutschen Landen
Wird sich bald etwas ereignen,
Etwas Großes, das im Stillen
Lange schon sich vorbereitet;
Auf dem Königsstuhl zu Rhense
Wird es schon zutage kommen.«
»Nun was meinst du denn?« frug Peter.
    »Im Vertrau'n: den König Wenzel
Wollen sie vom Throne stoßen;
Seine Völlerei und Schlaffheit,
Seine Grausamkeit und Habgier
Sei nicht länger zu ertragen,
Meinen sie, und tu' dem Reiche
Und dem kaiserlichen Ansehn
Abbruch, Niedergang und Schaden.
Deshalb pflegen jetzt die Fürsten
Heimlich unter sich Verhandlung,
König Wenzel Deutscher Krone
Für verlustig zu erklären
Und sich einen andern Kaiser
Auf den Königsstuhl zu küren.«
»Wann denn? wen denn?« frugen beide,
Peter Sandrog und Zachrias.
    »Ja, wer's wüßte! das hängt alles
In der Schwebe noch, am Ende
Einen von den Wittelsbachern,
Die dem Haus der Luxemburger
Mit Gewalt die Kaiserwürde
Ganz und gar entziehen wollen.
Doch des Böhmen schlimmster Gegner
Soll der Erzbischof von Mainz sein.«
»Der allmächt'ge Gott,« sprach Peter,
»Lenke dann die Wahl der Fürsten,
Daß sie einen tapfern, milden
Und gerechten Kaiser küren!«
»Amen! darauf laßt uns trinken!«
Schloß der Ratsherr, und sie tranken.
    Jetzt erschien Salvete wieder,
Die sich während des Gespräches
Unbemerkt entfernt, und brachte
Irdne Teller, Brot und Messer,

Heinrich einen neuen Weinkrug
Und von Zinn fünf kleine Becher.
Dann kam Dankmod mit der ersten
Hochgehäuften Schüssel Krebse,
Dampfend ach! und würzig duftend.
»Solcher hab' ich drei im ganzen,«
Sprach sie mit dem Stolz der Hausfrau,
»Langet zu! und Gott gesegn' es!«
Die so tröstlich Eingeladnen
Ließen sich's nicht zweimal sagen,
Sie liebäugelten ein Weilchen
Mit den roten Ungetümen
Und erwiesen dem Gerichte
Alle Ehre dann, das Henne
Gleich beim Kosten schon der Wirtin
Als in Brühe, Salz und Kümmel
Ganz unübertrefflich lobte.
Eine Freude war's, zu sehen,
Wie's dem lieben Gaste schmeckte.
Mit zurückgestreiften Ärmeln
Saß er da, geschäftig schmausend.
Und sein rundlich Antlitz glänzte,
Wenn er sich die Lippen leckte
Und hinan mit spitzen Fingern
Säuberlich den Becher führte.
Beim gemächlichen Verspeisen
Der vorhandnen Hüll' und Fülle,
Wozu jeder Hand und Auge,
Zahn und Zunge fleißig brauchte,
Ging es schweigsam her, man hörte
Lange Zeit nicht andre Laute,
Als ein Krachen, Knicken, Knistern
Von den harten Panzerschalen
Oder auch ein schlürfend Saugen
An dem Fleisch und Saft der Krebse.
Endlich als die dritte Schüssel
Auch geräumt war, sagte Lurlei,
Der die Mitteilung des Ratsherrn
Allerhand Gedanken machte:
»Welchen Zudrang wird es geben,
Was für einen Prunk und Aufwand,
Wenn sie einen Kaiser küren!
All die Fürsten, Grafen, Ritter
Mit dem glänzenden Gefolge
Und den schönen, stolzen Frauen
In den prächtigsten Gewändern, –
O wer das mit ansehn könnte!«
»Nun,« erwiderte der Ratsherr,
»Das versteht sich doch von selber,
Zu der Königswahl in Rhense
Gehn wir alle samt und sonders;
Wer wird da zu Hause bleiben!«

Peter aber saß bedenklich,
Schüttelte das Haupt und sagte:
»Bruder, zwar dein Wort in Ehren!
Doch was du da meldest, will mir
Noch in meinen alten Kopf nicht;
Von wem hast du nur die Kunde?«
»Nun, von einem,« sprach der Ratsherr,
»Der es wissen kann, der selber
Mit dem Erzbischof verwandt ist.
Adalbert, der Graf von Schönburg,
Hat mir so was angedeutet.«
»Wohl beim Becher?« fragte Peter,
»Denn der Oberwes'ler Burgherr,
Hört' ich schon die Glocken läuten,
Wär' dem Wein nicht eben abhold.«
»Und ich wär' es auch nicht, meinst du?«
Lachte Henne, »und da hätten
Inter pocula wir beide
Es dem höchsten aller Zecher
In dem heil'gen Röm'schen Reiche,
König Wenzel, eingetränkt so?
Gott bewahre! nicht beim Becher!
Wirst's erleben, was ich sagte.
Öfter jetzt zu ernster Zwiesprach
War ich auf der Burg beim Grafen,
Der in Rechts- und Lehenssachen
Meines Rates sich bediente.
Und – es ist zwar noch Geheimnis,
Doch ihr, meine lieben Freunde,
Werdet ja wohl schweigen können,
Und so mögt ihr denn erfahren,
Was für ein Geschäft wir treiben,
Weil es euch auch und die Grafschaft
Katzenellenbogen angeht.
Euer Graf hier auf dem Rheinfels,
Dieter, und der Graf von Schönburg
Stehen ihrer Kinder wegen
In Verhandlung, und ich helfe
Adalbert beim Ehvertrage.
Gräfin Gisela von Schönburg,
Seine Tochter, wird in kurzem
Sich mit Dieters Sohn vermählen,
Graf Lothar, der gegenüber
Auf der Katz dort oben hauset.
So! nun wißt ihr's, doch ich bitt' euch,
Das Geheimnis wohl zu hüten.«
  Peter, Dankmod und Zachrias
Sahn mit Neugier und Erstaunen
Unverwandt auf den Erzähler,
Fragten dieses noch und jenes
Und besprachen das Ereignis.
Heinrich aber und Salvete

Lugten seitwärts hin auf Lurlei
Zwischen sich in ihrer Mitte,
Um zu sehen, welchen Eindruck
Wohl auf sie die Nachricht machte.
Lurlei saß mit offnem Munde,
Starrem Blicke, wie versteinert
Bei der unerwünschten Meldung,
Die ihr näher an das Herz ging,
Als das Wohl der ganzen Grafschaft.
Die besorgte Alte legte
Ihre dürren Knochenfinger
Spinnig um die Hand der Jungfrau,
Sie zu mahnen, zu beschwicht'gen,
Und das kühle Mittel wirkte.
Lurlei schrak bei der Berührung
Zuckend auf, erwachte davon
Augenblicks aus der Betäubung
Und fand mühsam sich beherrschend
Wieder Fassung, eh' die andern
Ihr verstörtes Wesen merkten.
Bald danach, als schon die Dämmrung
Sich ins Tal hernieder senkte,
Brach der Ratsherr auf, bedankte
Für die Gastfreundschaft sich vielmals
Und die froh verlebten Stunden,
Nahm von allen in der Laube
Abschied und begab mit Peter
Sich zur Lilie, für den Heimritt
Dort sein Rößlein zu besteigen.
Schon den Fuß im Bügel sprach er:
»Höre, Bruder, Eure Blonde
Ist ein wunderherrlich Mädchen.
Und das sag' ich: wenn die Lurlei
Eine Nixe ist, – wahrhaftig!
Ja! dann bin ich selber eine!«
Darauf hob er sich mit Lachen
Schwer und wuchtig in den Sattel,
Drückte Peter warm die Hand noch
Und ritt wohlgemut von dannen.
    Auch Zachrias nahm bald Urlaub,
Denn man ging im Fischerhause
Regelmäßig früh zur Ruhe.
Lurlei bot dem Schreiber freundlich
Gute Nacht, verhielt sich schweigsam
Für den kurzen Rest des Abends
Und ging Heinrich und Salvete,
Die allein um ihre Liebe
Zu dem jungen Grafen wußten,
Aus dem Wege, um der einen
Trost und Mitleid und des andern
Spott und Hohn sich zu ersparen.
Aber als in ihrem Stübchen

Sie die Sonntagskleider auszog,
Zitterte sie mit den Händen,
Zog und zerrt' an Schnur und Senkel,
Daß sich feste Knoten schlangen
Und sie wütend die Gewänder
Sich herunterriß vom Leibe.
»Gräfin Gisela von Schönburg?«
Murmelte sie dann und blickte
Trotzig die geschnitzte Burg an
Auf dem Schranke dort. »Ich komme!«
Drohte sie die Hand erhebend,
»Und, Herr Graf, ich werd' Euch fragen, –
Übermorgen ist ja Vollmond!«

VIII. Treuschwur

Der süßen Sonntagsruhe
Folgt mit dem schweren Gang
Bestaubter Arbeitsschuhe
Der Woche saurer Zwang.
Zwei Tage sind entschwunden
Seit jenes einen Rast,
Sie zählten ihre Stunden
Und trugen ihre Last.
Und wen die Nacht besieget
Von Tages Mühen traf,
Der liegt auch ungewieget
Nun fest im ersten Schlaf.
Im Fischerhaus ist Schweigen,
Nichts regt sich oder klingt,
Nur daß wie Flöt' und Geigen
Am Herd das Heimchen singt.
Die Müden in den Kissen,
Sie horchen auf zur Nacht
Und schlummern ein und wissen,
Ihr guter Hausgeist wacht.
Sein zirpend Lied ertönet
Im Dunkeln laut und schrill,
Wie's Tierlein. sich gewöhnet,
Doch plötzlich schweigt es still.
Wer hat es wohl gestöret,
Das einsam, friedlich sitzt?
Was hat es denn gehöret,
Daß es sein Öhrlein spitzt?
Es kommt etwas geschlichen
Vom oberen Geschoß,
Den Flur entlang gestrichen,
Und leise knarrt ein Schloß.
Dann huschen zwei Gestalten
Zum Garten scheu hinaus, –
's ist Lurlei mit der Alten,
Und offen bleibt das Haus.
Die Alt' im Nachtgewande,
Gebrechlich und gebückt,
Die Junge wie zu Lande,
Man sich zum Tanze schmückt.
Sie gehn zum Bretterstege,
Der zu den Booten führt,
Doch auf dem halben Wege
Bleibt Lurlei stehn; sie spürt
Im Wanken ihrer Glieder
Die Mahnung ihrer Schuld,
Ein Bangen und doch wieder
Des Herzens Ungeduld,
Hinüber nur zu kommen,
Eh sich der Mond erhebt,

Sie hätte den Rhein durchschwommen
Und zögert nun doch und bebt.
»Was zauderst du noch im Garten?«
Raunt ihr Salvete zu,
»Laß nicht zu lang' ihn warten,
Ein Harrender hat nicht Ruh.
Komm! hänge nicht nach dem Wahne,
Er wäre versprochen schon,
Von seines Vaters Plane
Weiß sicher nichts der Sohn.
Lothar wird nicht vermählet
Mit Gisela wider Will'n,
Dich hat er auserwählet, –
Fahr' über, die Glut zu stillen!«
Lurlei, im Antlitz blasser
Als Tod, blickt auf den Rhein, –
»Mir graut heut vor dem Wasser,
Als sollt' es mein Unglück sein.
Hörst du am Ufer die Wellen?
Sie rieseln und schauern so kalt,
Aus ihrem Schlagen und Schwellen
Tönt mir's: halt, Lurlei! halt!«
    »Ei törichtes Gebaren!
Doch wenn allein dir graut,
So will ich mit dir fahren,
Du zitternde Grafenbraut!
Ich will euch nicht beschleichen,
Nicht sehn, wenn ihr euch küßt,
Geb' euch von fern das Zeichen,
Wann ihr euch trennen müßt.«
Lurlei mit Widerstreben
Schüttelt und spricht zerstreut
»Mir ist, als sollt' ich erleben,
Was mich einmal gereut.«.
»Deucht dir zu hoch die Feste,
Zu vornehm dir der Graf,
So krieche beim Schreiber zu Neste
Und lull' ihn behutsam in Schlaf.
Doch steht dir nach heißerem Munde,
Nach jüngeren Armen der Sinn,
So komm! schnell rinnt die Stunde
Am Herzen des Liebsten dahin.
Da sollst du ruhn in Wonnen
Mit deinem schmeidigen Leib,
Dir ist vom Glück vergonnen,
Zu werden ein ritterlich Weib.«
So zischelt die alte Schlange
Und trappelt voran den Weg,
Lurlei im Liebesdrange
Folgt ihr und eilt zum Steg.
Sie löst am Pfahl die Kette,
Und schwingt sich in das Boot,

Stößt ab, und auf dem Brette
Die Alte steht und droht:
»Daß seinem Verlangen du wehrest!
Nicht alles räumst du ihm ein,
Doch wenn du wiederkehrest,
Muß er dein eigen sein!«
Kein' Antwort; sie geht zum Hause,
In Sinnen das Haupt geneigt,
Und schleicht in ihre Klause;
Das Heimchen am Herde schweigt.
    Die Nacht ist still und milde,
Ein dünner Nebelflor
Zieht in dem Talgebilde
Vom Rheine sich empor.
Lurlei auf sanften Wogen
Schaut nach der Sterne Lauf,
Noch kam der Mond gezogen
Nicht über den Berg herauf.
Doch seines Lichtes Flimmer
Geht strahlend ihm voraus
Und füllt mit Schein und Schimmer
Das weite Himmelshaus.
Bergrücken und Kluft und Gipfel
Zeichnen sich schattig hinein,
Rundlich die laubigen Wipfel,
Zackig das Felsgestein.
Matt graulich fließt und schwinget
Das Wasser im breiten Raum,
Nur manchmal rollt und springet
Ein blitzender Wellenschaum.
Je näher der Uferhalde
Lurlei im Boote schwebt,
Je deutlicher sich vom Walde
Vor ihr die Burg erhebt,
Je mehr und mehr erregend
Durchglüht sie Leidenschaft,
Und sich in die Ruder legend
Braucht sie der Arme Kraft.
Dahin mit Flügelschnelle
Treibt sie den furchenden Kiel
Zur sichern Landungsstelle,
Und bald ist sie am Ziel.
Wo sich ein Brünnlein gießet
Aus tiefer Schlucht zum Rhein,
Sein klares Wasser fließet
Um einen großen Stein,
Wie eine Bank gebogen,
Umbuscht von hohen Farrn
Und dicht von Moos bezogen,
Da wollt' er ihrer harrn.
Und er ist da! sie flieget
Ihm zu, der sie umfängt,

Umhalset ihn und lieget
Nun Brust an Brust gedrängt.
    Lang hält Lothar umwunden
Die zitternde Gestalt,
Bis daß sie Ruh gefunden
Von ihrer Erregung Gewalt.
Doch endlich flüstert er leise
Ihr in das Ohr hinein
Mit Glückes Ton und Weise:
»Lurlei, bist du nun mein?«
Da fährt sie auf, entwindet
Sich ihm und ist sogleich,
Eh er sie wieder bindet,
Aus seines Arms Bereich.
Wie zu Verhör und Klage
Tritt weit sie von ihm fort, –
»Herr Graf, erst eine Frage
Auf Euer Ritterwort!
Ich hörte just erzählen,
Eine andre stünd’ Euch nah,
Sagt, wollt Ihr Euch vermählen
Mit Gräfin Gisela?«
Der Graf erwidert, und Grollen
Durchschwirrt die Stimme dabei.
»Das Sollen und das Wollen
Sind oft der Dinge zwei.
Die Väter, im langen Leben
Verbündet in Wohl und Weh,
Wolln auch zusammengeben
Nun Tochter und Sohn zur Eh.
Ich aber hab’ in Jahren
Jung Gisela nicht geschaut
Und werde nie willfahren,
Sie heimzuführen als Braut.
Ich habe dich erkoren,
Ich liebe dich allein
Und geh’ in Leid verloren,
Wird deine Liebe nicht mein!«
In Lurleis Blicken kämpfen
Mißtrauen und Siegeslust,
Und nagende Zweifel dämpfen
Den Jubel ihrer Brust.
Doch schnell mit sich im Reinen
Verlangt sie klipp und klar:
»Ist das Eu’r ernsthaft Meinen,
So schwört mir’s Graf Lothar!«
Die Schwurhand hob er, bewegte
Sie nach dem Strome dann, –
Kein Blatt am Baum sich regte,
Als er zu sprechen begann:
»Ich schwöre beim fließenden Rheine,
Drin Well’ auf Welle geht,

Und bei dem höchsten Steine,
Der über der Tiefe steht,
Für Leben und für Sterben
Dir Stetigkeit und Treu,
Fluch treffe mich und Verderben
Für meines Wortes Reu!«
    Sie sah bei seinem Schwören
Ihm fest ins Angesicht,
Sie stand und zuckte beim Hören
Mit keiner Wimper nicht.
Dann stürmt sie zu heißem Umschlingen
Ihm in die Arme hinein,
Als sollt' es ein Fassen und Dringen
Von Seele in Seele sein.
»So nimm mich hin! Dein eigen
Bin ich von diesem Tag,«
Jauchzt sie, »und will dir zeigen,
Was Weibes Minne vermag!
Mein Leben lang will ich dich halten
Mit der allerherzinnigsten Glut,
Daß in ihrem Schalten und Walten
Du spürst, wie Liebe tut!«
    Da ward im Wald ein Weben,
Es ging ein schütternder Hauch,
Es rauschte mit Schwingen und Schweb
In jedem Wipfel und Strauch.
Die Wellen im Strome klangen
In seltsam murrendem Chor
Und reckten die Köpfe und sprangen
Schäumend am Ufer empor.
Hoch über den Erdenschranken
Funkelte Sternenschein,
Hier unten die beiden versanken
In Weltvergessensein.
    Nun ist es still im Kreise,
Und Lurlei schüttelt das Haupt
Und seufzt in Wonnen leise:
»Das hätt' ich nicht geglaubt,
Daß Liebe so beglücken,
So selig machen kann
Und Sinn und Verstand berücken,
Du einzig geliebter Mann!«
Er führt zum Stein sie wieder,
Setzt sich aufs weiche Moos,
Zieht sanft sie zu sich nieder
Und nimmt sie auf den Schoß
Und spricht von künftigen Zeiten
Und schildert ihr und malt
Ihr Glück im Engen und Weiten,
Vom Glanz der Liebe bestrahlt.
Er will auf Händen sie tragen,
Den Wunsch von den Augen ihr sehn,

Er will mit ihr reiten und jagen,
Was sie will, soll geschehn.
Die Tage sollen ihr schwirren
Wie Stunden oben im Schloß,
Da soll es flirren und klirren
Von Rittern und reisigem Troß.
Und wenn er müde vom Streiten
Heimkehrt auf dampfendem Pferd,
Soll ihm die Liebe bereiten
Den Himmel am heimischen Herd.
Sie lauscht in Freuden verstummend,
Eng an Lothar geschmiegt
Gleich einem Kind, das summend
Ein Märchen in Schlummer gewiegt.
Sie hält die Augen geschlossen,
Und lieblich ist ihr Gesicht
Von einem Lächeln umflossen,
Als träumte sie, was er spricht.
    Auf einmal aber schrecket
Sie starren Blicks empor,
Springt von ihm auf und strecket
Wie schaudernd die Hände vor.
Sinnlos erscheint ihr Handeln,
Ihr Antlitz ist erblaßt,
Als hätt' im Vorüberwandeln
Der Tod ihr ans Herz gefaßt.
»Was hast du? was ist geschehen?«
Fragt schnell Lothar, »du bangst,
Hast einen Geist gesehen?
Woher auf einmal die Angst?«
Sie weiß sich kaum zu sammeln
Wie in Gefahr und Graus,
Mit bebender Lippe Stammeln
Stößt sie halb flüsternd heraus:
»Wenn du mir untreu würdest –!«
Ihr stockt der Rede Lauf.
»Lurlei!« ruft er, »was bürdest
Du dir für Gedanken auf!
Ich untreu? – fester hanget
Kein Stern in des Himmels Schoß –«
»Lothar! Lothar! mir banget
Vor deinem und meinem Los.
Denn solltest du untreu werden,«
Knirscht sie mit rollendem Blick,
»Weh mir! ich wüßt' auf Erden
Kein schrecklicher Geschick.
Ich schwör' es: an dir rächen
Würd' ich's mit rasendem Mut,
Hinfließen sehn in Bächen
Müßt' ich dein rotes Blut!
Mit diesen Händen beiden
Zerriss' ich dein falsches Herz,

Mich mit den Augen zu weiden
An deinem Todesschmerz,
Und es sollte dich umflammen
Mein Fluch wie Blitzes Strahl,
Zerschmetternd dich verdammen
Zu ewiger Höllenqual!«
Von einer Wildheit umgeben,
Hoch aufrecht steht sie da,
Wie er noch all sein Leben
Kein Weib im Zorne sah.
Hell schimmert im Halbdunkeln
Ihr geisterbleich Gesicht,
Und ihre Augen funkeln
Von einem grünlichen Licht.

    Bei ihrem Anblick durchwühlet
Den Grafen es warm und kalt,
In tiefster Seele fühlet
Er Lurleis Zwinggewalt.
Doch auch in Trotz und Toben
Berauscht sie ihm den Sinn,
Als bannt' ihn reizumwoben
Eine mächtige Zauberin.
Denn noch entzückender scheinet
Sie ihm in der Leidenschaft,
Wie sich mit Schönheit vereinet
Heißblütig schwellende Kraft.
Schnell weicht das Grau'n von hinnen,
In Herzens Gier und Neid
Strebt nur er, zu gewinnen
Die heldenkühne Maid.
»Wie oft denn willst du's hören?«
Ruft er ins stille Tal,
»Noch einmal laß dir's schwören,
Lurlei, für tausendmal.
Das Liebste, was die Erde
Mir geben kann und gab,
Sollst du sein, oder es werde
Der Rhein mein ruhmlos Grab!«
Da faßt sie wieder glühend
Ihn um, eh er's gedacht,
Und ihr aus den Augen sprühend
Ein ganzer Himmel lacht.
»Und wann,« fragt sie mit Beben,
»Wann holst du mich aufs Schloß?
Wann werd' ich, dir ergeben,
Untrennbar dein Genoß?«

    »Noch eh die letzten Beeren
Man in die Kelter tut,
Hast du in Treu und Ehren
An meiner Seite geruht.«

    Sie schlägt die Augen nieder
Und atmet tief und voll

Und fragt dann lächelnd wieder,
Ein Schalk in jedem Zoll:
»Wenn ich nun Urlaub nähme,
Heimlich von deinem Dach,
Fort lief' und nicht wiederkäme,
Sag', liefest du mir nach?«

      »Hat sich ein Falke verflogen,
So setz' ich hinter ihm her,
Wärst du von mir gezogen,
Dir folgt ich über das Meer.«

      »Darf ich auch reiten und traben
Allein zu jeder Zeit?
Oder gibst einen Edelknaben,
Einen blonden, du mir als Geleit?«

      »Oh fürcht' in Einsamkeiten
Nicht Raub und Fehderecht,
Stets soll dich schirmen und leiten
Mein allerältester Knecht.«

      »Werd' auf der Burg auch schalten
Ich als Gebieterin,
Wie mir es, Hof zu halten,
Beliebt nach meinem Sinn?«

      »Wonach dein Herz gelüstet,
Wird dir entgegen gebracht,
Bist du doch ausgerüstet
Mit unwiderstehlicher Macht.«

      »So wollt' ich, die Monde stiegen
Herauf und herab im Sturm,
Und wir könnten zu Neste fliegen
Wie Schwalben in deinen Turm!«

      »Du wünschst es auch, Vielliebe?
Ach, wären erst eins wir zwei!
Mit heißestem Herzenstriebe
Sehn' ich die Stunde herbei.
Lurlei! – in Nacht und Schweigen
Nur brechen die Rosen auf,
Komm, Liebste! komm! wir steigen
Gleich jetzt zur Burg hinauf!
Durchs Mauerpförtchen schlüpfen
Wir ungesehen ein,
Der Liebe Band zu knüpfen
Im seligen mein und dein.«
Er zieht sie mit sanften Gewalten,
Daß sie ihm folgen soll,
Sie aber weiß ihn zu halten
Spricht bang und unruhvoll:
»Nein! wisse, Lothar, ich gehe
Nicht diesen Weg bei Nacht
Und werde nimmer ehe
Dein eigen unbedacht,
Bis du bei Tag mich holen
Mit allen Ehren kannst,

Nie heiß' es, daß verstohlen
Du meine Liebe gewannst.«
    »Von allem, was blüht und sprießet,
Ist nichts auf Erdenrund
So süß –« doch sie verschließet
Den Mund ihm mit ihrem Mund.

    Im Wald ist tiefes Schweigen,
Kein Laut, kein Hauch erklingt,
Nur daß aus dunklen Zweigen
Ein kosig Geflüster dringt.
Wo eine knorrige Eiche
Die Äste schirmend reckt,
Da stehn in ihrem Bereiche
Die Liebenden versteckt.
Was sie einander sagen,
Vernimmt kein lauschend Ohr,
Die schmeichelnden Wünsche wagen
Sich kaum aus dem Herzen hervor.
Doch von der Macht der Minne
Fühlt Lurlei sich umweht,
Es schwindeln ihr die Sinne,
Und rascher ihr Atem geht.
In Aufruhr rollt und kochet
Ihr in den Adern das Blut,
In ihrem Herzen pochet
Hingebende Liebesglut.
Da durch der Eiche Wipfel
Flammt's auf mit einem Mal,
Und von des Berges Gipfel
Trifft sie ein leuchtender Strahl.
Am Lurlenberge zeiget
Sich ob der Felsenwand
Der Mond, und warnend steiget
Empor er über den Rand.
»Der Mond! der Mond! dort oben
Herüberschaut er klar,«
Ruft sie, den Blick erhoben,
»Wir müssen scheiden, Lothar!«
    »Ist denn der Schleicher im Blauen
Allstunds dein Tugendwart,
Daß er mit Horchen und Schauen
Nur unsrer Trennung harrt?«
    »Er kommt, daß er mich mahne,
Spät ist es in der Nacht,
Ich muß hinüber im Kahne,
Großmutter wartet und wacht.
Lebwohl! und denk', ich bliebe
Mit meinem Herzen hier,
Ruht doch all meine Liebe
Und meine Hoffnung in dir!«
    »Lurlei, ich will sie hegen
Tief in des Herzens Schrein,

Auf Lebens- und Todeswegen,
Auf ewig, ewig dein!«
    Des Mondes Licht durchglänzet
Den grünen Waldesraum,
Sein voller Schein umkränzet
Taublinkend Busch und Baum.
Sein bläulicher Flimmer strahlet
Durchs Laub auf Stamm und Stiel.
Sein webender Dämmer malet
Manch zaubrisch Schattenspiel.
Und wie er Klarheit gießet
Weit über Tal und Fluß,
Sieht er, wie sich umschließet
Das Paar zum Abschiedskuß.
Lurlei blickt in der Helle
Noch einmal auf Lothar,
Geht dann mit ihm zur Stelle,
Wo sie gelandet war.
Er fragt. »Wann seh’ ich dich wieder?«
Als er zum Boot sie gebracht;
Sie drückt die Hand aufs Mieder, –
»Geliebter, nicht bei Nacht;
Des Morgens will ich’s wagen,
Wo wir zuerst uns sahn,
Will dir zu allen Tagen
Des Weges am Ufer nahn.«
Er ist mit ihr gesprungen
Ins Boot hinein und bleibt
Und hält sie fest umschlungen,
Bis sie zu Land ihn treibt.
Noch mal brennt Lipp’ auf Lippe,
Dann setzt sie die Ruder ein
Und fährt um Bank und Klippe
Hinaus auf den spiegelnden Rhein.

IX. Mondnacht

Nun herrscht in ihrer stillen Pracht
Die helle, klare Vollmondnacht.
Der leichte Nebel ist verraucht,
Im Süden schwebt wie hingehaucht
Ein zart Gewölk mit lichtem Saum,
Gekräuselt und gewellt wie Flaum.
Sonst freier Himmel, blauer Duft,
Durchsichtig eine silberne Luft,
Im grenzenlosen Raumgefild
Einsam des Mondes blanker Schild,
Und über ihm in schwindender Ferne
Matt, eifersüchtig blinzelnde Sterne.
Was massig in die Höhe strebt,
Sich körperlich vom Grunde hebt,
Tritt deutlich vor, vielfach gestaltet,
Von kräft'gen Schatten tief durchfaltet,
Das Waldgebirg, die Felsenwand,
Die Rebenhänge, das Uferland,
Der Burgen wettergrau Gestein,
Die Stadt mit ihren Giebelreih'n,
Das ganze Tal ist weit und breit
Mit aller seiner Herrlichkeit
Glanzüberstrahlt und überflossen,
Von hohen Zaubers Ring umschlossen
Und dazu mitten drin der Rhein!
Der Rhein im vollen Mondenschein!
Die Wellen schäumen, steigen und sinken,
Sie leuchten auf und blitzen und blinken
Dem goldnen Rundgesichte zu,
Das niederschaut in kühler Ruh.
Der Freund der Nacht am Himmelszelt
Gebietet seiner eignen Welt.
Was in des Waldes Dämmer lebt,
Was in den Lüften spinnt und webt,
Was in den Blumenkelchen treibt
Und unten in der Tiefe bleibt
Am Tag verborgen und verschwiegen,
Im Vollmond kommt's heraufgestiegen,
Darf sich entschleiern und enthüllen,
Die Nacht mit seinen Wundern füllen.
Wie sich die Wellen heben und neigen,
Sich fliehn und fahn und schwingen im Reigen
Ertönt mit gleichmaßhaltendem Klang
Geflüster nun wie Nixensang.
Wir kommen gezogen

Selbander daher
Und wallen und wogen
Vorüber zum Meer.
Wir biegen und schmiegen

Uns wonnig im Wiegen,
Wir tanzenden Wellen,
Wir tauchen und schnellen
Von einer zur andern
Herauf und hernieder,
Wir wandern und wandern
Und kehren nicht wieder,
Nie wieder, nie wieder.
Wir wollen nicht knüpfen
Ein lästiges Band,
Wir Leichten entschlüpfen
Und halten nicht stand.
Was heute versprochen,
Wird morgen gebrochen,
Wir lassen mit Schwören
Uns nimmer betören.
Und wenn wir es sehen
Die Menschen so machen,
Wir bleiben nicht stehen,
Wir laufen und lachen
Und lachen und lachen.
Lurlei, nun außen auf dem Rhein

Im kleinen Boote ganz allein,
Fährt langsam durch des Wassers Lauf
Mit leisem Ruderschlag stromauf,
Als würd' ihr Nachen in den Wogen
Von unsichtbarer Hand gezogen.
Wie andre vogelsprachekund,
Ist ihr vertraut der Wellen Mund;
Doch was ihr die geschwätz'gen Zungen
In übermüt'gem Spott gesungen,
Mag sie den Flüchtigen nicht glauben,
Läßt sich des Herzens Ruh nicht rauben
Sie blickt beseligt hin zum Land,
Wo sie mit dem Geliebten stand,
Ruft seine Worte sich zurück,
Was er gesagt von Lieb' und Glück,
Und hört noch einmal seinen Schwur,
Mit dem sie froh von dannen fuhr.
Im Jubel, der sich innen zwängt,
Sich laut ihr auf die Lippen drängt,
Hebt sie der Stimme Kraft und singt,
Daß auf dem Rhein die Nacht erklingt.
Die ihr hoch hernieder schaut,

Freundesmild aus blauer Ferne,
Denen Lust und Leid vertraut,
Sanfter Mond und goldne Sterne,
Laßt mich euch erjauchzend sagen,
Was allein zu schwer zu tragen:

Den ich liebe, der ist mein,
Mein ist er, und ich bin sein!
  Ach, ich hatte nicht gedacht,
Mir der Liebe Glück zu wahren,
Und nun hat's in stiller Nacht
Mein erschüttert Herz erfahren.
Wie's in Freuden klopft und klinget,
Wie's in Schmerzen rast und ringet,
All das süße Weh der Brust,
Nur wer liebt, dem wird's bewußt.
  Neues Leben, neuer Sinn
Ist mir fröhlich aufgegangen,
Alles, alles geb' ich hin,
Liebeswonnen zu empfangen.
Schwingt euch auf, ihr holden Träume,
Fliegt durch alle Himmelsräume,
Hoffe, Herz, und sei bereit,
Liebe, Lieb ist Seligkeit!
  Weit in die Runde geht der Schall
Und kommt zurück im Widerhall,
»Ist Seligkeit!« ruft übern Rhein
Vom hohen Ufer das Gestein,
Und Lurlei dünkt's ein gutes Zeichen.
Doch wie die Well'n das Boot bestreichen,
Es höher heben, schneller tragen
Und stärker an die Planken schlagen,
Da horch! von neuem quillt empor
Gemurmel und Gesang im Chor.
Weh, wer sich verschworen

Mit wallendem Blut!
Es ging ihm verloren
Das herrlichste Gut.
Er hat sich fürs Leben
Der Freiheit begeben,
Ihn drücket die Treue,
Ihn martert die Reue.
Oh löse behende
Die bindenden Eide,
Sonst wird dir ohn' Ende
Die Liebe zuleide,
Zuleide, zuleide! Lurlei vernimmt den argen Rat
Zu schnödem Treubruch und Verrat;
»Ihr falschen, kalten!« schilt sie laut,
»Ihr, denen keine Seele traut,
Weil, nur mit Unbestand begabt,
Ihr selber keine Seele habt,
Was wisset ihr von Liebesglut,
Von Treue, die im Herzen ruht!
Ich kann eu'r trügrisch Mahnen missen,
Will nichts von eurer Weisheit wissen.«

Die Wellen sprangen keck empor
Und lachten und schwatzten nach wie vor.

    Sie ist im Innersten erregt,
Weiß kaum, wie sie zurückgelegt
Den Weg von jenem stillen Port,
Wo sie gelauscht der Liebe Wort.
Die Wasser immer wilder sausen
Und lauter, immer lauter brausen
Die Wirbel schon im engern Kreis,
Und weithin glänzet silberweiß
Der Gischt, der um die Felsen spritzt,
Im Mondlicht wie Demanten blitzt.
Schon ist dem Lurlenberg sie nah,
Und unhold, schaurig ist es da.
Beschattet ragt die hohe Wand,
Graudüster von des Sturzes Rand
Bis nieder in die tiefe Schluft,
Daß grell sich abhebt von der Luft
Und vom Geländ im hellen Schein
Ihr schroffes, kantiges Gestein.
Wo näher sich die Ufer stehn,
Steil aus der Flut zur Höhe gehn,
Ist halb das Strombett monderhellt
Und halb in Dunkelheit gestellt,
Und wo das Licht dem Wasser fehlt, –
Wer weiß, was ihm die Nacht verhehlt!
Doch Lurlei in Gewühl und Graus
Fühlt unverzagt sich wie zu Haus.
Sie sieht in Ruh der Wellen Tänze
Und hält den Nachen auf der Grenze
Von Licht und Schatten, sitzt und sinnt,
Wie' s um sie wogt und quirlt und rinnt.
Auf einmal klingt es aus der Tiefe,
Als ob es ihren Namen riefe, –
»Lurlei!« – sie horcht; es war wohl Trug,
Am Felsenhang des Windes Zug;
Bald aber ruft es noch einmal,
Und lauter dringt es durch das Tal:
»Lurlei!« – wie deutlich sie's vernahm,
Weiß sie doch nicht, woher es kam.
Hier Menschenstimme, laut und klar?
Ist hier ein Schiffer in Gefahr?
Bei Nacht? und einer, der sie kennt?
Um Hilfe ruft? bei Namen nennt?
Da schallt zum dritten Male schon,
So flehend, klagend jetzt der Ton:
»Lurlei!!« – nun schreit sie selber auf
Angstvoll in wilden Wassers Lauf:
»Wo bist du? wo? vertrau' auf mich!
Und sei getrost, ich rette dich!«

Da sieh! da taucht ein blasses Weib
Vor ihr empor mit nacktem Leib,
Mit wasserhellem Augenlicht
Im jugendschönen Angesicht
Und einem Kranz von Wasserrosen
In ihrem Haar, dem langen, losen.
Sie winkt und schwimmt und zieht dabei
Den Nachen mit zu einer Lei,
Auf die der Mond hernieder schaut,
Wo wie gedämmt das Wasser staut,
Im Schutz der Felsenbank, und schwingt
Sich auf die Klippe, flutumringt.
Dort ruht halb sitzend sie, halb liegend,
Zu Lurlei sich hinüber biegend,
Die selber nicht zu reden wagt,
Die Bleiche nicht berührt noch fragt.
    Von holdem Zauberhauch umwittert,
Von hellem Mondenstrahl umzittert,
Schweigt auch die Fremde noch und sinnt;
Doch wie zu sprechen sie beginnt,
Tönt süßer Wohllaut, tief erregt,
Von Schmerz und Freude gleich bewegt:
»Lurlei! – du wirst aus meinem Munde
Vernehmen so beschaffne Kunde,
Daß kaum du deinen Ohren traust;
Allein so wahr du mich hier schaust,
So wahr mein Haupt die Rosen trägt
Und dir ein Herz im Busen schlägt,
So wahr ist alles Wort für Wort,
Was ich dir sag' an diesem Ort!
    Ich bin eine Tochter des Vater Rhein,
Die selten grüßt des Tages Schein,
Nur in der feuchten Tiefe lebt
Und dort mit ihresgleichen schwebt;
Igorne heiß' ich, so im Grund
Nennt mich der Schwestern Nixenmund.
Du aber, die mich nie gesehn,
Die nie gehört mein jammernd Flehn,
Die fern von mir in Sonn' und Wind
Aufwuchs, – du bist mein leiblich Kind!
Du zweifelst; doch mir ist bewußt,
Da unter deiner linken Brust
Hast du ein Mal, das zart umkränzt
Gleich einer Schuppe silbern glänzt.
Und nun sieh her! dasselbe Zeichen
Ist auch an meinem Leib, dem bleichen.«
Wie sie sich aufreckt, rückwärts biegt,
Daß ihr das Haar zum Nacken fliegt,
Und mit der Hand zum Herzen weist,
Ihr schöner Körper glänzt und gleißt
Im vollen, klaren Mondenschein,
Gemeißelt wie aus Elfenbein.

Lurlei, bestürzt und doch entzückt,
Erkennt das Mal, das beide schmückt.
Doch eh sie an das Wunder glaubt,
Obschon des Zweifels fast beraubt,
Spricht sie: »Du scheinst so jung wie ich,
Und Mutter nennen soll ich dich?«
Die andre lächelt wehmutsvoll:
»Weiß kaum, wie ich dir's sagen soll.
Wir Nixen bleiben ewig jung,
Doch wie dem Fisch der kecke Sprung
Aufs trockne Land, ist uns verderblich
Umgang und Bund mit dem, was sterblich.
Ich aber habe mich vergangen,
Ein Mann nahm einst mein Herz gefangen,
Ein edler Graf, – nie sahst ihn du,
Er schläft in seines Grabes Ruh
Im kühlen Kreuzgang der Abtei,
Hört nicht der Mönche Litanei
Vor seinem steingehau'nen Bild
Und seinem stolzen Wappenschild.
Weil er mich liebte, mußt' er sterben,
Nie hörst den Namen du von Erben.
Schwer hatt' ich meine Schuld zu büßen,
Vergeblich rang ich zu den Füßen
Des Vaters, aus des Unheils Ketten
Dich, meiner Liebe Pfand, zu retten.
Ich mußte dich vom Herzen geben
Hinauf zum Licht ins Erdenleben,
Voll Ungewißheit, welcherlei
Dein Schicksal bei den Menschen sei.
Da hab' ich, als es Vollmond war,
Dem lieben, guten Fischerpaar,
Dankmod und Peter, schmerzbewegt
Dich eines Nachts ins Netz gelegt.
Sie nahmen mild dich in ihr Haus,
Sie gaben für ihr Kind dich aus
Und haben weislich dir verschwiegen,
Daß du der Tiefe bist entstiegen;
Auch du mußt, was du heut erfahren,
Als dein Geheimnis streng bewahren.«
Mit schwirbelnden Gedanken kämpft
Lurlei im Boot und spricht gedämpft.
»Eine Königstochter vom Vater Rhein
Ist meine Mutter? der Vater mein
Ein hochgeborner, edler Graf –?
Mir ist's wie Traum in tiefem Schlaf.«
»Ich habe,« fährt die Nixe fort,
»Dich oft gesehen hier und dort,
Ich habe, ohne daß du's weißt,
Im Rheine schwimmend dich umkreist,
Und wenn die Ruder du gesenkt,
Den Nachen dir stromauf gelenkt.

Ich durfte mich jedoch nicht zeigen,
Nur einmal in des Jahres Reigen
Darf ich zur Vollmond-Mitternacht
Mich dir enthülln aus eigner Macht.
Du aber kamst in all den Jahren
Niemals um Mitternacht gefahren,
Wenn voll der Mond am Himmel stand;
Nie konnt' ich fassen deine Hand,
Nie konnt' ich mich mit dir verbünden
Und wissend dir dein Schicksal künden,
Nie konnt' ich dir mit Warnung nahn
Vor dem, was heute du getan.«
    »Du kennst mein Schicksal? kannst mir sagen,
Wohin mich meine Wünsche tragen?«
    »Nicht in die Zukunft kann ich sehn,
Weiß nicht wie deine Sterne stehn,
Wenn aber eines wird geschehn,
Hast du nur einen Weg zu gehn.
Der Spruch ist dunkel, – hör' mich an!
Du liebst unsäglich einen Mann,
Und ich verstehe deine Glut,
Weiß selbst, wie Liebenden zumut.
Nun hast du zwischen zwei'n die Wahl,
Die scheiden sich wie Berg und Tal.
Zuerst. du kannst vielleicht auf Erden
Zufrieden einst und glücklich werden,
Wie du da bist mit Seel' und Leib
Als menschlich, irdisch, sterblich Weib.
Ob dir's gelingt, kann niemand sagen;
Willst aufs Geratewohl du's wagen,
So brauche deine Spanne Zeit
Zu Herzens Lust und Seligkeit.
Doch hast du in dem Licht der Sonnen
Genossen alle Lebenswonnen,
Dann bist in deinem Erdenwallen
Du rettungslos dem Tod verfallen,
Und in dem Kreislauf der Natur
Erlischt von dir die letzte Spur.
    Das ist das eine; höre nun
Das andre, wie die Lose ruhn.
    Als Tochter eines Staubgebornen
Gehörst du zu den Wegverlornen,
Als Enkelin des König Rhein
Kannst du von ew'ger Dauer sein.
Entschließe dich, herab zu kommen,
Und jubelnd wirst du aufgenommen,
Lebst endlos froh, den Schwestern gleich,
Als Nixe in der Tiefe Reich.
Jungfräulich aber mußt du bleiben,
Nie darf es dich zum Menschen treiben,
Der Liebe Glück mußt du entsagen,
Ein kaltes Herz im Busen tragen.

Nun wähle! hier der Nixe Kranz,
Beständ'ger Jugend Blütenglanz,
Necklustig Lachen und Gewühl,
Doch liebeleer und dämmrungskühl.
Dort lichten Lebens Vollgenuß,
In Liebesarmen Minn' und Kuß,
Doch mit den Freuden auch die Not,
Der Schmerz, die Trennung und der Tod.«
    So sprach Igorn. Die Sommernacht
Ergoß all ihre Märchenpracht.
Verdoppelt schien des Mondes Helle,
Und farbig blitzten Fluth und Welle
Wie Gold und Silber, grün und blau,
Hell schimmerte der Felsen Grau,
Das Wasser spiegelte und lockte,
Sogar sein wildes Brausen stockte,
Daß im Geräusch Igornes Ohr
Von Lurleis Antwort nichts verlor.
Die saß ergriffen und erfüllt,
Von dem, was ihr Igorn enthüllt,
Kaum fassend Wunders Wort und Sinn,
So stürmt's ihr durch die Seele hin.
Ein kurz Besinnen, – die Ewigkeit
Stand auf dem Spiel! – doch in dem Streit
Die Liebe schnell den Sieg errang,
Daß fest und rund die Antwort klang.
»Ich komme nicht zu dir hinab
Dein Reich ist nur ein wogend Grab;
Dem Liebsten hab' ich Treu geschworen,
Und wär' ich ewig drum verloren,
Ich will bis in den Tod hinein
Ihm ganz und gar zu eigen sein!«
    In tiefes Leid dadurch gebracht,
Igorne sprach: »Ich hab's gedacht,
Es ist zu spät, und Lieb' ist blind.
Doch weißt du denn, geliebtes Kind,
Ob mit Lothar du glücklich wirst,
Dich nicht in seinem Herzen irrst?
Wenn nun Verstoßung und Verrat
Und Not und Pein und Übeltat
Dein Schicksal wär' im kurzen Leben,
Nachdem du dich in Lieb' ergeben,
Und hättest dafür hochbeherzt
Dein herrlich Nixenlos verscherzt?«
    »Niemals! eh fließt der Rhein bergan,
Eh treulos wird der beste Mann!
Ihm bring' ich meine Liebe dar,
Und kann ich nur ein einzig Jahr
Beseligt ihn in Armen halten,
So mögen feindliche Gewalten
Mich oder ihn dem Tode weihn,
War er nur mein, war ich nur sein!«

Aus jedem ihrer Worte sprang
Hingebungsvoller Liebe Drang,
Und auch Igornes Augen glänzten,
Als rief' Erinnrung der Bekränzten
Das einst vollauf genossne Glück
Ins arme Nixenherz zurück.
Doch flüchtig nur; ein Seufzer hob
Die weiße Brust, dann wieder wob
Sich tiefer Ernst um Stirn und Mund,
Fast strenge sprach sie, schmerzenswund:
»Lurlei, wohlan! du hast gewählt;
Wenn aber je dich Reue quält
Einst an der Seite Graf Lothars, –
Bedenk' es wohl! – dein Wille war's.
Daß ich zu lieben mich erkühnt,
Hab' ich mit harter Pein gesühnt,
Doch ich bin Nixe, kann nicht sterben,
Mich trifft kein endliches Verderben;
Hast du in Mannes Arm geruht,
Ist dir verschlossen unsre Flut,
Dann hilft kein Bitten dir und Flehn,
Dann mußt das Leben du bestehn.
Dir frei und offen bleibt jedoch
Der Weg zu uns, so lang' du noch
Als Jungfrau ihn beschreiten kannst
Und du dich selber nicht verbannst.
Nun fahre wohl! Du weißt genug,
Ursprung und Schicksal, Zug um Zug.
Was uns verhängt ist, muß geschehn;
Ob wir uns jemals wiedersehn,
Liegt in der Zukunft dunklem Schoß,
Und jetzt ist Scheiden unser Los.«
Aus ihrem vollen Kranze brach
Sie eine Rose dann und sprach:
»Das einz'ge, was ich geben kann, –
Schau sie zuweilen freundlich an.
Lurlei, – oh könnt' ich dich entführen!
Mein Mund darf deinen nicht berühren, –
Laß mich dein schönes, blondes Haar
Nur einmal streicheln, – ach! fürwahr,
Es fühlt sich an so voll und weich
Wie Nixenhaar, dem meinen gleich,
Hast's auch, wie den Gesang, von mir,
Kein Menschenmund singt so wie wir.
Lebwohl! und denk im Sonnenschein
An deine Mutter tief im Rhein!«
    Schnell streckte Lurlei mit Verlangen
Die Arme vor, sie zu umfangen,
Doch schneller glitt vom Klippenrand
Hinab die Nixe und verschwand. –
Lurlei war einsam und allein,
Flott ward der Nachen vom Gestein,

Sie bracht' ihn aus der stillen Bucht
Zur Strömung mit des Ruders Wucht
Und fuhr durch Wirbel und Geschäum
Mit übervollem Herzen heim.

X. Auf Burg Katz

Der Tag stieg auf; die Hand erhebend
Griff Lurlei zu der Stirn empor,
Ob sie den Kranz, der leicht und schwebend
Ihr Haupt umwand, auch nicht verlor.
Sie fand ihn nicht, er war verschwunden;
Sie sprach zu sich: »Er war doch da,
Von Wasserrosen dicht gebunden!
Nein, nein! dein Brautkranz war es ja!«
Doch wie sie weiter nachgesonnen,
Da lächelte sie still beglückt, –
Ein Traum nur, der sie bald umsponnen,
Hatt' ihr den Kranz aufs Haupt gedrückt.
Sie hatt' auf goldnem Stuhl gesessen
In weitem, gastgefülltem Saal,
Umringt von Reichtum, unermessen,
Fürstlich bedient beim üpp'gen Mahl.
Doch wo? bald oben war's im Glaste
Der Fackeln auf dem Grafenschloß,
Bald unten in des Rheins Palaste,
Wo blauer Dämmer sie umfloß.
Sie wußt' es nicht; jetzt war sie wieder
Im engen Fischerhaus erwacht,
Und vor ihr wogten auf und nieder
Die Abenteuer dieser Nacht.
Sie hatte sich in Furcht und Zagen
Erst nicht ins Boot hineingetraut
Und kehrte, himmelhoch getragen,
Heim als Lothars verlobte Braut,
Einst Herrin über Land und Leute,
Gebietend mit des Blickes Strahl,
Ein armes Fischermädchen heute
Und nächstens ein gekrönt Gemahl.
Und als, kaum fähig, sich zu wahren
Vor Glück nach des Geliebten Kuß,
Sie durch die stille Nacht gefahren
Stromauf den mondbeglänzten Fluß,
Da ward ihr in derselben Stunde,
Was ihr bisher verborgen war,
Nun die erschütternd große Kunde
Von ihrer Herkunft offenbar.
Göttlicher Kraft war sie entsprungen,
Die Enkelin des Vater Rhein,
Und wäre nicht ihr Herz bezwungen,
Sie könnte selber Nixe sein.
Sie hatte nur zu wählen brauchen
Und um der Liebe hohen Preis
Nur in die Flut hinab zu tauchen
Zu ew'ger Jugend Zauberkreis.
Das war nicht Traum; dort auf dem Tische
Igornes Wasserrose lag

In leuchtend weißer Blütenfrische
Als Zeugin auch am hellen Tag.
Oh daß sie es verschweigen mußte,
Was sie mit Lust und Stolz empfand,
Daß sie sich nun als Wesen wußte,
Das über Menschenleben stand!
Vielleicht sah man's ihr an von weiten,
Warum ihr Herz in Freuden schlug,
Vielleicht verriet's ihr kühnes Schreiten,
Wenn sie das Haupt nun höher trug.
Flink auf und schnell bekleidet, wandte
Zuerst zum Garten sie den Fuß,
Da schien's ihr, jede Blume sandte
Und jeder Vogel einen Gruß.
Ihr wallte süßer Duft entgegen,
Tau blitzte, wo sie ging und stand,
Die Zweige nickten an den Wegen,
Tagfalter küßten ihr die Hand.
Des Stromes Wellen rauschten leise,
Sanft fächelte der Morgenwind,
Als rief' und wispert' es im Kreise:
Das ist sie, unser Königskind!

Lurlei bemerkte bei den Netzen
Dort Heinrich auf dem Gras allein,
Sie für den Fang instand zu setzen,
Und unzufrieden schaut' er drein.
Nun doch ihr Bruder nicht! – sie blickte
Bewegt zu ihm vom Garten her.
Wer weiß, wie sich das anders schickte,
Hätt' ich's gewußt! und er erst, er!
Sie trat herzu, er aber dankte
Kaum ihrem Gruß, sah sie nicht an,
Und zwischen Spott und Mitleid schwankte
Sein herber Ton, als er begann:
»Nimm, Schwester, einen Rat entgegen!
Vergiß doch nicht, nach nächt'ger Fahrt
Das Boot gehörig anzulegen,
Daß man am Morgen nichts gewahrt!«
Lurlei, so ins Gebet genommen,
Fuhr auf: »Ich bin nicht . . .!« stockte dann,
– nicht deine Schwester! sollte kommen,
Als sie noch zeitig sich besann.
»Ich will dir auch nichts unterschlagen,«
Fuhr Heinrich fort, »den Edelstein,
Wie reiche Herren nur sie tragen,
Fand ich im Nachen; ist er dein?
Wenn nicht, so wirst du ja wohl wissen,
Wer ihn verlor aus Unbedacht,
Er wird ihn sicherlich vermissen,
Drum gib ihn ihm die nächste Nacht!«
Die nächste Nacht! glutübergossen

Stand Lurlei da, dann wieder blaß,
Und aus den großen Augen schossen
Ihr Blitze voller Wut und Haß.
»Wenn von der vor'gen Nacht du wüßtest,«
Rief sie, »und was ich lernte dort,
Du kecker Bootdurchschnüffler müßtest
Verstummen, spräch' ich nur ein Wort!«
    »Oh sprich es doch! ich werde schweigen,
Sag's nur: wann darf der Fischerssohn
Vor ihrer Gnaden sich verneigen,
Der Gräfin Schwester auf dem Thron?«
Sie sagte streng und ungescheuet:
»Ich hoffe, daß du's balde darfst,
Und daß dich dann das Wort gereuet,
Das du mir einst ins Antlitz warfst.«
Dann wandte sie ihm stolz den Rücken
Und ging und ließ ihn seiner Not,
Er mußte sich zum Netze bücken
Und schleppt' es mühsam in das Boot.
    Doch Lurlei schlug sich aus dem Sinne
Den neu vom Zaun gebrochnen Streit
Und dachte fröhlich ihrer Minne
In tief versteckter Heimlichkeit.
Und als sie nun die beiden Alten
Im Stübchen antraf fromm und schlicht,
Des Peters wetterbraune Falten
Und Dankmods freundlich Angesicht,
Da dachte sie: wie lange wohnen
Wirst du noch bei dem treuen Paar?
Willst ihnen ihre Wohltat lohnen
Dankbar und liebreich immerdar!
Sie sprang zu Peter hin und legte
An seine Brust sich fest und warm
Und dann zu Dankmod, herzt' und hegte
Sie endlos lang' in ihrem Arm.
Die Alten frugen, weicher Regung
Der Tochter ungewohnt, erstaunt,
Aus welcher Ursach und Bewegung
Sie denn so zärtlich heut gelaunt.
Da lachte sie: »So wild durchtrieben,
So kühn und trotzig oft mein Mut,
So sonder Schranken auch, ihr lieben,
Bin ich euch doch von Herzen gut!«
Salvete kam, und es verstummte
Das trauliche Gespräch zu drei'n,
Die Fliege, die am Fenster summte,
Behielt das Wort für sich allein. –
    Die Tage, ja die Wochen schwanden,
Es wechselte des Mondes Licht,
Lurlei, verstrickt in Liebesbanden,
Bereut' ihr Schicksalskiesen nicht.
Sie hatt' ihr Bündnis mit dem Grafen

Salveten – doch mehr nicht! – erzählt,
Mit Fragen, die Lothar betrafen,
Von jener bis aufs Blut gequält.
Doch war's gewiß der schlauen Alten:
Etwas Besondres war geschehn,
Was Lurlei ihr noch vorenthalten
Und nicht gewillt war zu gestehn.
Sie merkt' es an des Mädchens Wesen
Von ganz verändertem Gewicht,
Sie konnt's ihr aus den Augen lesen,
Doch was es war, das riet sie nicht.

     Wenn Lurlei am bestimmten Tage
Den Waldweg zum Geliebten ging,
Klopft' ihr das Herz mit lautem Schlage,
Weil er so feurig sie umfing.
Frug sie jedoch mit sanftem Triebe:
»Wann holst du mich? wann werd ich dein?«
So sprach Lothar: »Kind, unsre Liebe
Muß noch der Welt verschwiegen sein.«
Sie hört' es ungern und vergeblich
Nach Gründen suchend hier und dort,
Ein Vorwand deucht' ihr, unerheblich,
Graf Dieters mangelnd Segenswort.
Warum wollt' er's ihm nicht gestehen?
Und stieß er dort auf Widerspruch,
War, seinen eignen Weg zu gehen,
Er nicht als Ritter Manns genug?
Wie? oder war dem Hochgebornen
Die Fischermaid doch zu gering?
Bestimmt' er der für ihn Erkornen
Der beiden Väter seinen Ring?
Doch was, so mußte sie sich fragen,
Hatt' er mit ihr im Sinn dabei?
Sollt' er es nur zu denken wagen,
Sie sei ihm gut zur Tändelei?
Auch ihre Ahnen waren Grafen,
War auch der edle Stamm dahin,
Wer durfte mit Verachtung strafen
Lurlei, Rheinkönigs Enkelin?!
Drum stand sie mit gehobnem Mute
Wie eine Herrin vor ihm da,
Die, ebenbürtig seinem Blute,
Ihr Recht in seiner Liebe sah.

     »Nun ist bald Lehnstag auf dem Schlosse,«
Sprach Lurlei, »dann bin ich's vielleicht,
Die deiner Mutter vor dem Trosse
Das Blumensträußchen überreicht.
Ich will mir alle Mühe geben,
Ihr zu gefalln, und bist du dort –«
»Der Mühe will ich dich entheben,«
Fiel ihr Lothar sogleich ins Wort,
»Sie kennt dich, sprach zu deinem Preise

Schon viel, eh ich dich selbst erblickt,
Doch mußt du in der Gäste Kreise
Vorsichtig handeln und geschickt.«
Der Hocherfreuten war's entgangen,
Daß, wie sie auf den Lehnstag wies,
Lothar gedrückt schien und befangen
Und dies Gespräch schnell fallen ließ.
Er schlug ihr vor, am nächsten Morgen
Mit ihm auf seine Burg zu gehn
Und sich, wo künftig sie geborgen,
Das Nest dort oben anzusehn.
Sie wünscht' es lange, voll Vertrauen
Stieg sie mit ihm hinan zur Katz
Und ward nicht satt, hinab zu schauen
Ins Tal von einem freien Platz.
Grad gegenüber tief am Rheine
Lag Sankt Goar, das Elternhaus,
Der Garten, und im Sonnenscheine
Wie lieb und freundlich sah es aus!
Und seitwärts auf des Hügels Rücken
Schloß Rheinfels, mächtig von Gestalt,
Mit Palas, Türmen, Tor und Brücken
Weit ausgedehnt und hoch umwallt.
Und auf dem Strome windgetrieben
Die Segel – ach! sie stand und stand
Und wär' am liebsten gleich geblieben
Hier oben an des Grafen Hand.
Die Burg von außen und von innen,
Gemächer, Hallen und den Saal,
Besah sie dann bis zu den Zinnen
Und sah sich selbst nach Wunsch und Wahl
Schon schalten hier in diesen Räumen
Voll hoher Pracht, voll Schmuck und Zier
Und dachte sich: wie will ich träumen
Im bunt verglasten Erker hier!
Wie will von dieser Bank ich lenken
Den Blick, wenn er zu Tale schwebt,
Hinüber und der Zeit gedenken,
Die ich im Hüttchen dort verlebt! –
    Zuletzt betrat sie im Geleite
Lothars ein Zimmer, hell und licht,
Das hatte von der Giebelseite
Stromauf den Lurlenberg in Sicht.
Großartig, malerisch im Bilde
Erhob sich mit dem scharfen Rand
In ihrer ganzen Höh' und Wilde
Die ungeheure Felsenwand.
Lurlei am Fenster stehend schaute
Hinüber ernst, gedankenvoll,
Wie sich der Fels so trutzig baute
Und brausend ihn der Rhein umschwoll.
Tief unten dort, da war die Klippe,

Auf der Igorn in jener Nacht –
Da fühlte sie des Freundes Lippe
Auf ihrem Nacken sanft und sacht.
Sie lehnte sich zurück im Schweben,
Bog weit sich über, wiegte sich
In seinem Halt, ihm hingegeben,
Und lächelte so wonniglich.
Er sah der Augen Glanz und Schimmer,
Zog ganz herum sie nach und nach
Und flüsterten »Lurlei, dies Zimmer
Ist unser künftig Schlafgemach.
Oh wären wir erst hier vereinet!
Der weiche Teppich dämpft und bricht
Den lauten Schall, und mild bescheinet
Uns dieser Ampel rotes Licht.«
Sie barg verschämt die heißen Wangen
An seiner Schulter, und er hielt
Sie lange schweigend so umfangen,
Von einem Sonnenstrahl umspielt.
Und sie, an seine Brust sich drängend
In ihrer Sehnsucht Kraft und Glut,
Berauscht an seinem Munde hängend,
Erbebt' in tiefster Liebesflut.
Sie wußte nichts von ihren Sinnen,
Nicht was sie tat, nicht wo sie war,
Als sollte sie ins Nichts zerrinnen;
Doch plötzlich fuhr sie auf, – »Lothar!!«
Es klang, wie wenn's der Wahnsinn riefe,
Sie riß sich los, – »hinweg! hinaus!
Hörst du das Donnern in der Tiefe?
Hörst du des Rheines wild Gebraus?
Er schwillt, er steigt, die Wasser tosen
Um deine Burg von Ort zu Ort;
Ist's Wellenschaum? sind's Wasserrosen?
Sind's Nixenarme dort und dort,
Die mich umzingeln, nach mir greifen,
Von deinem Herzen mich zu ziehn,
Mich in den Grund hinabzuschleifen?
Lothar! Lothar! ich soll dich fliehn;
Du bist dem Tod verfalln auf Erden,
Der dich aus meinen Armen nimmt,
Drum soll ich nicht dein eigen werden,
Mir ist ein ander Los bestimmt!«
Sie war ganz bleich, die Augen traten
Mit grausig starrem Blick hervor,
Die ausgestreckten Hände baten:
Rühr' mich nicht an! doch sie verlor
Nun fast den Halt, als sie gesprochen,
Not tat's, daß er sie schnell umfing,
Die wie in Ohnmacht, kraftgebrochen
Gleich einer welken Blume hing.
Dann sich erholend sprach sie wieder:

»Verzeih, was du vernommen hast!
Ich sah die Steile dort hernieder,
Ein Schwindel hatte mich erfaßt;
Hier im Gemach ist dumpfe Schwüle,
Und ich war fürchterlich erregt, –
Ich liebe dich! – doch komm ins Kühle,
Wo sich die freie Luft bewegt!«
Sie ging hinaus, das Tor war offen,
Sie schritt hindurch, blieb wieder stehn,
Und sprach. »Laß nicht umsonst mich hoffen!
Lebwohl, Lothar! auf Wiedersehn!«
Ein Blick noch traf aus ihren Brauen
So seltsam ihn, eh sie entschwand,
Daß wieder er ein heimlich Grauen
Vor ihrer Liebeshuld empfand.

XI. Das Mädchenlehen

Am Rheine blühen so viel Feste,
Wie Beeren an der Traube sind,
Zusammenbläst im kleinsten Neste
Aus jedem Himmelsstrich der Wind
Die Lustigen zur rechten Stunde,
Wo eine Fahne weht am Mast,
Und wo nicht allzuweit vom Spunde
Noch Platz für einen durst'gen Gast.
Die Alten haben's bald begriffen,
Wo er dann hängt, der grüne Kranz,
Und überall ist leicht gepfiffen
Den Jungen zum erwünschten Tanz.
Die ersten kommen früh am Tag,
Die letzten mit dem Vesperschlag,
Und wann sie wieder gehen,
Hat noch kein Mensch gesehen.
Ein Dörflein feiert seinen Heil'gen,
Da müssen im Dreimeilenkreis
Die nächsten zehn sich dran beteil'gen
Zu seinem größten Ruhm und Preis.
Von jeder Gilde wird zum Mehren
Des Handwerks ein Patron verehrt,
Und tun's die Schneider, so verehren
Die Schuster mit, und umgekehrt.
Die Fastnacht treibt ihr tolles Wesen,
Die Kirmeß bleibt so wenig aus
Wie Armbrustschießen, Traubenlesen
Und mancher frohe Kalandsschmaus.
Da heißt es nur: zu trinken denke!
Da geht mit Sang und Klang die Zeit,
An jedem Fasse steht ein Schenke,
Für jeden Mund ein Krug bereit.
Es könnte fehlen mal am Rhein
An weißem oder rotem Wein,
Doch niemals wirds gebrechen
An einem Grund zum Zechen.

So gab es denn in Sankt Goar
Auch manchen Freudentag im Jahr;
Doch einer war fast ohnegleichen
In seiner Art, es ließ sich dort
Für blankes Geld so viel erreichen
Wie kaum an einem andern Ort;
Denn wessen Beutel straff und voll
Von schweren rhein'schen Gulden schwoll,
Der konnte ohne weit zu laufen
Sich hier ein hübsches Mädchen kaufen.
Und das ging ganz in Ehren zu,
Das Geld kam in des Rates Truh
Aus Mitleid und Erbarmen

Zum Besten nur der Armen.
Es ward das Mädchenlehn genannt,
Und also war's damit bewandt.
Die Sitte wollt' es, daß im Städtchen
Sich die erwachsnen jungen Mädchen
Auf einem Platz zusammenfanden
Am Rhein, wo hohe Linden standen.
Dort wurden sie von Rates wegen
Im Aufstrich für das Meistgebot,
In barer Münze zu erlegen,
Einzeln verkauft, und strafbedroht
War jede, die sich dem nicht fügte,
Vielleicht voll Hochmut stritt und schwor,
Daß ihr der Kaufpreis nicht genügte;
Allein das kam fast niemals vor.
Und welche von den Schönen allen
Ein junger Mann sich hier erstand,
Der mußt' es unbedingt gefallen,
Daß sie ein Jahr sich ihm verband,
Mit keinem ohne sein Verstatten
Zu tanzen, als mit ihm allein,
Als wär' er ihr bestimmt zum Gatten
Und dürft' in Züchten um sie frei'n.
Vor aller Augen war ein Kuß
Des Handels Siegel und Beschluß;
Das Los entschied die Reihe,
Daß jeder Recht gedeihe.

Die Jungen waren und die Alten
Versammelt nun am Lindenplatz,
Den lust'gen Aufstrich abzuhalten
Um einen jährlich neuen Schatz.
Die Menge wogte hin und wider,
Man neckte sich mit Schimpf und Scherz,
Und ach! gepreßt im engen Mieder
Schlug manch ein bangend Mädchenherz.
Bestrebt war jede von den Schönen,
Dem von den jungen Bürgerssöhnen,
Dem sie am liebsten wär' zu eigen.
Im besten Lichte sich zu zeigen.
Still seufzend wußt' um ihr Geschick
Manch eine kaum sich zu gedulden,
Und deutlich winkte manch ein Blick,
Nur nicht zu geizen mit den Gulden.
»Hast Geld?« frug eine dann und wann,
»Kriegst mich gewiß nicht billig heuer.«
    »Strengt euch nur mal ein wenig an!
Die Blonden, sagt man, würden teuer.«
    »Gottlob! dich werd' ich heute los,
Das Jahr ist um, wir dürfen scheiden!«
    »Schön Dank! die Freude war nicht groß,
Mag deinen Trotz ein andrer leiden!«
Und eine rief mit hellem Lachen:

»Mich soll's doch wundern, ob dir's glückt,
Den deinen wieder fest zu machen,
Der dich halbtot in Armen drückt.«
　　»Vielleicht mach' ich es so wie du
Und steck' ihm, was ich habe, zu,
Daß, wenn's mit seinem Geld nicht stimmt,
Er meines mit zu Hilfe nimmt.«
　　So ging das Sticheln kreuz und quer,
Die Pfeile schwirrten hin und her.
Auch mancher Junggeselle schaute
Den andern an mit Eifersucht,
Doch jeder hoffte und vertraute
Auf seines eignen Beutels Wucht.
Der Arme mußte ja dem Reichen,
Wenn er sein Nebenbuhler war,
Beim Handel um die Liebste weichen,
Vertröstet auf das nächste Jahr.
Und manches hübsche Mädchen hätte
Sich gern den Ärmeren erwählt,
Hätt's diesem bei Bewerb und Wette
Nur nicht am Nötigsten gefehlt.
Allein hier ging's ums bare Geld,
Der Reichste war der größte Held,
Da half nicht Herzensneigung,
Nicht Huld noch Gunstbezeigung.
　　Zur rechten Zeit begann der Spaß.
Des Rats gewitzter Schreiber saß
Sichtbar erhöht um ein paar Stufen
An einem Tisch, da traten dann,
Mit Los und Namen aufgerufen,
Die Mädchen nach der Reih heran,
Daß jedes von der Käufer Schar
Ringsum bequem zu sehen war.
Nun war der Aufstrich flott im Gange,
Doch unterschiedlich war der Preis,
Bald ging es rasch, bald währt' es lange,
Je nach der Bieter größerm Kreis.
Die hübschen wurden hoch getrieben,
Nicht hübsche gingen billig fort,
Der Hammer fiel, und aufgeschrieben
Ward es vom Schreiber Wort für Wort.
Doch manche fand auch ein gediegen
Namhaft Gebot mit Recht und Fug,
Die ihren wahren Wert verschwiegen
Im Herzen statt im Antlitz trug.
Die eine kam zu ihrem Glücke
An den just, den sie sich ersehnt,
Die andre schalt des Schicksals Tücke
Und hätte gern sich aufgelehnt.
Doch ob mit Lust, ob mit Verdruß,
Sie gab dem Käufer seinen Kuß

Und mußte nun im ganzen
Ein Jahr lang mit ihm tanzen.
  Lurlei war manchmal schon versteigert
Wie jedes andre Mädchen auch
Und hatte niemals sich geweigert,
Zu tun, was Sitte war und Brauch.
Doch diesmal kam's ihr ungelegen;
Mit Unlust, die sie tief empfand,
Sah ihrem Schicksal sie entgegen,
Daß sie ein Fischerssohn erstand,
Wenn Er nicht noch herüber käme,
Der ihres Herzens Lehensherr,
Und sie als höchster Bieter nähme
Aus diesem Hin- und Hergezerr.
Sie hofft' es, hochmutsvoll gelüstet,
Und hätte vor der ganzen Schar
Sich gar zu gern damit gebrüstet,
Daß Graf Lothar ihr Käufer war.
Sie wußt' es wohl, in der Gemeinde
War ihr die Freundschaft dünn gesiebt,
Sie hatte Neider, hatte Feinde,
Ward mehr gemieden, als geliebt.
Jedoch ein Dutzend Freier stritten
Sich immer noch um ihre Huld,
Indem sie ihre Hoffahrt litten
Mit unerschöpflicher Geduld.
Die warteten jetzt nur darauf,
Daß Lurlei käme zum Verkauf,
Denn jeder wollt' im Lehen
Meistbietend sie erstehen.
Sie aber blickte unverwandt
Zum Ufer hin und auf den Rhein,
Ob nicht der Liebste stieg' ans Land,
Ihr Helfer in der Not zu sein.
Doch wie sie auch sich sehnt' und bangte,
Er nahte nicht, die Zeit verstrich,
Der flehentlich von ihr Verlangte
Ließ sie an diesem Tag im Stich.
So merkte sie es selber kaum,
Daß dort, gelehnt an einen Baum,
Ein Fremder stand, der ernst und stumm,
Nicht achtend auf den Lärm herum,
Zu ihr nur schaute immerdar,
Als riet' er, was in ihr sich regte,
Und weil auch ihre Schönheit gar
Vielleicht sein männlich Herz bewegte.
Er war gewachsen nach der Schnur,
Von hoher, kräftiger Statur,
Gehüllt in schlichte Jägertracht,
Doch seiner dunklen Augen Macht
Und etwas Kühnes im Gesicht
Ließ den Betrachter bald erkennen,

Ein Knecht und Frönling war er nicht,
Wußt' ihn auch niemand hier zu nennen.
Er trug ein langes Schwert zur Linken,
Die Gogel über Haupt und Hals
Und sprach, als man ihn frug beim Trinken,
Er wär' ein Jäger aus Kurpfalz.
Man hatt' ihn gestern schon gesehen,
Wie er am Rhein hin einsam strich,
Und ließ ihn kein Verhör bestehen,
Auf welchen Wildes Spur er schlich.
    Ein neues Los, und – »Lurlei!« rief
Der Schreiber laut; Gerede lief
Von Mund zu Mund. »Nun passet auf!
Die kriegt das Höchstgebot im Kauf, –
»Das Doppelte wie unsereine, –
»Ist ja die Schönste auch am Rheine! –
»Und dünkt in ihrem Übermut
Für jeden Käufer sich zu gut, –
»Da müssen zwei zusammenlegen,
Sich in sie teilen Tag um Tag –
»Und beiden brächt' es keinen Segen,
Weil sie mit keinem tanzen mag, –
»Doch an den Kuß muß sie nun glauben –
»Sie gibt ihn nicht, – »man muß ihn rauben.«
    Wie alle Hoffnung sie verlor,
Schritt Lurlei zu den Tisch empor,
Und alles schwieg, als ob ihr Wille
Allein erzwänge tiefe Stille.
Der Schreiber sprach. »Wer bietet an?«
»Zehn Gulden!« scholl es aus dem Kreise,
Doch schüchtern klang es nur und leise;
»Zwölf! dreizehn!« riefen andre dann,
So daß es munter vorwärts ging.
Ein Freier nach dem andern fing
Zu bieten an, die Zahlen stiegen
Stets höher noch, der Kampf ward heiß,
Es mochte keiner unterliegen,
Und jeder wagte Preis auf Preis.
Doch als sie über dreißig kamen,
Da boten ihrer nur noch zwei,
Und diese beiden letzten nahmen
Sich auch schon volle Zeit dabei.
Um Lurleis stolze Lippen schwebte
Ein Lächeln voller Spott und Hohn,
Bis ihre Hoffnung sich belebte
Bei einer trauten Stimme Ton,
Die plötzlich aus der Menge drang,
Zur Rettung ihr entgegen sprang.
Als Zacharias Ohnesorge
Bei Robert Herpels Steigern schwieg,
Weil leider, ohne daß er borge,
Der Satz sein Haben überstieg,

Und nun der Schreiber, Roberts Zahl
Ausrufend schon zum zweiten Mal,
Den Hammer hob an Tisches Kante, –
Da bot, der Lurlei Schwester nannte,
Bot Heinrich über. Alles staunte.
»Der Bruder ist's! der Bruder?« raunte
Es rings, »das ist doch unerhört!
Dann hat sie selber ihn betört,
Hat ihn, wer weiß womit, bestimmt,
Daß er sie und kein andrer nimmt.«
Auch Robert ward es schwül und schwer,
Er bot darüber, Heinrich mehr,
Robert noch eins, doch Heinrich auch,
– Man hört' im Kreise keinen Hauch –
Robert bot vierzig! Streich auf Streich
Rief Heinrich einundvierzig! gleich.
Da blieb es still, da gab den Kauf
Robert in bösem Ärger auf.
Doch Lurlei ward es dabei leicht,
Auch ohne Grafen war's erreicht;
Heinrich in liebevollem Sinn
Gab sein Erspartes für sie hin,
Sie von dem Zwange zu befrei'n,
Tanzliebchen wider Willn zu sein.
Da war sie schnell mit ihm versöhnt,
Aus ihrem Herzen war verpönt
Mit einem Schlag der Groll auf ihn,
Und alles war ihm nun verziehn.
Jetzt ward es ihr auch endlich klar,
Daß doch er ohne Liebste war.
Auf keine sonst hatt' er geboten,
Bis ihr Verlegenheiten drohten;
An ihr nur hielt er fest, der Treue,
Und nun empfand sie selber Reue,
Wie bös sie ihm aus Eifersucht
Begegnet in der Angelbucht.
Sie nickt' ihm innig freundlich zu,
Als spräche sie: du Lieber, du!
Wie will ich ohne Schranken
Dir für dein Opfer danken!
    Doch als von seines Sitzes Stufen
Zum ersten und zum zweiten jetzt
Der Schreiber das Gebot gerufen
Und schon den Hammer angesetzt,
Da kam es von den Linden tönend:
»Hier fünfzig Gulden für die Maid!«
Wer sprach's? wer rief's? wer bot es höhnend?
Der Fremde war's im Jägerkleid.
Nun trat er näher, sprach und lachte:
»Fünfzig zum ersten! Niemand mehr?«
Und als es niemand höher brachte,
»Schlagt zu! und gebt das Mädel her!«

Zunächst empfing ihn dumpfes Schweigen,
Weil sich verwundernd jeder sann:
Wer ist, dem so viel Geld zu eigen,
Der übermüt'ge Jägersmann?
Den Heim'schen stieg es in die Krone:
»Was? einem Fremden nachzustehn?
Nichts da! nur einem Bürgerssohne
Kommt zu die Schönst' im Mädchenlehn!
Ins Burschband mit dem Vogelfreien!
Ein Fremder hat hier kein Gebot!«
Unbändig Toben ward und Schreien,
Der Weidmann wurde schwer bedroht.
Doch er blieb ruhig, ließ sie rasen,
Sah steif sie an, hielt hoch das Haupt
Und sprach, als sich der Sturm verblasen
Und man zu reden ihm erlaubt:
»Ich rat' euch nicht, das Recht zu beugen,
Ihr hättet sonst gebrochen Schwert,
Denn gegen euch einst könnt' ich zeugen,
Wenn eure Stadt ihr Recht begehrt.
Wer Käufer ist, ob hier geboren,
Ob kommend mit zerrissnem Schuh,
Sein Meistgebot bleibt unbeschoren; –
Duckmäus'ger Schreiber, schlage zu!«
Die Stimme klang gebietrisch, mächtig,
Und herrisch war des Blickes Glut;
Sie wurden fügsam und bedächtig,
Ihr Widerspruch verlor den Mut.
Der Schreiber ließ sich mehr nicht bitten,
Der Hammer fiel, dem Fremden galt's.
»Fünfzig zum ersten, – zweiten, – dritten!
Lurlei dem Jäger aus Kurpfalz!«
Und Lurlei kam die Stufen nieder,
Im Angesichte flammend Rot, –
»Herr, laßt mich meinem Bruder wieder,
Der einundvierzig für mich bot!«
»Nein!« riefen nun die schnell Geeinten,
»Jetzt geht das Schicksal seinen Gang!«
Sie wollten nicht, daß, wie sie meinten,
Die List mit Heinrich ihr gelang.
Laut auf jedoch der Jäger lachte:
»Dein Bruder? hätt' ich das gewußt!
Ein gut Gebot, das ich da machte
Dafür, daß du mich küssen mußt!
Jetzt hilft es nichts; komm her, du Holde!
Ich zahle für dich blank und bar
In klingend neugeprägtem Golde,
So glänzend wie dein üppig Haar.
Gib mir den Kuß getrost und heiter,
Damit du deine Pflicht erfüllst,
Dann scheiden wir, ich ziehe weiter,
Magst kosen dann, mit wem du willst!

Und sehn wir uns in spätern Tagen,
Wirst einen Tanz du sicher nicht
Dem Jäger aus Kurpfalz versagen
Bei Sonnen- oder Kerzenlicht.«
Goldgulden auf dem Tische klangen,
Rot blühte Lurleis Wangenrund,
Der Jäger hielt sie fest umfangen
Und küßte heiß sie auf den Mund.
Und als er dann zu gehn sich schickte,
Grüßt' er mit Freundlichkeit die Schar
Und schritt dahin, und es erblickte
Ihn niemand mehr in Sankt Goar.
    Zu Ende ging das Mädchenlehn,
Wie's jährlich pflegte zu geschehe,
Jedwede kam zu einem Schatze,
Leer ward's allmählich auf dem Platze,
Und froh mit Heinrich Hand in Hand
Auch Lurlei aus der Menge schwand.
Ihr war es wunderlich zumut,
Nie, deucht' ihr, war sie ihm so gut;
Ihm blieben samt den Gulden
Der Schwester Lieb' und Hulden.

XII. Der Lehnstag

Graf Dieter Katzenellenbogen
Saß auf der größten Burg am Rhein,
Und seiner Grafschaft Grenzen zogen
Sich weit herum ins Land hinein.
Streng hielt er die von ihm Belehnten
Als Zwing- und Schirmherr unter Bann,
Rheinzölle hatt' er, Zins und Zehnten
Von Bauer und von Rittersmann.
Auf Rheinfels mußten sie erscheinen,
Ein jeder an bestimmtem Tag,
Mit ihren Gülten, großen, kleinen,
Nach Pflichtgebot und Lehnsvertrag.
Sie hatten Korn und Wein zu bringen
Und Vieh und Fische, Huhn und Ei,
Auch Hausgerät und Eisenklingen
Und seltner Dinge mancherlei;
Auf vierbespanntem Ochsenwagen
Zaunköniglein an seidnem Band,
Maikäfer und, im Kampf zu tragen,
Zwei Harnischhandschuh' linker Hand.
Gewöhnlich ward der Tag zum Feste
Mit seiner Wirte würd'gem Glanz,
Geladen wurden edle Gäste
Zu frohem Spiel, zu Schmaus und Tanz.
Die Bürger Sankt Goars entsandten,
Sich ihrer Dienstbarkeit bewußt,
Zum Lehnsherrn ihre Amtsverwandten
An einem Sonntag im August.
Ein Meister trug aus jeder Gilde,
Die Brust behängt als ihr Genoß
Mit seines Handwerks Wappenschilde,
Die Gaben seiner Zunft aufs Schloß.
Der Bürgermeister aber führte
Den Hofeszug, und üblich war's,
Daß man auch eine Jungfrau kürte,
Um Namens aller Frau'n Goars
Als ihrer Huld'gung sichtlich Zeichen
Der Gräfin einen Blumenstrauß
Mit einem Sprüchlein darzureichen
Aus eignem Herzen frisch heraus.
So oft die Wahl auf sie gefallen,
War sie von Lurlei abgelehnt,
Doch diesmal ward sie unter allen
Am meisten von ihr selbst ersehnt.
Ihr schien der eine Tag im Jahre
Wie keiner dazu angetan,
Sich dem erlauchten Elternpaare
Lothars auf hohem Schloß zu nahn.
Sie hoffte, daß beim Niedersteigen
Sie Braut des Grafensohnes hieß,

Wenn überhaupt dann nach dem Reigen
Die Gräfin sie noch von sich ließ.
Es ward gestillt auch ihr Verlangen,
Sie ward erwählt und Peter auch,
Den größten Lachs, den man gefangen,
Dem Herrn zu zolln nach Pflicht und Brauch.
    Der Lehnstag kam, und Lurlei schickte
Sich festlich an, trug ein Gewand,
Daß Dankmod, als sie es erblickte,
In fragender Verwundrung stand.
War von lavendelblauer Seide,
Mit Gold durchwirkt und wohl vereint
Fleischfarbig hellem Unterkleide,
Gestickt die Borten und besteint.
Es hob den Wuchs, umschloß die Glieder
In schönen Linien rund und knapp,
Floß reich umgürtet, schillernd nieder,
Die Ärmel hingen tief herab.
»Vom Grafen hab' ich es bekommen,«
Sprach sie zu Dankmod kurz heraus,
»Großmutter hat es angenommen,
Du warst gerade nicht zu Haus.«
    »Von Graf Lothar?« frug Dankmod weiter,
»Und was gabst du ihm dafür hin?«
    »Den Dank, den wohl ich dem Bereiter
So großer Freude schuldig bin.«
    »Lurlei, was soll ich davon denken?
Denn Ritter, die aus vollen Truhn
Staatskleider einem Mädchen schenken,
Die wissen auch, wofür sie's tun,«
Sprach Dankmod sorgenvoll und wandte,
Verdacht im Herzen, sich hinaus
Zu Peter, dem sie scheu bekannte,
Was sie befürchte für ihr Haus.
Lurlei begriff, in welche Lage
Sie das Geschenk Lothars gebracht,
Und welchen Vorwurf mit der Frage
Mißdeutend Dankmod ihr gemacht.
Lothar war schuld! ein kurz Erklären
Hätt' allen Argwohn weggefegt,
Den mußte jetzt ihr Schweigen nähren,
Das ihr der Zaudrer auferlegt!
Doch zu sich selber sprach sie lachend:
»Habt nur Geduld! Der Tag vergeht
Nicht ohne daß ihr Augen machend
Des Rätsels beste Lösung seht!«
    Den Bürgermeister an der Spitze,
Zur Linken Lurlei mit dem Strauß,
Ging nun zum hohen Grafensitze
Der Zug aus Sankt Goar hinaus,
Und gaffend wogte durch die Gassen
Neugierig Volk, der Meister Schar

An sich vorüber ziehn zu lassen,
Wie's sich begab von Jahr zu Jahr.
Und alle sahen mit Erstaunen
Auf Lurleis köstliches Gewand,
Daß, wie sie kam, ringsum ein Raunen
Und Reden über sie entstand.
Die einen rühmten, schier betroffen,
Des Mädchens Schönheit in dem Kleid,
Die andern doch verrieten offen
Darüber Eifersucht und Neid.
»Wie mochte dazu sie gelangen? –
»Wie sie sich bläht! – hochnäsig Ding! –
»Will einen Junker wohl sich fangen? –
»Wenn sie nur keiner damit fing!«
So zischelt' es auf beiden Seiten;
Lurlei trug lächelnd ihr Geschick
Und hatt' in ihrem stolzen Schreiten
Für all die Neider keinen Blick.
Der Zug erstieg in kurzer Dauer
Den Weg bergan zum Schloß und stand
Geordnet vor der Außenmauer,
Wo er das Tor geschlossen fand.
Doch Peter schwang, um auszuholen,
Hoch seinen großen Lachs empor,
Mit dessen Schwanz er auf die Bohlen
Drei starke Schläge tat ans Tor.
Die Art, den Einlaß zu begehren
Am Lehnstag, früher Zeit entstammt,
Der Gilden ältester zu Ehren,
War ihres Meisters Recht und Amt.
Nach Frag' und Antwort klang der Riegel,
Die Flügel wurden aufgetan,
Und mit Verlaub nach Brief und Siegel
Vollführte sich des Zuges Nah'n.
Auf Brücken und durch Innentore,
Durch Wälle, Höfe zum Portal,
Treppauf dann und durch Korridore
Ging's in den großen Rittersaal.
    Hier waren Herren schon und Damen
Von ritterlichem Stand zu Gast,
Als feierlich die Bürger kamen
Mit ihrer Gift und Gaben Last.
Sie schlossen sich zu halbem Kreise,
Lurlei inmitten, nah der Tür,
Und der Wohledle und Wohlweise,
Der Bürgermeister trat herfür
Und sprach, wie er es oft erprobte
An dieser Stelle, schlank und glatt;
Graf Dieter dankte und gelobte
Gern Schutz und Schirm der treuen Stadt.
Ein Herr war's, dem der Jahre Fülle
Nur leicht auf Haupt und Schultern lag

Und dem ein unbeugsamer Wille
Aus vornehm ernsten Zügen sprach.
Er drückte Mefried Beiderlinden
Für seine Rede warm die Hand
Und frug nach Handwerk und Befinden
Manch einen an des Saales Wand.
Die Gülten nahm der Burgvogt alle,
Herr Hund von Saulheim, in Empfang
Und legte sie dem Seneschalle
Auf Tafeln vor im Bogengang.
Die Meister wurden auf das beste
Bewirtet dann mit Weck und Wein,
Und freundlich ließen auch die Gäste
Sich ins Gespräch mit ihnen ein.
Lothar nur hielt sich ihnen ferne,
Kam nicht erfreut auf Lurlei zu;
Sie sah, er schaut' in andre Sterne,
Und sah's auf Kosten ihrer Ruh.
  Beim Aufmarsch schon der Abgesandten
Bemerkte man, daß sich sofort
Von jung und alt die Blicke wandten
Nach jener schönen Jungfrau dort
Mit den goldglänzend blonden Haaren,
Die heut den Strauß in Händen trug,
Und jeder suchte zu erfahren,
Wer sie wohl sei, und forscht' und frug.
Jetzt ward umringt sie von den Jungen,
Und mancher sagt' ihr ins Gesicht,
Daß ihre Schönheit ihn bezwungen;
Nur einer, einer nahte nicht.
Sie schritt zur Gräfin nun; im Gange
Schlug ihr jedoch das Herz so laut,
Daß hilfesuchend erst und bange
Sie nach Lothar sich umgeschaut.
Den aber fesselte noch immer
Dasselbe Fräulein fort und fort,
Das mit verklärtem Augenschimmer
Andächtig lauschte seinem Wort.
Sich tief vor Gräfin Agnes neigend
Besann sich Lurlei ihrer Pflicht
Erregung und Verwirrung zeigend
Und sagt' ihr Sprüchlein kurz und schlicht.
  »Frau'n und Mädchen von Sankt Goar
Bringen Euch dienstlich Grüße dar,
Wünschen von Herzen treu ergeben
Euch Gesundheit und langes Leben
Und erflehn des Himmels Segen
Aller Zeiten, aller Wegen
Eurem gnadenreichen Haus;
Des zum Zeichen nehmt den Strauß!
Und er sei in Eurer Hand
Hohen Glückes Unterpfand,

Das in Euren Hulden winkt
Der, die Euch zu Füßen sinkt!
« Der letzte Satz verklang so leise,

Daß ihn die Gräfin kaum verstand,
Die schnell in ihrer güt'gen Weise
Die Knie'nde aufhob an der Hand.
Sie sprach, nachdem sie angenommen
Den bandgeschmückten Blumenstrauß:
»Dank, liebe Lurlei! sei willkommen!
Und oh! wie herrlich siehst du aus!
Gold im Gelock und Gold im Kleide, –
Bist du vielleicht ein Feenkind?
Gab zauberkräftig dir die Seide
Ein Elfe, der dir wohlgesinnt?«
Lurlei, die ahnungslosen Fragen
Sich günstig deutend und darob
Erschrocken doch, fand nichts zu sagen
Auf ihres Aussehns schmeichelnd Lob.
Jetzt winkend zu den Gästen blickte
Die Gräfin, aber als sie sah,
Daß die's nicht merkte, der sie nickte,
Rief sie hinüber. »Gisela!«
In Lurlei wollte schier erlahmen
Herzschlag und alle Lebensspur,
Als ob ein Blitz mit diesem Namen
Aus heiterm Himmel niederfuhr.
Sie hier im Schloß!? – und alles drehte
Sich wohl um sie? – doch welche war's?
Da kam sie – ha! – dieselbe, stete,
Die Unzertrennliche Lothars!
Ein lieblich Mädchen, braun von Haare,
Schlank und von seiner Züge Schnitt,
Mit einem samtnen Augenpaare
Und langen, dunklen Wimpern, schritt
Auf Lurlei zu mit raschem Fuße
In einem schwebend leichten Gang
Und bot mit anmutvollem Gruße
Die Hand ihr freundlich zum Empfang.
Lurlei, in feindlich dunklem Triebe,
Reicht' ihre kaum; die Herrin sah's
Und sprach: »'s ist Gräfin Schönburg, liebe!
Die ich zu nennen dir vergaß.
Sieh, Gisela, dies Fischermädchen!«
Fuhr sie dann fort, »es heißt gemein,
Daß sie die Schönste sei im Städtchen,
Ach nein! die Schönst' am ganzen Rhein.
Ich glaub's; hast du im Röm'schen Reiche
Schon jemals solch ein Haar gesehn?«
Dabei ließ sie die Hand, die weiche,
Durch Lurleis goldne Wellen gehn.
»Fräulein, die Gräfin liebt zu scherzen,

So sehn nicht Fischermädchen aus,«
Sprach Gisela mit frohem Herzen,
»Auf welcher Burg seid Ihr zu Haus?«
»Da hast du's, Lurlei!« fiel mit Lachen
Die Gräfin Agnes wieder ein,
»Wahr ist's, daß Kleider Leute machen,
Schaust wirklich wie ein Burgfräulein!«
Lurlei war zweifelnd und verlegen,
Ob ihr denn hier ein Spott geschah,
Und konnte doch des Irrtums wegen
Nicht böse sein auf Gisela.
Sie kämpfte, ob sie's sagen sollte,
Jetzt, hier, mit freiem, stolzem Mut,
Daß auch in ihren Adern rollte
Halb Grafen- und halb Königsblut.
Allein ein bitterer Gedanke
Fuhr augenblicks ihr durch den Sinn
Und stellte sich als feste Schranke
Vor die Entdeckung warnend hin.
Dann mußte sie die Mutter nennen
Und was ihr diese offenbart
Von ihrer Herkunft und bekennen,
Daß sie nur halb von Menschenart.
Und dies Geheimnis, hier enthüllet,
Hätt' all' im Saale, die's gehört,
Mit Grau'n vorm Nixenkind erfüllet
Und jede Hoffnung ihr zerstört.
Da fühlte sie zum ersten Male
Den Schatten, der am hellen Tag
Wie grauer Nebelduft im Tale
Spukhaft auf ihrem Leben lag.
Es stand gleich einem mildumflossnen,
Süßsanften Veilchen Gisela
Vor ihr, der üppig aufgeschlossnen,
Doch dornumstarrten Rose, da.
Der dunkelblauen Augen Scheinen
Sah froh und freundlich in die Welt,
Und in der Brust der Jugendreinen
War alles klar und glückerhellt.
Sie aber, schuldlos auch, umstrickte
Das Schicksal mit geheimem Leid,
Und wie auf Gisela sie blickte,
Wuchs ihr im Herzen Haß und Neid.
Doch Antwort gab sie auf die Frage,
Auf welcher Burg sie denn zu Haus.
»Ihr irrt; aufwuchs ich wie im Hage
Die frischen Blumen hier im Strauß
In eines Fischers Haus und Garten,
In Berg und Tal und Waldesgrün,
Und wie die Blumen darauf warten,
So freut auch mich des Frühlings Blühn.«

Jetzt nahte sich dem kleinen Kreise
Langsam und zögernd Graf Lothar
Und grüßte ritterlicherweise
Lurlei, die tief errötet war.
Er schwieg jedoch zu Boden sehend,
Weil er, der sonst so weltgewandt,
Wie unter einem Drucke stehend
Nicht gleich die rechten Worte fand.
»Du kennst die Perle unsrer Sassen?«
Frug Gräfin Agnes ihren Sohn.
»Ja,« sprach er lächelnd und gelassen,
»Mich dünket fast, ich sah sie schon.«
»Dich dünket fast? mich will bedünken,
Wer sie ein einzig Mal gesehn,
Dem kann ihr Bild niemals versinken,
Nie ganz aus dem Gedächtnis gehn.
Man sagt von ihr, sie könnte singen
Mit einer zaubrischen Gewalt,
Daß Vögel lauschen, Fische springen
Und Menschen staunen, wenn's erschallt.«
»Kein Zweifel,« sprach er glatt und fließend,
»Daß schön auch singt so schöner Mund!
Man hat mit Aug' und Ohr genießend
Dann zur Bewundrung doppelt Grund.
Man sagt auch, daß sie mit Gesange
Schon weidlich manchen Mann betört,
Den sie nach so getanem Fange
Doch nicht in Gnad' und Gunst erhört.«
Bei diesem angestimmten Tone
Sah Lurlei groß und fremd ihn an,
Doch als sie zum verdienten Lohne
Beinah die Antwort schon begann,
Macht' ihr Lothar geschwind ein Zeichen,
Zu schweigen, bat mit leisem Wort
Das Fräulein, ihm die Hand zu reichen,
Und führte Gis'la mit sich fort.
Lurlei war vor den Kopf geschlagen,
Im innersten Gefühl empört
Und mußte wie betäubt sich fragen,
Ob sie denn wirklich recht gehört.
War das Lothar, der so gesprochen,
Wegwerfend, kränkend, obenhin,
Ihr hoffnungsglühend Herz durchstochen
Mit fadem Wort und schnödem Sinn?
Im Walde konnt' er sich nicht trennen
Von ihr, da hielt ihn jedes Haar,
Und hier, hier wollt' er sie nicht kennen,
Verleugnete sie ganz und gar?
Und ging mit Gisela von hinnen
In flüsternder Vertraulichkeit –?
Doch länger drüber nachzusinnen
Ließ Gräfin Agnes ihr nicht Zeit.

Sie sprach zu ihr. »Lurlei, o singe
Uns hier ein Lied nach freier Kür
Und fordre selber als Gedinge
Dir jeden Preis und Lohn dafür!«
Lurlei durchfuhr's: – der Eltern Segen.
Wenn sie sich dafür schnell entschied!
Gelegenheit kam ihr entgegen, –
Die Grafenkrone für ein Lied!
Allein nach dem, was vorgegangen,
War's denn Lothar noch drum zu tun,
Der Eltern Segen zu erlangen
Zum Bund mit ihr? Und wenn auch nun,
Würd' ihr das Wunder jetzt gelingen?
Und wär's dem Liebsten recht gemacht?
Doch um geringern Preis zu singen,
Mit einem Spielmannslohn bedacht, –
Niemals! Sie schlug die Wimpern nieder
Und bat. »Erlaßt mir's, hohe Frau!
Denn mir versagen Ton und Lieder
Vor so viel strenger Augen Schau.«
Graf Dieter aber, der's vernommen,
Sprach mild. »Oh quäle Lurlei nicht;
Dazu ist sie nicht hergekommen,
Das ist nicht ihre Lehenspflicht.
Hast recht, du schöne Maid, zum Singen
Gehört des Herzens freie Lust,
Was kämpfen will und Sieg erringen,
Das kommt von selber aus der Brust.«
Was kämpfen will? – *sie* wollte kämpfen,
Und der Geliebte war der Preis!
Darum des Herzens Wünsche dämpfen,
Weil man das Zauberwort nicht weiß?!
Kampf! – nun erst recht! sie wollt' es wagen,
Vielleicht im Sange lag der Sieg;
Im Liede konnte sie es sagen,
Was ringend ihre Brust verschwieg.
»Herr Graf, Frau Gräfin,« sprach sie plötzlich
Mit mutiger Entschlossenheit,
»Wenn's Euch genehm ist und ergötzlich,
Bin ich zu einem Lied bereit!«
Sie dankten ihr, Graf Dieter führte
Sie selber zum Hochsitz an der Wand,
Und stolz, als ob ihr's so gebührte,
Schritt sie dahin an seiner Hand.
Verwundert sahen all' im Saale
Nun zu der Herrlichen hinan,
Und stille ward's mit einem Male,
Als Lurlei ihren Sang begann.

    Es pirscht' im Forst alleine ein junger Jägersmann,
Am Born auf moos'gem Steine traf er ein Mägdlein an.
Gleich saß er bei ihr nieder, gleich nahm er sie in Arm,
Sie litt's und küßt' ihn wieder mit Lippen, rot und warm.

»Du sollst die Krone tragen, du bist die Schönst' im Land,
Sollst mit mir reiten und jagen, sollst haben köstlich Gewand.
Laut will ich für dich zeugen, du meines Lebens Stern!
Es solln vor dir sich beugen die Ritter und die Herrn.«

»Daß Gott! ach hab' Erbarmen, du reicher Königssohn!
Und treibe mit mir Armen nicht eitel Spott und Hohn.
Wenn um sich seine Großen dein Vater stolz vereint,
Werd' ich in Turm gestoßen, wo Sonn' und Mond nicht scheint.«

»Nein, nein! du wirst alsbalde mein herzenstraut Gemahl,
Ich hole dich aus dem Walde zum goldnen Hochzeitssaal.
Ich schwör's beim fließenden Rheine, drin Well' auf Welle geht,
Und bei dem höchsten Steine, der über der Tiefe steht!«

Es harrte nun in Bangen auf ihren Schatz die Maid,
Es klopfte vor Verlangen ihr Herz in Lust und Leid.
»Weh, wenn sein Wort er bräche, nichtswürdig und verrucht!
Ich träte hin und spräche: Verräter, sei verflucht!«

Doch was er ihr am Bronnen gelobt als ihr Genoß,
Das hielt er treu gesonnen auf seiner Väter Schloß.
Und als sie einst zum Rande des Wassers kamen hin,
Da war er König im Lande, und sie war Königin.

Hinreißend hatte sie gesungen
Mit süßem Klang, mit voller Kraft,
Und bald auch war der Ton durchdrungen
Von tief verhaltner Leidenschaft.
Als sie ihr wuchtig Lied beendet,
Ging ein Gemurmel durch die Reih'n,
Und lauter Beifall ward gespendet,
Lothar nur stimmte nicht mit ein.
Er nahte nicht, zog rasch besonnen
Sie nicht zu seinen Eltern hin:
Hier ist die Maid vom Waldesbronnen
Und meines Herzens Königin!
Ach nein! sie hatt' umsonst gesungen;
Der Stimme sehnsuchtsvoller Klang
Hatt' allen hier das Herz bezwungen,
Nur dem nicht, dessentwilln sie sang.
Graf Dieter trat ihr froh entgegen,
Gleichgültig nahm sein Lob sie hin,
Doch keines Argwohns leises Regen
Kam ihm in seinen stolzen Sinn.
Der Gräfin aber stieg mit Schmerzen
Bei der gesungnen Mär Verlauf
Aus ahnungsvollem Mutterherzen
Die triftige Vermutung auf,
Daß Lurleis Lied nicht bloße Märe,
Und daß die Maid am Waldesborn
Vielleicht die Sängrin selber wäre,
Die in betrogner Hoffnung Zorn
Dem Königssohn – ach! *ihrem* Sohne,
Auf den allein ihr Sang gezielt,
Das Lied von der verheißnen Krone
Als Spiegel vor die Seele hielt.

Auffallend war Lothars Benehmen
Vorher bei Lurlei dort im Saal,
Kaum wollt' er sich dazu bequemen,
Sie zu erkennen; aschefahl
Stand er nun da, herüber schielend
Verstörten Blicks, in Angst und Groll
Erregt an seinem Dolche spielend,
Die Lippe nagend unruhvoll.
Wie? hatt' er ihr die Eh' versprochen?
War er's, der ihr das Kleid geschenkt,
Ihr Treu geschworen, dann gebrochen,
Unendlich Leid ins Herz gesenkt?
So sorgte sie; denn niemals söhnte
Sie sich mit einem Treubruch aus,
Allein ein Fischermädchen krönte
Kein Bischof doch im Grafenhaus.
Sie ging zu Lurlei, ihr zu danken;
Mit schwer beklommenem Gefühl
Hielt sie sich in gemessnen Schranken,
Ihr Lob war karg, ihr Dank war kühl.
Doch als sie ihr den Rücken wandte
Und Lurlei tief betroffen stand,
Kam, als ob sie ein Engel sandte,
Gis'la, ein Kelchglas in der Hand.
»Heil, Lurlei, Eurem schönen Singen!«
Begann sie lächelnd, freundlich schlicht,
»Mir wollte schier das Herz zerspringen,
Vor Weh, vor Lust, – ich weiß es nicht.
Kommt, netzt die liederfrohen Lippen!
Herzlich kredenz' ich Euch den Trank,
Und grüßlich will ich daran nippen,
So wohl Euch, liebe! Heil und Dank!«
Die Augen strahlten ihr so innig,
Die Lippen lächelten so hold,
Sie bot so anmutvoll und sinnig
Des edlen Weines flüssig Gold,
Daß Lurlei es im Herzen spürte
Und niederkämpfend ihren Gram,
Weil Gis'las Liebesgruß sie rührte,
Das volle Kelchglas dankend nahm.
Derweil sie trank, sprach jene leise.
»Und wißt Ihr, was aus Eurem Sang
Vor allem mir mit Wort und Weise
Am tiefsten in die Seele drang?
Das war das Los der Maid am Bronnen;
Ich sah und hörte sie so klar
Und fühlte mit ihr Weh und Wonnen
Ganz so, als ob ich's selber war.
Als käm' ich aus dem Wald gegangen
Hier auf das Schloß und vor den Thron..
Der Eltern Segen zu empfangen
Zum Bunde mit dem Königssohn.«

Das Glas in Lurleis Händen bebte,
Und sie erschrak im Herzensgrund,
Ein Zug von Schalkheit aber schwebte
Um Gis'las roten Mädchenmund.
»Ich könnt' Euch schon ein Wörtlein sagen,«
Sprach sie, im Antlitz helle Glut,
»Macht Euer Lied zu frischem Wagen
Vielleicht doch einem andern Mut.
Hört in geheim –« »Nein, nein! nicht hören!«
Rief angstvoll Lurlei, »seht Euch vor!
Was Königssöhne heimlich schwören,
Ist nicht für Fischermädchens Ohr!«
Die junge Gräfin schwieg, erschrocken
Vor Lurleis Blick und raschem Wort,
Da war die mit den blonden Locken
Auch schon von ihrer Seite fort.
Lurlei, sich durch die Gäste windend,
Sah sich noch um ein einzig Mal
Und schlüpfte, bald den Ausgang findend,
Still, ohne Abschied aus dem Saal. –
    Am Schloß an einer scharfen Ecke
War eine ragende Bastei
Und hier auf eine weite Strecke
Der Blick stromauf, stromunter frei.
Da vor ihm lag in großem Bogen
Voll Herrlichkeit das breite Tal,
Wie sich die grünen Berge zogen,
Der Strom sich wand im Sonnenstrahl.
Und dicht an felsgetragnen Zinnen
War eine hohle Bank von Stein,
Da saß in träumerischem Sinnen
Lurlei jetzt einsam und allein.
Grausam enttäuscht von diesem Tage,
Den sie ganz anders sich gedacht,
Saß sie nun hier in stummer Klage,
Verzweifelnd an der Liebe Macht.
Sie hatte hoch sich aufgeschwungen,
Sich Schlösser in die Luft gebaut
Und noch dem Lied, das sie gesungen,
Viel andre Wirkung zugetraut.
Nun aber hatte mit dem Sange
Der andern Hoffnung sie geweckt,
Die ihr aus eignem Herzensdrange
Die Liebe zu Lothar entdeckt.
Wird, treu dem Schwur, er widerstehen
Der Eltern Willen, der die Braut
Ihm ausgewählt, wenn er gesehen,
Daß Gisela auf ihn vertraut?
Noch hoffte sie's; er hatt' ein Zeichen,
Heut noch zu schweigen, ihr gemacht,
Hielt vor den Gästen wohl, den reichen,
Die Werbung übel angebracht.

Sie war ein Fischermädchen eben
Trotz ihrem prächtigen Gewand
Und durfte nie den Schleier heben
Von ihres Wesens wahrem Stand.
Das war es, was sie niederdrückte,
Der Fluch, daß halb sie Nixe war
Und nichts den Abgrund überbrückte,
Als ihre Liebe zu Lothar.
Ward sie sein Weib, so floß ihr Leben
Dahin auf menschlich freier Bahn,
Dann konnte sie die Flügel heben
Vom Wasser auf gleich einem Schwan.
Dann konnte sie das Glück ergreifen,
Und ihres Ursprungs dunklen Zwang
Wie eine Fischhaut von sich streifen,
Daß ihn Vergessenheit verschlang.
Sie bog das Knie herab zur Erde, –
»Verlassen sein muß schrecklich sein,
Wenn aber ich verlassen werde,
Ist's mehr als Tod und Höllenpein.
Lothar halt' aus! nimm mich zum Weibe,«
Sprach sie mit zuckendem Gesicht,
»Daß ich nicht ewig Nixe bleibe!
Lothar! Lothar, verlaß mich nicht!«

XIII. Am Königsstuhl zu Rhense

Zu Lahnstein war in der Kapelle
Der faule Wenzel abgesetzt,
Weil an des Reiches höchster Stelle
Er jede Herrscherpflicht verletzt.
Und rufend ging in die vier Winde
Vom Königsstuhl Drommetenschall:
Kurfürsten ihr, herbei geschwinde
Zur Wahl mit Lehnsmann und Vasall,
Des Amtes feierlich zu walten
Hier unterm freien Himmelszelt,
Zu küren für des Purpurs Falten
Nun einen neuen Herrn der Welt!
Es stellten sich die Erzbischöfe
Von Mainz, von Köln, von Trier ein,
Es ließen ihre Fürstenhöfe
In Heidelberg Pfalzgraf am Rhein,
In Nürnberg Friederich von Zollern,
Der Burggraf, und vom Sachsenhaus
Stieß Herzog Rudolf zu den Grollern,
Der Böhme blieb wohlweislich aus.
Die sechs jedoch mit ihrem Trosse,
Geistlich und weltlich, waren nun,
Zu Schiff gekommen und zu Rosse,
Versammelt, ihre Pflicht zu tun.
Am Königsstuhl zu Rhense streckte
Das Lager sich in weitem Ring,
Wo Zelt bei Zelt den Boden deckte
Und Schild bei Schild am Speere hing.
Doch offen war's, kein Wall umhegte
Den Zutritt sperrend das Gefild,
Und was sich alles drin bewegte,
Bot ein sehr mannigfaltig Bild.
Man sah gefürstete Prälaten
Mit ihres Klerus ganzem Heer,
Kapitelherren, Stiftslegaten
Und Klostervolk wie Sand am Meer.
Zahllos die Ritter, Knappen, Knechte,
Gerüstet wie zu Kampf und Jagd,
Und aus manch adligem Geschlechte
Fräulein und Frau'n mit Bub' und Magd.
Das wirbelte, das wogt' und wallte
Durchher in treibendem Gewirr,
Der Stimmen dumpfes Brausen schallte,
Gewieh'r, Gestampf und Stahlgeklirr.
Die Harnische, die Waffen blinkten,
Die Fähnlein flatterten im Frei'n,
Von Helmen und von Hüten winkten
Zimier und Federn, Strauß und Stein.
Aufwand und Schmuck, wohin man spähte,
An Frauenkleid und Männertracht,

An Zaumzeug und Turniergeräte,
Ganz überschwenglich war die Pracht.
Und was nie mangelte bei Festen,
Zuzug von Fahrenden war da,
Als ob nach Nord, Süd, Ost und Westen
An sie der Königsruf geschah.
Die Wanderzunft der freien Singer,
Der Spielleut lockre Brüderschaft,
Die Tänzer und geschwinden Springer,
Die Gaukler mit der Riesenkraft,
Sie zeigten, bunt bekränzt die Stirnen,
Vor hoch und niedrig ihre Kunst,
Und lächelnd gaben schmucke Dirnen
Nicht allzu teuer ihre Gunst.
Von Händlern boten ganze Scharen
In Buden oder aus der Hand
Heilmittel schreiend aus und Waren,
Krimskrams und vielbegehrten Tand.
Garküchen waren aufgeschlagen,
Wein war herangefahren, Wein,
Als sollte nicht in dreißig Tagen
Der neue König fertig sein.
Und ringsum lagerte zum Schauen
Und zog heran und wuchs und schwoll
Von fern und aus den Nachbargauen
Unzählig Volk, erwartungsvoll.
Sie stiegen über Bergeskämme,
Sie setzten über Strom und Tal,
Es trafen sich die deutschen Stämme
Aus jeder Grenzmark bei der Wahl.
Sie hoben sich und tauchten nieder
Und drängten, Mann und Weib und Kind,
Sich Kopf an Kopf daher, dawider
Wie reifes Ährenfeld im Wind.
Darüber ragte, wie von Wogen
Des aufgeregten Meers umrauscht,
Der Königsstuhl mit seinem Bogen,
Von einem ganzen Volk umlauscht.

    Aus Sankt Goar auch war zur Stelle
Die Hälfte der Bewohnerschaft
Und hatt' auf einer Hügelwelle
Mit ihrer Ellenbogen Kraft
Sich Platz erkämpft, bequem gelegen,
Und zwischen Königsstuhl und Rhein,
Wo wenig Raum war zum Bewegen,
Dem neu Erwählten nah zu sein.
Zu ihnen hielten als Gefährten,
Die sich an Strom und Berg und Au
Von Bacharach bis Boppard nährten
Im langgestreckten Trechirgau.
Auch Sandrogs waren hergekommen,

Die ganze Sippe, Mann und Maus,
Christinens Kind nicht ausgenommen,
Und nur Salvete blieb zu Haus.
Sie standen nah genug dem Ringe,
In dem das große Werk geschah,
Daß jeder, wenn es vor sich ginge,
Auch alles klar und deutlich sah.
Und Lurleis Falkenaugen trogen
Sie nicht, sie hatt', empor gereckt,
Die Grafen Katzenellenbogen
Mitsamt den Schönburgs bald entdeckt.
Und wieder standen wie zwei Flammen
Auf einem Herd und reich geschmückt,
Lothar und Gisela zusammen
Und schienen beide sehr beglückt.
Mißtrauisch lugte sie hinüber
In eifersücht'ger Grübelei,
Und ihr Gesicht ward immer trüber,
Je heitrer waren jene zwei.
    Jetzt meldeten Posaunenklänge
Der Handlung Anfang; langsam nur
Entrollte sich des Zuges Länge
Auf menschenüberströmter Flur.
Herold voran und Bannerträger,
Im Wappenrock des Reiches Aar,
Trabanten, Bläser, Paukenschläger,
Marschälle, Knappen, Höflingsschar.
Der Kirchenherren lange Reihen
In goldgewirktem Meßgewand
Mit allen Zeichen höchster Weihe,
Den Krummstab in beringter Hand.
Dann kamen die erlauchten Kürer
In Scharlachmänteln und daran
Den edlen Hermelin, ihr Führer,
Der Kurfürst-Erzbischof Johann.
Dann tausend Ritter und Vasallen,
Endloser Klerus hinterdrein,
Der psalmodierend ließ erschallen
Gesang in mönchischem Latein.
Der Zug in feierlicher Weise
Umwandelte den Mauerkranz
Und stellte sich in weitem Kreise
Ums Bauwerk auf im Sonnenglanz.
Des Reichs berufne Wähler stiegen
Zum Königsstuhle jetzt empor,
Die Bläser und die Sänger schwiegen,
Der Erzbischof von Mainz trat vor
Und fleht', es möge ihrem Tagen
Gott seinen Segen nicht entziehn,
Und alle, all die Tausend lagen
Mitbetend stumm auf ihren Knien.
Urkunden wurden dann verlesen,

Des Throns verlustig ward erklärt
Der Böhme, der mit Tun und Wesen
Als König übel sich bewährt,
Und daß im heil'gen Röm'schen Reiche
Mit ihm zu Ende die Geduld,
Damit er einem Bessern weiche,
Das walte Gott in seiner Huld!
Nun saßen flüsternd in der Runde
Die sechs auf dem erhöhten Mal,
Ein Name ging aus ihrem Munde, –
Es war der Augenblick der Wahl.
In tiefer, atemloser Stille
Blieb alles Volk und harrte nur,
Daß Gottes und der Fürsten Wille
Kund würde nach vollbrachter Kur.
Da schmetterten Trompetenstöße,
Und weit umher die Mahnung drang,
Daß männiglich das Haupt entblöße
Vor des Erwählten Namensklang.
Der Reichsherold beschritt die Stufen
Und setzte Kraft und Lungen ein,
Als deutschen König auszurufen
Kurfürst Ruprecht, Pfalzgraf am Rhein.
Und sturmgetragner Jubel tönte
Bis zu der Menge fernstem Teil,
Erschütternd donnerte und dröhnte
Der Ruf: Heil, König Ruprecht! Heil!
Nun an des Königsstuhles Brüstung
Trat der Gewählte, mantellos,
In strahlend goldner Ritterrüstung,
Echt königlich und heldengroß.
Und wie er dankend sich verneigte,
Scholl's aus den Reihen Sankt Goars,
Als er sein Antlitz ihnen zeigte:
»Der Jäger aus Kurpfalz!« – Er war's,
Den kürzlich bei dem Mädchenlehen
In Sankt Goar am Lindenstand
Als höchsten Bieter sie gesehen,
Verkappt als Weidmann, fremd im Land.
Hilf Himmel! Der, den sie gescholten,
Als käm' er ihnen nicht mal gleich,
Den sie ins Burschband sperren wollten,
Der war der erste nun im Reich!
Vor allen Mädchen doch und Frauen
War Lurlei stolz, daß dem Gelüst
Sie nachgab, hoch umher zu schauen.
Mich hat der König selbst geküßt!
    Mit glänzendem Gefolge wallte
Durchs Lager König Ruprecht hin,
Und ihm auf Schritt und Tritt erschallte
Glückwunsch zu seines Ruhms Beginn.
Dann rheinwärts zu dem kurzen Gange

Schuf man ihm eine Gasse frei,
Daß er zu seinem Schiff gelange,
An Lurleis Standort dicht vorbei.
Lurlei durchbohrte das Gehege
Der vor ihr Stehenden und wand
Sich schmiegsam durch, bis vorn am Wege
Sie in der ersten Reihe stand.
In Hoheit kam daher geschritten
Mit manchem gnäd'gen Aufenthalt,
Anhörend vorgetragne Bitten,
Des Königs leuchtende Gestalt.
Schon war er nah, und Lurlei glaubte,
Er hätte sie bereits erkannt
Und ihr, soviel's die Würd' erlaubte,
Ein huldvoll Lächeln zugesandt, –
Da teilte drüben sich die Menge,
Begleitet von den Seinen, brach
Graf Dieter durch Gewühl und Enge,
Verneigt' auf's tiefste sich und sprach:
»Mein König! Heil auf allen Wegen!
Erfüllt die erste Bitte mir,
Gebt diesem Brautpaar Eurer Segen
Als seines Bundes höchste Zier!«
Und sieh! vor König Ruprecht knieten
Lothar und Gis'la Hand in Hand,
Und mit der Augen Glanz verrieten
Sie ihrer Herzen hellen Brand.
Ein Aufschrei, Mark und Bein durchdringend
Gellt' in die feierliche Ruh,
Der Löwin gleich, nach Beute springend,
Flog Lurlei auf den König zu.
Nun aber schien ihr zu versagen
Die Stimme, denn es zuckt' ihr Mund,
Wie Funken, aus dem Stein geschlagen,
Flammt' es in ihres Auges Grund.
Den nächsten, die es sahn im Kreise,
Entsetzen durch die Glieder rann;
Der König frug in milder Weise.
»Lurlei, was ist? was ficht dich an?«
Sie zeigte, noch nicht Worte findend,
Auf Graf Lothar vor dichten Reih'n,
Und sich gewaltsam überwindend
Schrie sie heraus. »Der Mann ist mein!!
Mir, mir hat er die Treu geschworen
Beim Höchsten, was es irgend gibt,
Ich bin's, die er zum Weib erkoren
Und die ihn selber heiß geliebt!«
Sprachlos vor Zorn und Schrecken waren
Die beiden Eltern und die Braut,
Schnell hatte sich in großen Scharen
Gefolg' und Volk zum Ring gestaut,
In dessen freigelassner Mitte

Nun König Ruprecht stand und sann,
Als hielt' er selbst nach alter Sitte
Hier ein Gericht im Königsbann.
»Ich stelle, Graf Lothar, die Frage
An Euch jetzt,« sprach er würdevoll,
»Was sagt Ihr zu des Mädchens Klage?
Sprecht Wahrheit ohne Furcht und Groll!«
Lothar doch schlug die Augen nieder
Und schwieg, sein Angesicht war bleich.
»Seht Ihr's? er schweigt!« rief Lurlei wieder,
»Laßt mich ihn angehn, Herr, vor Euch! –
Laut, Graf Lothar, will ich Euch fragen,
Als hörte mich die ganze Welt:
Wer war's, der seit des Frühlings Tagen
Dem Fischermädchen nachgestellt?
Wer suchte sie auf allen Wegen,
Im Waldesdunkel und am Rhein?
Wer wußte schlau sie zu bewegen,
Im Boot zu fahren ihn allein?
Wer hielt unlöslich sie gebunden
Mit seines Zauberlichtes Strahl
In eben jenen nächt'gen Stunden
Im Wasser noch, zu ihrer Qual?
Wart Ihr's nicht, der aus Hinterpforten
Von seiner Burg geschlichen kam
Und mir mit glatten Höflingsworten
Mein arglos Herz gefangen nahm?«

    Sie hörten staunend Lurlei sprechen
Und blickten streng und horchten scharf,
Als sie dem Grafen das Verbrechen
Der Zauberei ins Antlitz warf.
Der fühlte die Gefahr und sagte;
»Ich weiß von keinem Zauberlicht;
Wenn einer sich zum andern wagte
Mit Hexenkünsten, – ich war's nicht!«
»Wohl ich?!« rief sie mit Händeringen,
»So denkt an jene Vollmondsnacht,
Da ich, um Euch Bescheid zu bringen,
Hinüber kam und mit Bedacht
Euch frug vor unserm ersten Kusse:
›Wie steht's mit Gräfin Gisela?‹
Wißt Ihr es noch, was im Verdrusse
Ihr rundweg mir erwidert da?
Denn mich nur hättet Ihr erkoren
Als Eures Herzens Ehgemahl,
Und das, das habt Ihr mir geschworen
Nicht einmal, – zehnmal, tausendmal!
Ihr rieft den Rhein dabei zum Zeugen
Und jede Welle, die drin fließt,
Eh würden sich die Sterne beugen,
Schwurt Ihr, eh daß Ihr mich verließt!
Und nun? hahaha! –« mit lautem Krachen

Schlug sie sich vor die Stirn dabei,
Und aus dem aberwitz'gen Lachen
Brach der Verzweiflung Herzensschrei.
Der König spracht »Herr Graf, Ihr schweiget
Nach alle dem? Euch ist vergönnt,
Daß Ihr uns Eure Unschuld zeiget
Und Euch verteidigt, wenn Ihr könnt!«
Als wäre jetzt der Bann gebrochen,
Der auf ihm lag, begann Lothar:
»Herr, was die Jungfrau hier gesprochen,
Ist, ich bekenn' es, wörtlich wahr.«
Bewegung wogte durch die Massen
Bei diesem inhaltschweren Wort,
Lothar doch wußte sich zu fassen
Und fuhr mit fester Stimme fort:
»Ja, Herr! ich hab' ihr Treu geschworen
Und habe Lurlei sehr geliebt,
Gleichviel, ob niedrig sie geboren,
Ob sie ein Herzogtum vergibt.
Von ihren Reizen hingerissen,
Sah ich nicht an ihr dürftig Kleid
Und wollte von nichts anderm wissen,
Als mein zu nennen diese Maid.
Bald aber kam mit ernstem Mahnen
Mir selber die Erkenntnis bei,
Was ich dem Blute meiner Ahnen
Und meinem Schilde schuldig sei.«
»Nicht ebenbürtig Eurem Range
War' ich?!« brach Lurlei rasch hervor;
Doch Ruprecht sprach. »Du schweigst so lange!
Jetzt hat der Graf des Königs Ohr.«
Lothar fuhr fort, auf Gis'la zeigend:
»Vor diesem edlen Frauenbild,
Sich mir in Huld und Anmut neigend,
Vor diesen Augen, sanft und mild,
Erlosch die Glut, die nur noch spärlich
In meinem Herzen Nahrung fand,
Weil etwas, das mir unerklärlich,
Schon zwischen mir und Lurlei stand.
Rot ist ihr Mund, süß ihre Minne,
Ihr Antlitz schön, und hold ihr Leib,
Doch schrecklich stieg es mir zu Sinne, –
Herr, sie ist kein natürlich Weib!
Gesehen hab' ich's und erfahren:
In ihrer Augen Flackerschein
Und unter diesen goldnen Haaren
Muß Unholdskraft verborgen sein.
War sie mir an die Brust gesunken
Hingebungsvoll und hochbeglückt,
Schien sie von Lust und Liebe trunken,
Ganz aufgelöst, der Erd' entrückt,
Dann traf wie aus dem Hinterhalte

Mich oft mit ungezähmter Gier
Ein böser Blick, der mich umkrallte,
Und dann, – dann graute mir vor ihr!«
»Dir graute? Dich ergriff ein Zagen?
O tapfrer Held! weißt du, wovor?«
Rief Lurlei wild, »ich will dir's sagen:
Dir klang mein Racheschwur im Ohr!
Es ist mein Fluch, vor dem du zitterst,
Denn ich erfülle meinen Eid,
Und weil du das Verderben witterst,
Wirst du nun blaß vor meinem Leid.
Du hast die Treue mir gebrochen,
Genarrt, betrogen hast du mich!
Das sei gerichtet und gerochen, –
In Höllengrund verfluch' ich dich!
Fluch deinen Tagen, deinen Nächten,
Ob du nun wandelst oder ruhst!
Und Fluch von allen dunklen Mächten
Dem, was du denkest oder tust!
Fluch jedem Trunk, der dir befeuchtet
Die Lippe, wenn sie Durst gefühlt!
Fluch allem Lichte, das dir leuchtet,
Und Fluch dem Schatten, der dich kühlt!
So sei verflucht in Ewigkeiten,
Verworfen du und dein Geschlecht,
Getilgt von dieser Erde Breiten,
Verflucht mit Weib und Kind und Knecht!«
Da murrten sie, da ward ein Toben,
Sie drängten zu in blinder Wut,
Die Hände schon nach ihr erhoben:
»Ins Feuer mit der Hexenbrut!«
Sie schützend vor des Volkes Grimme,
Das laut nach Gottesurteil schrie,
Gebot des Königs mächt'ge Stimme:
»Zurück! ich hab' ein Recht auf sie!«
Lothar sprang vor, riß aus der Scheide
Sein Schwert, in manchem Streit versucht,
Daß niemand täte was zu Leide
Der, die soeben ihn verflucht.
Doch Lurlei, furchtlos und verwegen
In ihrem grenzenlosen Zorn,
Trat kampfbereit dem Volk entgegen
Und stand nun selber trotzig vorn.
Sie heischte Ruhe, knirscht' und drohte
Das Goldhaar schüttelnd im Genick,
Und herzdurchbohrend blitzt' und lohte
Geschliffnem Dolche gleich ihr Blick.
Dann lachte sie voll Hohn und Tücken:
»Was rieft ihr? Hexe? hahahaha!«
– Kalt lief es jedem übern Rücken –
»Jawohl! das bin ich! hahahaha!
Nehmt euch in acht! ich könnt' euch grüßen

In einem schauerlichen Sinn,
Ihr läget zitternd mir zu Füßen,
Wollt' ich euch sagen, wer ich bin!
Ihr seid mir alle tief erbärmlich
Mit eurer Welt voll Trug und Neid,
Dies Menschenleben, öd und ärmlich,
Fort werf' ich's, ein verschlissen Kleid.
Dein Kuß, o König, war der letzte,
Den ich empfing von Menschenmund;
Was mich auf Erden trieb und hetzte,
Begrab' ich auf des Rheines Grund.
Doch an mich denken sollt ihr lange,
Ich zahl' euch aus, was euch gebührt!
Und jetzt – Platz da zu freiem Gange!
Und wehe dem, der mich berührt!«
Da wichen sie in breiter Zeile
Vor ihr zurück voll Schreck und Grau'n,
Und stolz schritt sie hindurch in Eile,
Wie eine Königin zu schau'n,
Die nach bezwungner Volksempörung
Nun unerbittlich streng verfährt
Und keine Gnade noch Erhörung
Den Todverdammten mehr gewährt.
Und eine dumpfe Ahnung war es,
Die alle sorgenschwer umfing,
Daß jetzt hier etwas Wunderbares
Und Ungeheures vor sich ging.
Nur Heinrich trat ihr kühn entgegen;
Sie riß sich los, – ein einz'ger Blick,
»Lebwohl!« – unfähig sich zu regen,
Sah er sie enden ihr Geschick.
Am Strome hob sie beide Hände
Und rief: »Ich komme! nimm mich auf!«
Da braust' es gegen das Gelände,
Die Wogen schlugen dran hinauf
Wie aufgewühlt zu hohem Schwunge
Von Grund aus auf die Uferbank,
Und Lurlei stürzte sich im Sprunge
Zum Rhein hinunter und versank.

    »Lurlei!!« erscholl es in der Runde,
Durchbrach des starren Schweigens Bann,
Kam jauchzend wie aus *einem* Munde, –
Sie blickten sich erschrocken an;
Wer rief es? – all die tausend hatten
Die Lippen nicht einmal bewegt;
Da war's, als hätt' ein eis'ger Schatten
Sich jedem auf das Herz gelegt.
Sie strömten hin und blieben stehen,
Und manch ein Blick am Wasser hing,
Wo nun auf Nimmerwiedersehen
Lurlei in Wellen unterging.

XIV. In der Tiefe

Weitschicht'ge Höhlung im Gestein
Erhellt gedämpften Lichtes Schein,
Verborgen ist, woher es stammt,
Kein Öl und keine Kerze flammt,
Nicht Ampel oder Leuchte hängt
Hier am Gewölb, von außen drängt
Es sich herein durch Felsenrippen,
Durch Erz und Adern in den Klippen.
Zerklüftet ist von Sprung und Spalt
Der Grotte räumige Gestalt;
Die Decke flimmert feucht von Tau,
Die Wände schimmern nebelgrau,
Verlaufen hinten schwarz wie Nacht
In einen gähnend tiefen Schacht.
Nicht Tisch, nicht Stuhl noch Ruhebank
Verdienen eines Gastes Dank;
Am Boden nur zur Lagerstelle
Sind sammetweiche Otterfelle
Gebreitet über Schilf und Moos.
Da sitzt Igorn; auf ihrem Schoß
Das rundumlockte Haupt gebettet,
An ihre weiße Brust gerettet,
Liegt nun mit lilienbleichen Wangen
Lurlei, von tiefem Schlaf umfangen.
Die Nixe hält im Arm ihr Kind,
Und wie es atmet leicht und lind,
Schaut sie es an mit Lieb' und Acht,
Ob bald die Schläferin erwacht.
Jetzt regt sich Lurlei, seufzt und schlägt
Die Augen auf, erstaunt und frägt,
Noch halb im Traum. »Wo sind sie hin?
Ich bin doch nun die Königin.«
Die Mutter dann erkennend: »du?
Igorne, sahst du auch mit zu?«
Sie streicht sich über Stirn und Haar
Und blickt umher, nun wach und klar,
Und schrickt empor. – »Wo bin ich hier?«
Igorne spricht: »du bist bei mir,
Bist wohl behütet und geborgen,
Erlöst von allen Erdensorgen.«
»Bei dir?« fragt Lurlei, und beginnen
Muß sie aufs neu, sich zu besinnen.
»Was ist dies für ein steinern Haus?
Was ist das für ein dumpf Gebraus,
Das seltsam mir zu Ohren dringt
Und wie aus weiter Ferne klingt?«
    »Es ist des Wassers mächtig Rauschen,
Den Wirbeln und den Strudeln lauschen
Kannst du hier unten, wie sie oben
Am Tageslicht um Klippen toben.

Hoch steigt grad über uns zum Rand
Des Lurlenberges jähe Wand,
Wir sind in diesem Felsenrund
Im Tiefen auf des Rheines Grund.«
Lurlei blickt sie verwundert an
Und fragt sie. »Wieviel Zeit verrann –?«
    »Du warfst dich gestern in den Rhein,
Ich fing dich auf, ich ganz allein,
Und trug stromauf dich her, weil da –«
    »Weil er mir untreu ward! ach ja!
Nun weiß ich alles, – am Königsstuhl!
Ich wünscht' ihn in der Hölle Pfuhl,
Den Falschen, der mir Liebe log,
Mit seinem Treuschwur mich betrog.«
    »Vergiß ihn, süßes Wogenkind!
Wohl uns, daß wir bei'nander sind!
Mir ist, da ich dich wieder habe,
Versöhnten Schicksals Liebesgabe,
Als ob zu meiner Lust im Rhein
Der Freuden höchste kehrten ein
Und jauchzend jede Welle riefe:
Sei uns willkommen in der Tiefe!«
    »Vergessen, Mutter? nimmermehr!
So lang' der Rhein nicht wellenleer!
Du sagtest unterm Vollmond mir,
Der Weg stünd' offen mir zu dir,
So lang' ich noch als Jungfrau käme.
Sieh! daß ich dich beim Worte nähme,
Sprang ich bei Rhense in den Rhein,
Jungfräulich, unberührt und rein.
Jetzt frag' ich: darf ich weiter leben?
Ist ewige Jugend mir gegeben?
Und ist, der Menschen Erdgeschlecht
Zu überdauern, nun mein Recht?«
Sie sah der Mutter ins Gesicht,
Als meldet' ihr das Weltgericht
Im nächsten Wort aus diesem Munde
Nun Urteilsspruch und Schicksalskunde.
Die Nixe streichelte der Bangen
Mit frohem Lächeln Kinn und Wangen
Und sprach. »Ja, Lurlei! ja! du bist
Entledigt aller Zeit und Frist
Und bist mit Jugendreiz gefeit
Und Zauberkraft in Ewigkeit!«
»Oh Dank!« ein heller Jubelschrei
Rang sich aus Lurleis Busen frei.
»Wir wollen,« fuhr Igorne fort,
»Uns wonniglich von Ort zu Ort
Im Strom auf weichen Wellen wiegen,
Uns schwimmend Seit' an Seite schmiegen
Und in der Schwestern munterm Chor
Hernieder tauchen und empor,

Ein gaukelnd Spiel –« »Halt ein, Igorn!«
Rief Lurlei wie gereizt zum Zorn,
»Ich seh' im Geist ein andres Bild,
Und nicht wie du bin ich gewillt.
Die Ewigkeit, die Kraft und Kunst,
Die mir verliehn des Schicksals Gunst,
Brauch' ich zu einem andern Tun,
Und davon will ich nimmer ruhn;
Treibt eures hier, – mein gaukelnd Spiel
Hat bittern Ernst als einzig Ziel.«
»Ein andres Tun? und Spiel zum Trug?
Was meinst du, Lurlei?« forscht' und frug
Igorn bestürzten Angesichts.
   »Was, Mutter? . . . Rache!! – weiter nichts!«
Das Wort, wie's in der Grotte schallte,
Gewaltig erst, dann leiser hallte,
Als wenn's vielstimmig widerklänge
Durch endlos lange Felsengänge.
   »An ihm willst du dich rächen noch
Als Nixe, frei von seinem Joch?«
   »An ihm und allem ohne Wahl,
Was Mann heißt in der Sonne Strahl!
Für jedes Weh und Herzeleid,
Für jeden frech gebrochnen Eid,
Für jedes falsche Liebeswort,
Geflüstert hier, geschworen dort,
Für jeden Händedruck und Kuß,
Um den ein Mädchen weinen muß,
Für jede treu vergessne Tat,
Für jeden schändlichen Verrat,
Von einem Mann verübt auf Erden,
Will ich die Rächerin jetzt werden!
Das Weib, dem einer Liebe lügt,
Das einer ohne Treu betrügt,
Die Jungfrau, die dem Schwure traut,
Beseligt als verschwiegne Braut
Mit ihres Herzens voller Glut
An des Geliebten Brust geruht,
Und wie er ihr den Rücken kehrt,
In Angst und Sehnsucht sich verzehrt
Und hofft und harrt und hangt und bangt,
Ob nichts zu ihr von ihm gelangt,
Der ihre Liebe ganz besaß
Und, fern von ihr, sie längst vergaß,
Die blühend einst, nun welkt und bleicht,
Endlich der Hoffnung Flagge streicht,
In Gram und Bitternis verdirbt,
Verlassen altert, einsam stirbt, –
Das ganze weibliche Geschlecht,
Verkauft, verraten, ohne Recht,
Will ich in alle Ewigkeit
Am Manne rächen weit und breit!«

Igorne schüttelte das Haupt:
»Und darum wiederum beraubt,
Und wohl auf lange, soll ich sein
Des Trostes, daß du gänzlich mein?
Was kümmert dich der Menschen Tun?
Wie die sich plagen, wie sie ruhn,
Ob sie sich hassen und verderben,
Ob sie sich lieben, wie sie sterben,
Wie sie ihr elend Leben führen, –
Uns Nixen kann es nimmer rühren.
Darum willst du dich mir versagen?
Willst immer noch den Kranz nicht tragen
Von Wasserrosen, hier gepflückt?
Der jede Nixenstirne schmückt?
O Lurlei! kaum bist du entflohn
Der schnöden Staubwelt, deren Lohn
Nur Undank ist und Neid und Trug,
Und wieder treibt ein wilder Zug
Von Leidenschaft dich schon zurück
Aus dem noch nicht erprobten Glück
Wunschloser Nixenseligkeit
Zu Herzensqual, in Leid und Streit?
Versuch' es erst, mit uns zu leben,
Wirst nimmermehr von hinnen streben!«
»O Mutter, spare jedes Wort!«
Sprach Lurlei, »mächtig treibt's mich fort,
Verloren dünkt mich jeder Tag,
Da nicht die Untreu trifft ein Schlag.«
    »Du weißt nicht, eigensinnig Kind,
Wie schön und hold die Schwestern sind.
Wie froh sie spielen hier im Rhein,
In Flut, in Grotten und Gestein;
Vor deinen Augen soll's geschehn,
Du sollst sie hören, sollst sie sehn!«
Nun schlug sie mit der flachen Hand
Eilfertig an die Felsenwand,
Daß laut wie Hammerklang es rief,
Der in der Ferne sich verlief.
Und bald auch Lurleis Ohr vernahm
Ein Tönen, das von weiten kam,
Bald näher drang und lustig klang
Wie Harfenschlag und Rundgesang.
Ein blendend Licht ward in der Halle,
Sie blinkt' und blitzte von Kristalle,
Schien größer noch, als wie zuvor,
Daß sich der Blick darin verlor.
Und sieh! und sieh! auf einmal sprangen
Und schwirrten flink herein und schwangen
Wie Schmetterlinge sich aus Lüften,
Aus tiefen Gängen, finstern Klüften,
Aus Rissen und aus Felsenspalten,
Nur leicht geschürzt um Schoß und Hüften

Mit spinnwebdünnen Schleiers Falten,
Die allerreizendsten Gestalten.
Von Nixen eine große Schar,
An Wuchs und Antlitz wunderbar,
Im langen, aufgelösten Haar
Von dunklem oder lichtem Glanz
Den vollen Wasserrosenkranz,
Begann um Lurlei Spiel und Tanz.
Bald reichten sie zu ihren Weisen
Die Hände sich, in Reih'n und Kreisen
Sich rankend auf verschlungnen Gleisen,
Bald schwebten einzeln auf und nieder
Voll Anmut alle hin und wieder
Im Ebenmaß der schlanken Glieder.
Es war ein zierliches Erpassen,
Ein stürmisch glühendes Umfassen,
Gefälliges Entschlüpfenlassen,
Gemessner Schleifschritt, trippelnd Gehn,
Geschickte Wendung, wirbelnd Drehn,
Behender Sprung auf spitzen Zeh'n,
Ein federnd Schnellen, schaukelnd Wippen,
Ein tändelnd Flattern, schelmisch Nippen,
Holdselig Lächeln auf den Lippen.
Der jungen Leiber schwankes Biegen,
Der schönen Körper üppig Wiegen,
Geschmeidig Winden, kosig Schmiegen,
Es sah sich an, als wenn sie flögen,
Auf Wogen durch die Fluten zögen
Und schlängelnd sich um Klippen bögen.
Dazu im Takte hell erklang
Begleitend der Bewegung Gang
Ein wunderlieblicher Gesang.
    Fröhlich durch die kühlen Wogen
Schweifen wir daher, dahin,
Schwingen uns in weitem Bogen,
Kommen mit Gesang gezogen
Und mit neckisch leichtem Sinn.
In der Tiefe trautem Dunkel
Leuchtet rotes Goldgefunkel,
Muschel blinkt und Perle glänzt,
Und im holden Dämmerscheine
Schimmern grünlich die Gesteine,
Moosbewachsen, schilfbekränzt.
    Oben spiegeln sich die Berge,
Daß ihr Bild gekräuselt schwimmt,
Unten siedeln sich die Zwerge,
Und es lauscht hinab der Ferge,
Ob er Ruf und Rat vernimmt.
Bronnen rauschen, rieseln, schäumen,
Und die weißen Rosen träumen,
Wo's am Ufer still und glatt.
Fischlein huscht durch ihr Geschlinge,

Unkenkön'gin mit dem Ringe
Sitzt und sonnt sich auf dem Blatt.
    Komm zu aller Freuden Quelle!
Nur in Fluten kannst du blühn,
Wo im Spiel der flüss'gen Welle
Weiche Tropfen silberhelle
Dir um Brust und Nacken sprühn.
Schmeichelnd wollen wir dich herzen,
Mit dir schäkern, mit dir scherzen
Und uns tummeln Tag und Nacht,
Wollen führen dich im Reigen
Und dir lustig, listig zeigen,
Wie im Strom die Nixe lacht.
    Es hatte zauberhaft geklungen
Wie Glöcklein, sanft vom Wind geschwungen,
Wie Lied von Nachtigallenzungen,
Artig erheiternd, zärtlich rührend,
Mit Freuden lockend, rasch verführend
Und jede Lust im Herzen schürend.
Und wie sich all die Füßchen schwangen,
Sich all die blanken Arme schlangen,
Die Busen wallten und die Wangen
In den Gesichtern rosig blühten,
Die Locken flogen, Augen sprühten,
Die schmucken Tänzerinnen glühten!
Zu Lurlei hin war das ein Blicken,
Ein Winken, Blinzeln, Lächeln, Nicken,
Als wollten sie sie ganz umstricken.
Zuletzt vor ihr, sie anzuflehn,
Blieb alles starr im Bilde stehn,
Als wär' ein Zauberschlag geschehn.
Die Nixen standen, schwebten, knieten,
Sich ihr behilflich darzubieten,
Und alle baten stumm und rieten:
Bleib hier, bleib hier im grünen Rhein,
Uns Schwester und Gespiel zu sein.

    Lurlei verharrte stumm und kühl,
Kein liebend schwesterlich Gefühl
Zwang, hier zu bleiben, ihren Sinn.
Igorn sah fragend zu ihr hin;
Sie aber wehrte mit der Hand
Und schüttelte das Haupt und stand,
Die Wimpern halb gesenkt im Neigen;
Im weiten Raum war tiefes Schweigen. –
Als wieder sie den Blick erhoben,
War alles um sie her verstoben,
Grau wieder war das Felsgestein
Und mit Igorne sie allein.
»Ich kann's nicht, Mutter!« sprach sie fest,
»Mein Herz will Rache bis zum Rest!
Und kann ich auch nicht alle würgen,

Die treulos sind, für viele bürgen
Soll mancher mir, mit Todesqualen
Mag einer für den andern zahlen!«
    »Wie aber soll es dir gelingen,
Das Ungeheure zu vollbringen?«
    Sie lächelte so schadenfroh,
So boshaft blitzend lichterloh
Und sagte. »Das ist leicht getan;
Aus Liebesdrang und Liebeswahn
Will ich mir starke Waffen schmieden
Und tödlich seine Gifte sieden,
Die durchs Gehör, durch Mund und Augen
In Mark und Bein und Blut sich saugen.
Der Schönheit siegende Gewalt
Nutz' ich in wechselnder Gestalt,
Daß ich für eines jeden Sinn
Begehrenswert und köstlich bin.
Mit List will ich die Männer kirren,
Mit allen Reizen sie verwirren,
Mit Liebesliedern sie betören,
Das sie nichts andres sehn und hören
Und blindlings in die Fallen gehn,
Die lockend für sie offen stehn.
Doch den, der glaubt, darin gefangen,
Schnell meine Gunst auch zu erlangen,
Den laß' ich zappeln, lechzen, schmachten,
Mit Seufzen nach Erhörung trachten
Und mach' es, wie es Untreu macht,
Zeig' ihm, was ihn zur Glut entfacht,
Der Wunscherfüllung taumelnd Glück,
Und stoß' ihn dicht davor zurück;
Nichts soll er haben, als allein
Verschmähter Liebe Spott und Pein.
Schwört er, antwort' ich, daß ihm graut,
Ringt er die Hände, lach' ich laut
Und hetz' ihn aus der Hoffnung Schein
In die Verzweiflung ganz hinein,
Daß Sehnsucht ihm das Herz verzehrt
Und das Gehirn zum Wahnsinn kehrt,
Bis er gebrochen sich verkriecht
Und jämmerlich zu Tode siecht.«
    Im Winkel saß Igorn gekauert,
Von Lurleis Worten tief durchschauert,
Die vor ihr außer Rand und Band
Mit tückischem Frohlocken stand,
Als hätte sie, von Druck befreit,
In haßgetränkter Grausamkeit
Mit ihrem ausgesprochnen Plan
Der Rache Werk schon halb getan.
    »Furchtbar ist, Lurlei, was du sinnst,
Verrat und Mord ist, was du spinnst!
Willst wechselnd Antlitz und Gewand

Als fahrend Weib durchziehn das Land
Und in der Hand den Todesspeer,
Würgengel sein dem Männerheer?«
    »Nicht fahrend Weib, ich zieh' nicht aus
Auf Männerjagd von Haus zu Haus;
Doch wer sein wallend Herz nicht wahrt,
Wer meines Wesens Sinn und Art
Nicht widersteht, wer mich nicht flieht,
Wenn er mich hört, wenn er mich sieht,
Der wird geködert und umgarnt,
Eh ihn des Zaubers Wittrung warnt.
Fortlebend in der Zeiten Lauf
Tauch' hier und dort ich plötzlich auf,
Gesicht annehmend und Gestalt,
Bekannt im Kreise jung und alt.
Und wenn in Schloß, in Hütt' und Haus
Bei Sang und Spiel, bei Tanz und Schmaus
Umgeht ein liebelockend Weib,
So steckt mein Geist in ihrem Leib,
Und keiner ahnt in seinem Wahn,
Daß Lurlei es ihm angetan.«
    Kaum war des letzten Wortes Ton
Den Lippen Lurleis noch entflohn,
Als ein gewaltig Brausen klang,
Ein Donnern aus der Tiefe drang,
Das dröhnte, schütterte und rollte,
Als ob der Fels zerbersten sollte.
Und in der Grotte Hintergrund
Erstrahlte jetzt aus tiefem Schlund
Ein Feuerschein wie Morgenrot,
Wie Glut aus einem Schmiedeschlot,
Und wieder ward in Glanz und Glast
Die Höhle weit, der Decke Last,
Gewölbt zur Kuppel, hob sich schnell,
Von Golde glitzernd sonnenhell.
Wie Gold auch funkelte die Wand,
Die rings begrünt von Reben stand
Gleich einer sommerlichen Laube,
Wo schwellend Traube hing bei Traube
Und Rosen blühten, deren Duft
Wie Frühlingshauch durchzog die Luft.
Und da – da kam aus dem Gestein
Den Gang daher der Vater Rhein
Und trat in seiner Königspracht,
Umringt von Nixen und bewacht
Von bärt'gen Zwergen ohne Zahl,
Machtvoll erhaben in den Saal.
Des hohen Greises Gliederbau
Verhüllt' ein Mantel, himmelblau,
Mit goldnen Sternen übersät
Und Runen auf den Saum genäht.
Sein Haupt umschlang ein Rebenkranz,

Lang wallt' in lichtem Silberglanz
Sein Haar und Bart, sein Angesicht
War ernst und stolz, er nickte nicht,
Als sich Igorne tief verneigte
Und Lurlei Furcht und Schrecken zeigte.
Vor seiner mitgebrachten Schar
Stand er hoch aufrecht, groß und klar
Blickt' er auf Lurlei, wandt' in Ruh
Sich ihr mit diesen Worten zu:
    »Wunsch und Wille, frei enthüllt,
Sei dir fort und fort erfüllt,
Und mit Zaubers Mög' und Macht
Sei bedungen und bedacht!
Einer, den dein Herz verstieß,
Weil er treulos dich verließ,
Schwur bei meinem Wogenkleid
Frevelnd einen falschen Eid.
Nimmer sei ihm das verziehn;
Laß ihn nicht der Straf' entfliehn,
Räch' an ihm Verrat und Not,
Treib' mit Trug ihn in den Tod.
    Aber über dich verhängt
Sei der Fluch, der schwer verfängt:
    Wenn du einem Untreu lohnst,
Will ich, daß du keinen schonst,
Keinen, der zu dir sich wagt,
Liebend dich um Liebe fragt!
    Weil um flüchtig Menschenlos
Du verschmäht der Tiefe Schoß,
Sei, so weit die Welt sich spannt,
Auf den Lurlenberg gebannt!
Schweif' umher, schweb' ab und zu,
Doch nur oben finde Ruh;
Einsam lauernd auf der Lei
Sitz' und singe, Lorelei! –
    Tausche nun mit mir zum Bund
Schwur um Schwur von Mund zu Mund
Und empfange, was dich feit
Zu der Jugend Ewigkeit!«
    In einem weiten Ringe schlossen
Sich schnell die lieblichen Genossen
Und standen alle Hand in Hand,
Ein wunderhold lebendig Band,
Um Lurlei und den Vater Rhein,
Die Zwerge knieten hinterdrein.
Da gab in seiner Nixen Kreise
Der Stromgott feierlicher Weise
Lurlei nach Schicksalsspruch und Schluß
Auf Stirn und Mund den Weihekuß,
Und Siegel war es hohem Eid,
Stumm, doch unlöslich in der Zeit.

XV. Lothar

Nun war es Sommer gewesen,
Längst war zum neuen Wein
Die letzte Traube gelesen
Im herbstlichen Sonnenschein.
Rasch kürzer wurden die Tage,
Falb war und welk das Laub,
Die spätesten Blumen im Hage
Sanken entblättert zu Staub.
Feuchtkalte Nebel hingen
Im Tal und auf dem Rhein,
Tiefschleppende Wolken gingen
Schwerfällig ins Land hinein.
Anhaltend schlackernder Regen
Den grauen Himmel umspann,
Daß es auf Wegen und Stegen,
Von Bergen und Felsen rann.
Verschleiert schaute nieder
Burg Katz auf Fluß und Forst,
Mit triefendem Gefieder
Ein Falk auf nassem Horst.
Und unter ihrem Dache
Lothar und Gisela,
Im dämmrigen Gemache
Trübselig saßen sie da.
Zwei Monde waren verstrichen
Seit ihrem Hochzeitsmahl,
Und schon war ihnen erblichen
Des Glückes warmer Strahl.
Die Gräfin saß im Erker,
Sah traurig ins Tal hinab
Wie aus vergittertem Kerker
Auf ihrer Hoffnung Grab.
Der Graf, der saß beiseite
Mißmutig am Kamin,
Daß ihm der Brand der Scheite
Das finstre Gesicht beschien.
Er saß, das Haupt in Sorgen
Schwer auf die Hand gestützt,
Ein Schuldner, dem kein Borgen
Und kein Verschreiben nützt.
Es drückt' ein frostig Schweigen
Sich an den Wänden entlang,
Nur daß im Sinken und Steigen
Das Feuer summt' und sang,
Die aufgeschichteten Kloben
Prasselnd fielen zuhauf
Und knisternde Funken stoben
Den weiten Rauchfang hinauf.
Der Graf starrt' in das Feuer;
Aus Flammen und Rauch hervor

Tauchten ihm Abenteuer,
Gesicht' und Bilder empor.
In wehenden Feuerflocken
Sah er ein schmerzvoll Haupt,
Umflattert von goldnen Locken,
Das Antlitz von Asche bestaubt.
Der Flammen Züngeln und Saugen,
Der Kohlen Glimmen und Glühn
Mahnt' ihn an ein Paar Augen
Und ihrer Blicke Sprühn.
Und wenn er dann, geblendet
Vom langen ins Feuer Sehn,
Den Blick ins Dunkle gewendet,
So sah er ein Weib dort stehn,
Die Arme sehnend, suchend
Ihm weit entgegen gestreckt
Oder ihn wild verfluchend
Zornwütig empor gereckt.
Er wußt' es wohl, wer lohend
Im Feuer sich vor ihm wand,
Er wußt' es auch, wer drohend
Im Dunkeln hinter ihm stand.
Wie langsam ihm versanken
Die trägen Stunden im Haus.
Niemals aus den Gedanken
Kam Lurlei ihm heraus.
Er sah sie auch allnächtig
Im Traum, die schöne Gestalt
Holdselig, liebesmächtig
Mit all ihrer Reize Gewalt.
Im Mondlicht sah er sie weben
Und bei der Sterne Glanz,
In Lüften fahren und schweben
In gaukelndem Elfentanz.
Und wenn mit leisem Säuseln
Der Wind die Burg umschlich,
In welker Blätter Kräuseln
Durch hohe Wipfel strich,
So glaubt' er auch zu hören
Nachts ihren süßen Gesang,
Er hätte mögen schwören,
Daß vor dem Fenster es klang:
Der Mond ist voll, der Mond ist hell,
Nun komm heraus, mein Trautgesell,
Daß wir uns heiß umfassen.
Mir gehn die Augen her und hin,
Ob ich denn gar so einsam bin,
Kann ja von dir nicht lassen.
    Es tanzt im Nebel auf den Höh'n.
Es summt ein lieblich Waldgetön,
Es leuchten Pilz und Farren.
Im Tale doch ein Bächlein rauscht,

Wo Liebe nur auf Liebe lauscht,
Da will ich deiner harren.
      Der Mond ist hell, der Mond ist voll,
Ich weiß nicht, wie ich leben soll,
Weil ich an dich nur dachte.
Wir sind zu lange schon getrennt,
Oh komm herab! die Sehnsucht brennt,
Nach deinen Küssen ich schmachte.
      Lothar im weichen Flaume
Krümmt sich und windet sich
Und seufzt und lallt im Traume:
»Ich komme, – wart' auf mich!«
Dann fährt er auf vom Pfühle
Mit schreckverstörtem Sinn,
Mit dumpfem Schmerzgefühle
Und horcht zum Fenster hin.
Ihn dünkt, er hört ein Klopfen
Mit Fingern heimlich, sacht,
Ist's Wind? sind's Regentropfen?
Doch sternhell ist die Nacht.
Es fließt im Dämmermatten
Wie weißer Wolken Zug,
Es huscht vorüber ein Schatten
Wie leiser Eulenflug.
In mürrischem Ruhverlangen
Wirft sich herum der Graf,
Doch kaum hat ihn umfangen
Der unterbrochne Schlaf,
Kommt wieder auch auf Schwingen
Die geisterhafte Mär,
Das Segeln und das Singen
Vorm Fenster hin und her.
Es flüstert im Schilf, es wispert im Rohr:
»Wo ist dein Liebster geblieben?
Und warum versperrt er dir Riegel und Tor?
Er muß ja noch immer dich lieben!«
      So rauscht es in Wellen, so säuselt's im Tann,
Es singen's die Vögel in Zweigen;
O lieber, du hoher, du herrlicher Mann,
Du kannst es allein nicht verschweigen!
      Schnell öffne das Pförtchen und laß mich herein!
Ich komme geschlichen auf Zehen,
Ich will dich umhalsen, umwinden, umfrei'n,
Dir sollen die Sinne vergehen.
      Mir nahte noch nimmer und nirgendwo
Je deinesgleichen im Leben
Mit Augen, so strahlend, mit Lippen, so froh,
So mutig im Nehmen und Geben.
      Der Minnigste bist du, der Schönste von all'n
Mit ritterlich siegenden Armen,
Oh laß dir mein Herzen und Scherzen gefall'n,
Schließ auf! hab' endlich Erbarmen!

Es rüttelt und zieht den Grafen
Zu neuer Qual empor,
Die schmeichelnden Töne trafen
Ganz deutlich an sein Ohr.
's ist Lurleis Glockenstimme,
Er kennt sie nur allzu gut,
Die herzensgefährliche, schlimme,
Und ihm wird schwer zumut.
Er weiß sich's nicht zu deuten;
Hat sie ihm nicht geflucht,
Vor vielen tausend Leuten
Den Tod im Rhein gesucht?
Sie kann nicht wiederkommen,
Seit ihren Fluch sie sprach,
Sie hat sich das Leben genommen,
Weil er die Treue brach!
Geht denn mit Flattern und Fliegen
Und täuschendem Gesang
Ihr Geist, dem Grab entstiegen,
Nun spukend die Nächte lang?
Oder ob ruhlos irrend
Sie doch noch an ihm hängt,
Die Tote liebegirrend
Sich an den Lebenden drängt?
Wie soll sich davor retten
Der schwer verstrickte Mann,
Und wie zerreißen die Ketten?
Schon wieder hebt es an:
Hoch am Himmel glühn die Sterne,
Sehn mich wanken durch die Nacht,
Denn du bist und bleibst mir ferne,
Und ich hätte doch so gerne
Deiner Seele Traum bewacht.
Hörst du nicht mein Flehn und Klagen?
Weht es dir nicht zu der Wind?
Läßt mich ganz an dir verzagen,
Kannst es dulden, kannst es tragen,
Daß wir auseinander sind?
Meine Augen stehn in Tränen,
Und mein Herz verblutet sich,
O gib Antwort meinem Sehnen,
Laß von dir geliebt mich wähnen,
Und auf ewig lieb' ich dich!
Dem Lauschenden geht dies Singen
Ganz eigen ergreifend ein, –
Wolln um den Verstand ihn bringen
Die buhlenden Melodei'n?
Das Flüstern und das Winken,
Das Locken mit lächelndem Mund,
All seine Sinne trinken
Es dürstend bis auf den Grund.
Er sieht leibhaftig im Traume,

Wie mit der Schönheit Sieg
Aus blinkendem Wellenschaume
Die kyprische Göttin stieg,
Lurlei vor Augen ihm schweben,
Dem schwelgenden Blick enthüllt,
Sehnsüchtig entgegen ihm streben,
Von Liebesverlangen erfüllt.
Doch will er sie umfangen,
Glaubt er, sie wäre sein,
So ist in Dunst zergangen
Ihr schimmernd Fleisch und Bein.
Und neben sich, bleich von Kummer,
Beim Morgendämmerschein
Sieht er in leisem Schlummer
Sein Weib, schuldlos und rein.
Da packt ihn das Entsetzen,
Das Mitleid faßt ihn an,
In Wahnsinn muß ihn hetzen,
Was er nicht tragen kann.
Er fühlt's mit reuigen Schmerzen:
Zu ihr zog ihn ein Wahn,
Er ist mit seinem Herzen
Der andern untertan,
Und fühlt: wem je berücket
Ein Dämon Seel' und Leib,
Den freuet und beglücket
Nie mehr ein sterblich Weib.

Nicht lange bleibt verborgen
Gis'la des Gatten Leid,
Denn jeder neue Morgen
Gibt ihr davon Bescheid.
Doch braucht sie nicht zu fragen,
Was ihr Lothar verhehlt,
Sie weiß sich's selbst zu sagen,
Daß ihr sein Lieben fehlt.
Sie sucht nicht nach dem Grunde,
Als wär' er ihr verhüllt,
Sie ahnt es, daß von Stunde
Sich Lurleis Fluch erfüllt.
Nie hört Lothar sie klagen,
Daß er ihr Kälte zeigt,
Sie will es mit ihm tragen,
Grämt sich im stilln und schweigt.
Er kann das Weh nicht heilen,
An dem ihr Leben dorrt,
Und spricht, das Leid zu teilen,
Auch kein befreiend Wort.
Ihn treibt von ihrer Seite
Sein schuldbewußter Sinn,
Ruhlos irrt er ins Weite
Durch Wind und Wetter hin.

Und immer zieht es, immer
Ihn an den Ort zurück,
Wo er im Mondenflimmer
Einst träumte von künftigem Glück.
Dort unten war's am Rheine
An jenes Bächleins Rand
Bei dem bemoosten Steine,
Wo er mit Lurlei stand,
Wo sie mit Wonnebeben
Ihm in die Arme sank,
Er Glut und Lust und Leben
Von ihren Lippen trank.
Dahin hat er sich wieder
Mit scheuem Schritt gewagt,
Läßt schwermutsvoll sich nieder,
Im Innersten verzagt,
Und sitzt nun still und traurig
Hier einsam auf dem Stein,
Ihn fröstelt, kalt und schaurig
Weht's ihm ins Herz hinein.
Er sieht das Brünnlein laufen
Und sieht's auch wieder nicht,
Er hört des Wassers Traufen,
Wie's sich an Kieseln bricht.
Er weiß nicht, was da rauschet,
Woher der Schall ihm dringt,
Er blickt empor und lauschet,
Wie's um ihn singt und klingt.
    Was willst du hier am klaren Born?
Dein Herz ist trüb und schwer,
Die Blüt' ist hin, es starrt der Dorn,
Die Welt ist liebeleer.
Hier vor des Waldes Ohren
Hast du mir Treu geschworen,
Bist ewig nun verloren,
Ich lasse dich nicht mehr!
    Weil Liebe du gelogen hast,
Gebrochen deinen Schwur,
Hast du nicht Ruhe mehr und Rast,
Ich bin dir auf der Spur.
Ich will dich hetzen und jagen,
Ich will mit Leid dich schlagen,
Am Leben sollst du verzagen,
Eh wieder grün die Flur.
    Dein Wort war hold und minniglich,
Dein Auge war voll Lust,
Du hieltst in deinen Armen mich,
Ich lag an deiner Brust.
Die Wellen hört' ich singen,
Die Sterne hört' ich klingen,
Ich hätte mich mögen schwingen
Hoch über der Erde Dust.

Du gingst und nahmst ein ander Weib
Und trugst sie in dein Haus,
Dafür Verderben deinem Leib
Und deiner Seele Graus!
Magst schlafen oder schweifen,
Magst in der Ferne streifen,
Ich will ans Herz dir greifen:
Gib mir mein Glück heraus!
    Der Graf in hartem Büßen
Ist auf den Stein gebannt,
Machtlos an Händen und Füßen,
Wie auf die Folter gespannt.
Er ächzt und stöhnt und sendet
Ratlos den Blick umher,
Und wie der Sang geendet,
Erhebt er matt und schwer
Sich von dem Sitz und schwanket
Heimwärts durchs Waldgeheg,
Und wie von Dornen umranket
Dünkt's ihn ein Marterweg.
Mit wissenden Fingern zeigen
Im Tal und den Berg hinan
Die Bäume mit ihren Zweigen
Auf den beschämten Mann.
Es geht ein Schnarren und Schnaufen,
Ein Zischeln von Blatt zu Blatt:
»Seht doch den Helden laufen,
Der Liebe gelogen hat!«
Er zieht ins Antlitz die Gogel
Vor dem Gespött und Gelach,
Doch flattert wie ein Vogel
Zum Hohn das Lied ihm nach.
Bald pfeift es ihm zur Linken,
Bald schmettert's rechts hervor
Und schrillt wie Flöten und Zinken
Ihm kreischend in das Ohr:
»Ich will dich hetzen und jagen,
Ich will mit Leid dich schlagen,
Am Leben sollst du verzagen!«
Wie unter gestohlnen Lasten
Flüchtet er keuchend waldein
Und stößt im Rennen und Hasten
Stolpernd an Wurzel und Stein.
Im angstgepeitschten Schritte
Bricht kalter Schweiß ihm aus,
Doch weiter bei jedem Tritte
Schallt's aus der Wipfel Gebraus:
»Magst schlafen oder schweifen,
Ich will ans Herz dir greifen,
Gib mir mein Glück heraus!«
Die Sträucher rauschen und knacken,
So stürmt er wie der Hirsch

Mit des Geweihes Zacken,
Gescheucht auf spornender Pirsch,
Wenn Hifthorn und Geläute
Den stillen Forst durchklingt
Und näher und näher die Meute
Auf seiner Fährte springt.
Das Wams hängt ihm in Fetzen,
Fast kann er schon nicht mehr,
Doch immer mit Stacheln und Hetzen
Gellt's schaurig hinter ihm her.
»Ich will ans Herz dir greifen,
Gib mir mein Glück heraus!«
Erschöpft, halb aufgerieben
Bis vor sein festes Haus
Hat's ihn verfolgt und getrieben.
»Gib mir mein Glück heraus!«
Endlich gerettet, geborgen
In seinen vier Wänden drin,
Wirft er in fiebernden Sorgen
Verzweifelnd aufs Lager sich hin.

O Jammer! o Pein und Plage!
Lothar trifft Stoß auf Stoß,
Friedlos sind seine Tage,
Die Nächte schlummerlos.
Er weiß nicht, was er denken,
Nicht, was er glauben soll,
Bleischwer in den Gelenken,
Im Kopfe wirr und toll,
Wankt er in seinem Schlosse
Wie taub und blind umher,
Die Mannen von seinem Trosse
Erkennen den Herrn nicht mehr.
Hohläugig und elend blickt er,
Bleichwangig und fast ergraut,
Vor seinem Abbild erschrickt er,
Da er's im Spiegel schaut.
Wie ob dem Vorfall im Walde
Er grübelnd sich härmt und grämt,
Geschieht es, daß er balde
Sich vor sich selber schämt.
Und wieder nun erwachet
Der Stolz, der hart wie Stein
Mitleid und Reu verlachet,
Flößt neuen Mut ihm ein
Und trägt ihn wie auf Wogen,
Daß er sich trotzig fragt:
»Graf Katzenellenbogen,
Was ist's, das an dir nagt?
Womit denn kämpfst und ringest
Du ruhlos Tag und Nacht,
Daß du das Ding nicht zwingest,

Das dich zu fürchten macht?
Spukt ein Gespenst im Grunde,
Will ich's mit Augen sehn,
Ich stell' es, und zur Stunde
Soll es mir Rede stehn.
Ist *sie's*, dem Bad entronnen
Und lebend im Wald versteckt,
Die bei dem Stein am Bronnen
Gehöhnt mich und geneckt,
Dann fort mit allem Bangen!
Sie soll bald kirre sein!
Womit ich sie einmal gefangen,
Fang' ich sie wieder ein.
Und ist sie noch schön wie ehe,
Ob Hexe oder nicht,
Bei meiner Seele! so gehe
Ich anders mit ihr ins Gericht!«
Halb kann er's nicht verwinden,
Daß jüngst sie ihn besiegt,
Und halb, sie wieder zu finden
In Hoffnung schon gewiegt,
Beschließt er, sie zu suchen,
Nimmt Armbrust mit und Speer,
Geht unter Eichen und Buchen,
Als ob es zum Jagen wär'.
    Der Nebel ist gestiegen,
Der auf dem Rheine lag,
Zerklüftete Wolken fliegen
Am Spätherbstnachmittag.
Die Luft ist dunstig, es senket
Sich schon des Zwielichts Hauch,
Mit schlurfendem Gange schwenket
Der Wind um Baum und Strauch.
Die Waldestiefe weitet
Sich düster, freudenlos,
Mit klopfendem Herzen schreitet
Lothar durch Laub und Moos.
Erpicht auf sein Beginnen,
Erhitzt von seinem Wahn,
Spürt er mit scharfen Sinnen
Nach seines Wildes Bahn.
Bei keinem Pirschgang wallet
So mächtig ihm das Blut,
Was fern nur hallt und schallet,
Bringt ihn in Gärung und Glut.
Wenn mit durchdringendem Tone
Ein Specht am Baume hackt,
Wenn in der Eichenkrone
Ein dürres Ästlein knackt,
Von dem vielleicht ein Rabe
Die trägen Schwingen hebt,
Und wenn mit flinkem Trabe

Ein Fuchs ins Dickicht strebt, –
Gleich stutzt er und fährt zusammen
In rascher Begehrlichkeit,
Ist gleich in Feuer und Flammen
Zum Überfall bereit,
Läßt von Gereg' und Geräuschen,
Die Aug' und Ohr vernimmt,
Bald hier, bald dort sich täuschen,
Wird ärgerlich und verstimmt.
Er hat den Born umschlichen,
Gelauert und gelauscht,
Doch nur die Zeit ist verstrichen,
Das Wasser nur hat gerauscht.
Er schlägt, die Spur zu finden,
Sich tiefer ins Geheg
Und stöbert mit Wittern und Winden
Stracks ohne Weg und Steg
In einem Seitentale,
Aufsteigend quer vom Rhein.
Da sieht er zum hundertsten Male
Undeutlich im Dämmerschein
Schon wieder sich etwas regen,
Als weht' ein helles Gewand,
Als winkte mit raschem Bewegen
Ein Arm und eine Hand.
Schnell hin! – da ist's verschwunden,
Nichts ist, als Strunk und Strauch,
Und was er glaubte gefunden,
Zerfloß wie Nebelrauch.
Er müht sich ab mit Suchen
Anstrengend Gehör und Gesicht, –
Da rechts in niedrigen Buchen,
Bewegt sich's und raschelt's da nicht?
Und jetzt, wo die Loden sich biegen,
Wo Haseln stehn zu Hauf,
Da streicht es und duckt sich im Schmiegen,
Taucht seitwärts wieder auf.
Er nähert sich ihm leise,
Er schneidet den Weg ihm ab, –
Wo blieb es? rings im Kreise
Ist's stille wie im Grab.
Nun wieder drüben zur Linken
Dasselbe wie zuvor,
Dasselbe Wanken und Winken,
Das eben sich rechts verlor.
Doch wie er springend und laufend
Erreicht den umbuschten Platz,
Ist's wieder umsonst, und schnaufend
Verwünscht er die trügrische Hatz.
Fast müde vom langen Schweifen,
Stützt er sich auf den Speer,
Und übers vergebliche Streifen

Ergrimmend, hofft er nicht mehr.
An Heimkehr denkt er, um morgen
Am hellen, lichten Tag
Zu sehn, was hier verborgen
Ihn irren und äffen mag.
Da kommt heran gezogen
Vom Berg ein frischer Wind
Und macht die Zweige wogen,
Doch sanft nur und gelind.
Und in dem Rauschen und Schwingen
Hört hinter sich Lothar
Talaufwärts nun ein Singen
In Lüften wunderbar.

    Das Tal durchhallt mein trauernd Lied,
Waldein, waldaus zu fragen,
Warum wohl Herz von Herz sich schied,
Die Brust an Brust geschlagen.
Zerrissen liegen Kranz und Strauß,
Und schaurig schallt im Windsgebraus
Trostlosen Schicksals Klagen
Waldein, waldaus.

    Mich hält, was einst zu dir mich trieb,
Weh mir! weh dir! gefangen,
In meines Herzens Grunde blieb
Nach dir ein heiß Verlangen.
Noch ist nicht, was im Walde hie
Geschehen zwischen dir und mir,
Vergessen und vergangen,
Weh mir! weh dir!

    Dir läßt es auch nicht länger Ruh,
Wohin, wohin vor Leide?
Verlorne Liebe suchest du
Wie Perlen auf der Heide.
Folgst du mir nach mit kühnem Sinn,
Mir, die ich deine Sehnsucht bin,
Wohin ich dich bescheide?
Wohin? wohin?

    »Bis an das Ende der Erde!«
Antwortet jauchzend Lothar,
»Oh daß ich selig werde!
Dein, dein auf immerdar!
Lurlei, du Liebe, du Süße!
Find' ich dich endlich doch?
Ich küsse dir Hände und Füße!
Lurlei, du liebst mich noch?«
In seinem Freudenrausche,
Daß die Geliebte lebt
Und wieder zum Herzenstausche
Nach ihm den Ruf erhebt,
Springt, daß in Steinen und Stufen
Geröll vom Abhang scharrt,
Dahin er, wo Entzücken

Ohn Maßen seiner harrt.
Doch sie ist nicht zur Stelle,
Nichts rührt sich auf dem Stand,
Und nirgends schimmert helle
Durch Dämmrung ihr Gewand.
Im letzten Abendstrahle
Sucht er, – hier war's doch, hier!
Da, höher hinauf im Tale,
Tönt wieder Gesang von ihr.
Du fragst, ob ich dich liebe?
Weißt du es nicht schon lang?
Sagt dir's der Stimme Klang
Aus innerstem Herzenstriebe
Nicht zitternd, freudenbang?

    Der Fluch aus meinem Munde,
Der liegt versunken im Rhein,
Dein eigen will ich sein,
Bist du von dieser Stunde,
Geliebter, wieder mein.

    Mein Herz ist dein! nie hab' ich
Zu lieben dich aufgehört,
Nur meine Hand vergab ich,
Von einem Wahn betört.
Komm! stille mein nagend Wehe,
Zeig' mir dein Angesicht,
Daß ich dich wiedersehe!
Wo bist du? ich finde dich nicht.
« Willst meinen Leib du umwinden,
So steige nur bergan;
Wer sichten und suchen kann,
Weiß auch die Liebste zu finden,
Zum Weibe komme der Mann!
Es klingt so vielversprechend,
Ermutigend ihm ins Ohr,
Gestrüpp und Gerank durchbrechend
Stürmt wieder er empor
Mit heiß erregten Sinnen
Und mit unbändigem Blut,
Die Liebste zu gewinnen,
Daß sie in Armen ihm ruht.
Er sieht sie schatten und schweben
Lautlos um Busch und Baum
Und immer weiter streben
Im herbstlichen Waldesraum.
Jetzt bleibt zu kurzem Rasten
Sie lauschend im Dickicht stehn,
Jetzt wieder mit Eilen und Hasten
Scheint sie voran zu gehn.
Und wie er auch sich sputet, –
Hat er sie fast erreicht,
Merkt er, daß unvermutet
Sie wieder ihm entweicht.

Doch als er bis zur Stirne
Des Bergs ihr nachgejagt,
Da hält er mit brennendem Hirne,
Schöpft Atem endlich und fragt:
»Du willst noch immer weiter?
Des weiß ich keinen Rat,
Daß erst du winkst dem Begleiter
Und flüchtest, wenn er naht.
Wohin willst du mich führen?
Und warum wartest du nicht?
Ich kann nicht wittern und spüren,
Der Wald ist dunkel und dicht.
« Ich wittre für uns beide

Den Weg zur Waldesscheide,
Ich spüre mit sichrem Sinne
Den Platz für unsre Minne,
Ich führe dich mit Gesange,
Du folge seinem Klange!
Lothar mit tastenden Tritten

Folgt sehnend ihrem Lied,
Das wie mit Geisterschritten
Vor ihm hinwandelnd zieht.
Es führt ihn auf dem Kamme
Noch tiefer ins Dunkel hinein,
Vorbei manch altem Stamme
Und über Stock und Stein.
Der letzte Schimmer erlischet
Auf pfadlos finstrem Gang,
Mit Lurleis Lied vermischet
Sich tönend der Lüfte Gesang.
Der Wind macht in den Zweigen
Dazu das Saitenspiel,
Ein zauberumsponnener Reigen
Führt zum verborgnen Ziel.
Getragen von tiefem Brausen
Das helle Singen schallt,
Begleitet von Surren und Sausen,
Durchdringt's den schauernden Wald.
Es wuchs auf einem rauhen Stein

Ein Röslein, duftumflossen,
Hat sich in Tau und Sonnenschein
Zur Rose voll erschlossen.
Sie wartet dein am Waldesrand,
Komm, pflücke sie mit rascher Hand.
Sie blüht für dich allein.
    Du bist am Herzen krank und wund,
Von Liebesleid versehret,
Ich weiß es, was dein stolzer Mund
Mit heißem Durst begehret.

Berauschend dir ein Becher schäumt,
Davon dir Tag und Nacht geträumt,
Komm, leer' ihn auf den Grund!
    O seligsüße Trunkenheit
In Wonnen und in Wehe!
O sinnestrunkne Seligkeit,
Dein Wille nun geschehe!
Komm, Liebster, komm! Erwartung winkt,
Daß dir die Braut entgegensinkt,
Es ist wohl an der Zeit.
    Wie auch im Sang sich kündet
Verheißungsvolle Huld,
Spricht doch, davon entzündet,
Lothar in Ungeduld.
»Du schwebst und schlüpfst behende,
Lockst mit geschwindem Wort
Und nötigst mich ohn' Ende
Durch Nacht und Wildnis fort.
Es schwirrt ein heimlich Grauen
Um dunklen Waldessteg,
Sag', soll ich dir vertrauen,
Wohin geht unser Weg?
« Bekränzt mit Veilchen und Rosen,
Gerüstet zum Hochzeitsfest,
Harrt unser zu minnigem Kosen
Im Fels ein behagliches Nest.
    Da schimmern und spiegeln die Wände,
Vom Lichte der Ampel erhellt,
Da haben geschäftige Hände
Ein köstliches Mahl uns bestellt.
    Nichts fehlt in dem gastlichen Horte,
Daß beide wir glücklich sind,
Vor seiner verschwiegenen Pforte
Singt leise nur, leise der Wind.
    Frischauf und tapfer gerungen!
Da drinnen ist's wohlig und warm,
Heisa! hinübergesprungen!
Bald hältst du das Liebchen im Arm.
    Mit Singen immer gleitet
Sie schemenhaft voran,
In Hoffen immer schreitet
Ihr nach der gläubige Mann.
Sie kirrt ihn fort, bald eben
Und durch Geklüfte bald,
Und zu Geräusch und Leben
Erwacht der hohe Wald.
Die alten Bäume rütteln
Die Kronen, halb entlaubt,
Die Sträucher schwingen und schütteln,
Es rischelt drin und schnaubt,
Und fuchtelnde Zweige schlagen
Dem Grafen ins Gesicht,

Als ging's an Kopf und Kragen,
Er aber ruhet nicht;
Er muß durch all das Wogen
Gradaus und kreuz und quer,
Von einer Kraft gezogen,
Die stärker ist, als er.
Lurlei scheint siegestrunken,
Ihr Lied durchrast die Nacht,
Als sprengt' es mit stiebenden Funken
Zu Roß in die tosende Schlacht.
Blase, du Sturmwind,
Die Melodei
Zu meines Herzens
Jauchzendem Schrei!
Fächle den Busen mir,
Kühle die Stirn,
Wirble mir wilde
Gedanken ins Hirn!
Jage mich, trage mich
Hin durch die Nacht,
Wettre mich, schmettre mich
Nieder mit Macht!
Wieder doch flieg' ich
Gegen dich an,
Beugest mich nimmer,
Immer voran
Schweb' ich der Sehnsucht,
Schleierverhüllt,
Bis ich ihr glühend
Begehren erfüllt.
Wälder vernichten,
Länder verwehn
Kannst du im Wüten,
Mich läßt du stehn!
Was meinem Weben
Hindernis schafft,
Wirket mir doppelt
Lebendige Kraft.
Alles, was Odem hat,
Betet zu mir,
Unüberwindlich
Trotz' ich auch dir!
Nimmer gebietest du,
Nimmer mir Halt,
Ich bin der Liebe
Göttergewalt! –
  Kommst du, Geliebter?
Dort ist mein Dach!
Hörst du im Sturm mich?
Folge mir nach!
  »Vorwärts nur meinetwegen!
Ich komme schon hinterdrein,

Durch Hölle dem Himmel entgegen,
Er kann nicht weit mehr sein!«
Und immer zu noch geht er,
Wie, weiß er selber kaum,
Bald stürzt er und bald steht er
Und wandelt wie im Traum.
Der Wald wird lichter, es dämmert
Nun wieder ein matter Schein,
Doch immer heftiger hämmert
Der Wind von außen herein.
Endlich in niedrer Gruppe
Steht da der letzte Baum,
Kahl hebt die Bergeskuppe
Sich an des Gebüsches Saum.
Entblößte Klippen liegen
Verstreut auf ödem Rain,
Knieholz und Wurzeln schmiegen
Verkrüppelt sich ans Gestein.
Der Sturm mit Fauchen und Pfeifen
Fegt über das tote Gefild,
Zerfetzte Wolkenstreifen
Umflattern das düstre Bild.
Abschließend streckt sich im Bogen
Der nahen Grenze Lauf,
Von Finsternis umzogen,
Als hörte die Welt dort auf.
    Der Graf, enttäuscht, verdrossen,
Hemmt vor der Wüste den Schritt,
»Lurlei!« ruft er entschlossen,
»Nicht weiter geh' ich mit.
Mit Lügen und listigen Scherzen
Hast du mich genarrt bis hier,
Mir wird es kalt im Herzen, –
Du hüte dich vor mir!«
Schon will er sich rückwärts wenden,
Da wieder sieht er sie stehn
Mit liebeflehenden Händen,
Nun kann er nicht von ihr gehn.
Sie winkt ihm und verschwindet,
Er folgt ihr eilig nach,
Und wie er um Klippen sich windet,
Ragt wie ein schirmend Dach
Ein breites Felsstück oben,
Dahinter ist es still,
Ganz still nach Brausen und Toben,
Und wie er weiter will,
Tönt sanft den Fels umschwirrend
Wie lispelnder Harfenklang,
Halb flüsternd, sinnverwirrend
Ein schmelzender Gesang.
    Ich liebe dich! oh komm in meine Hütte,
Zu meines Lagers traulich stillem Raum,

Daß ich mit Glut und Glück dich überschütte
Und wir uns ruhn in wonnesüßem Traum!
    Du sollst dein Haupt an meine Schulter legen
Und schmiegsam lauschen meinem Atemgang,
Ich will dich ganz an meinem Herzen hegen,
Von meinem Haar umflutet, mantellang.
    Und sollst dich satt an meinen Lippen trinken,
Ihr Lächeln lade hochgemut dich ein,
Bis dir die Augen liebesmüde sinken
Zum Schlummer bei der Morgenröte Schein.
    Die Nacht ist ahnungsvoll, des Mondes Helle
Verbirgt sich hinter dunkler Wolken Strich;
Was kümmert uns der Mond! wir sind zur Stelle.
Komm her! komm her! Lothar ich liebe dich!
    Ihm flammt das Herz, er schreitet
Glückselig noch weiter hinaus,
Sie wartet sein! er breitet
Die Arme nach ihr aus
Und hält sie fast umwunden,
Da ist sie – o Schimpf und Spott!
Ihm unter den Händen entschwunden
Und er – barmherziger Gott!
Er steht – und sieht's mit Schrecken –
Hart an des Abgrunds Rand,
Die Flügel der Nacht verdecken
Den Sturz der Felsenwand.
Was er für Dunkel gewähnet,
Ist Leere, bodenlos,
Die ihm entgegengähnet
Aus schwindelnder Tiefe Schoß.
Ein Schritt noch, . . . er schaudert und stieret,
Gekühlt ist seine Glut,
Vor solcher Tücke gefrieret
Ihm in den Adern das Blut.
»Dreh' dich um!« – aus dem Wesenlosen
Ruft's also gebietend, nah;
Er tut's, – in Sturmestosen
Steht Lurlei vor ihm da.
Scharf hebt sich ab vom Dunkeln
Die hohe Weibesgestalt,
Er sieht das Blitzen und Funkeln
In ihrer Augen Gewalt.
Sie singt nicht wie noch eben,
Sie spricht mit wildem Hohn,
Laut durch das Wehn und Weben
Schallt ihrer Stimme Ton:
»Da bin ich, – des Todes Scherge!
Erkennst du dies Gestein?
Stehst auf dem Lurlenberge,
Dort unten schäumt der Rhein!
Hierher wollt' ich dich haben,
Kehrst nimmermehr zurück,

Der Rhein soll dich begraben,
Wie du es schwurst im Glück.
Nun leer' auf die Neige den Becher,
Den ich dir lange gemischt,
Und trinke dich satt, du Zecher,
Dort unten an Strudel und Gischt!
Nun küsse dir blutig die Lippen
In letzter, zuckender Lust
Und fliege den starrenden Klippen
Im Schwung an die steinerne Brust!
Falsch waren meine Lieder,
Falsch wie dein Wort und Sinn;
Brichst keiner die Treue wieder,
Verräter, fahre hin!«
Ein Kreischen, ein Winseln und Sausen
Geht durch der Lüfte Meer,
Ein Stoß, ein Donnern und Brausen,
Der Platz am Rand ist leer.
Hoch über des Abgrundes Rachen
Vom ragenden Felsenturm
Fliegt ein frohlockendes Lachen
Hinaus in den heulenden Sturm.

XVI. Gerücht und Gerede

Spät im Jahr, erst kurz vor Weihnacht
War der Winter eingezogen
In das Rheinland, hielt nun aber
Dafür desto strengre Herrschaft.
Hart und dauernd war die Kälte;
Blendend weiß im Schneegewande
Lagen ringsumher die Berge;
Jeder Ast und jedes Zweiglein
Glänzt' und glitzerte wie Silber.
Feierlich in tiefem Schweigen
Stand der Wald im Winterschmucke,
Fernhin unter seinen Bäumen
Nebelduftig, graulich schimmernd.
Von den Felsen hatten viele
Sich mit eisig glattem Harnisch
Fest und spiegelblank umpanzert,
Dessen Platten, Schuppen, Ringe
Nur des Frühlings Sonnenhände
Und sonst niemand lösen konnte.
Schwere Fesseln trug der Rheinstrom,
Von den groben Frostgesellen
Dicht ihm auf den Leib geschmiedet,
Die noch Tag und Nacht dran bosselnd
Weiter nieteten und klopften.
Haushoch aber aufgeschichtet
Stand das Eis am Lurlenberge
Zwischen beiden Felsenufern,
Gleich als ob der Winterriese
Scholle gegen Scholle schiebend,
Block auf Block zum Werke türmend
Trotzig einen Eiswall bauen
Und das Tal vermauern wollte.
Prachtvoll sah es aus und machtvoll,
Wo es hier in breiten Stufen
Wie ein Gletscher sich herabgoß,
Dort in Zacken, Scherben, Buckeln
Wellig, holperig und höckrig
Festgekeilt sich hob und bäumte.
Wundervolle Farbenspiele
Blinkten in der Mittagssonne;
Wie in blitzenden Kristallen
Brach das Licht sich hier an Wänden,
Dort in Spalten oder Splittern,
Flimmerte durch tiefe Risse
Bläulich schillernd oder grünlich.
Und des Nachts im hellsten Glanze,
Friedvoll, ewig hoch darüber
Funkelten die goldnen Sterne.

Längst gehemmt war alle Schiffahrt,
Und es war stromauf, stromunter
Still und einsam an den Ufern.
Auch in Sankt Goar war's ruhig;
Viele fleißgewöhnte Kräfte
Mußten feiern, weil der Winter
Ihnen wohl das Handwerk legte.
So vor all'n erging's dem Fischfang,
Den des Eises Ellendicke
Auf dem Strome nicht erlaubte.
Peter Sandrog und die Seinen
Hielten sich daheim am Herde
Bei manch häuslicher Hantierung,
Besserung der Fanggeräte
Und des Fahrzeugs und besuchten
Sich mit Nachbarn und Gefreunden,
Manchen langen Winterabend
Mit einander zu verplaudern.
Der Genossen Übelwollen
Und das Mißtrau'n und Vermeiden,
Unter dem die Fischersleute
Nach dem schrecklichen Ereignis
Bei dem Königsstuhl zu Rhense
Lange Zeit zu leiden hatten,
War allmählich ganz geschwunden.
Anfangs war man tief erbittert
Ob der Heimlichkeit und Täuschung
Mit dem unterschobnen Kinde,
Dessen wundersame Herkunft
Nun die Sandrogs eingestanden.
Bald doch regte sich das Mitleid;
Man sah ein, daß sie's von Herzen
Gut gemeint und hielt sie wieder
Wie vorher in hoher Achtung,
Ja, beglückwünscht wurden beide,
Daß sie die verdammte Hexe
Noch so glücklich los geworden.
Anders dachten jene selber;
Ihnen fehlte viel, seit Lurlei
In dem grünberankten Hause
Nicht mehr fröhlich ein- und ausging
Und ihr jubeltönig Lachen
Nicht mehr jeden Raum durchhallte.
Ihnen war sie ja von Kinde
Trotz des rätselhaften Ursprungs
Innig an das Herz gewachsen,
Und sie dachten der Geschiednen
Nur mit liebevoller Trauer.
Mocht's auch ihnen durch den Kopf gehn,
Doch in stiller Übereinkunft
Ward's im Fischerhaus vermieden,
Sich darüber auszusprechen,

Wer und was, als sie noch lebte,
Lurlei eigentlich gewesen
Und was nun aus ihr geworden.
Tief danieder drückt' es Heinrich,
Daß in rasender Verzweiflung
Ohne Halten sie geflohen
Und auch gar nicht wiederkehrte,
Wie er eine Weile hoffte.
Wochenlang in seinem Schmerze
Trug er sich mit Mordgedanken,
An Lothar die Schuld zu rächen,
Doch er konnt' ihn nicht erreichen.
Finster blickt' er auf Salvete,
Deren Kuppelei er ahnte,
Und die selbst des Vorschubs halber,
Den sie Lurleis eitler Liebschaft
Mit dem Grafen stets geleistet,
Nun Gewissensbisse hatte.
    Die Gespräche über Lurlei
Waren längst verstummt, als plötzlich
Sie aufs neue Nahrung fanden
Durch den Tod des jungen Grafen,
Der ein groß Gerede machte.
Eines Tages im November
Ward bei Wellmich nah dem Ufer
Treibend in dem Strom der Leichnam
Mit gebrochenem Genicke
Und vom Sturz zerschlagnen Gliedern
Aufgefunden; überm Rücken
Hing am Riemen ihm die Armbrust.
Also auf der Jagd verunglückt
Mußt' er sein. Wie war das möglich?
Er, der Weg' und Stege kannte,
Der im Dunkeln sich zurecht fand,
Einen Fehltritt tun? undenkbar!
Sich das Leben selbst zu nehmen,
Gar aus Reue wohl um Lurlei,
Lag nicht in der Art des Kecken,
Der um eines Mädchens willen
Sich kein groß Gewissen machte.
Doch was blieb zu denken übrig?
Wo? von welcher Felsensteile
War der Sturz geschehn? man suchte,
Suchte Spuren und fand endlich
An dem Fuße des Lurlenberges
Im Gestrüpp des Grafen Jagdspieß.
Dort hinab gefallen war er
Von der schwindlicht schroffen Höhe!
Hatt' ein böser Geist, ein Irrwisch
Ihn verlockt auf weitem Umweg
Durch das Tal, durch Wald und Wildnis,
Auf dem öden Fels zu pirschen,

Zu dem niemand sonst hinaufstieg?
Unerklärlich und so dunkel
Wie die Gruft des Herrngeschlechtes
Auf Schloß Rheinfels, wo den Grafen
Man zur ew'gen Ruh gebettet,
Blieb sein Tod, und nichts vermochte
Dieses Dunkel aufzuhellen.
    Aber schon die nächsten Wochen
Brachten neue Unglückskunden.
Robert Herpel war ertrunken
Und nach ihm, fünf Tage später,
Noch ein andrer junger Fischer,
Der in Caub rheinaufwärts wohnte,
Und das beide in den Wirbeln,
In dem grausen Klippenwirrsal
Grade unterm Lurlenberge.
Robert Herpel kannten alle
Als der besten Rudrer einen,
Fester Hand und scharfen Auges,
Der sich vor Gefahr nicht scheute
Und ihr zu begegnen wußte.
Was er an dem Schreckensorte
Jetzt, im herbstlich rauhen Wetter,
Wo's beim hohen Wasserstande
Noch gefährlicher als sonst war,
Wiederholt zu suchen hatte, –
Niemand riet es. Seine Freunde
Sagten aus, er hätte freilich
Manchmal wunderliche Reden
Schon geführt, als ob zum Felsen
Ihn ein eigner Zauber lockte.
Einem hatt' er angedeutet,
Daß er dort ein Singen hörte,
Als wenn's Lurleis Stimme wäre,
Dem er mit Entzücken lauschte.
Doch der Freund wollt' ihm nicht glauben,
Meinte, Robert war' um Lurlei,
Die er lieb gehabt wie keiner,
Etwas wirr im Kopf geworden.
Als jedoch aus Caub der andre
An derselben bösen Stelle
Auch gescheitert war und elend
Mit zerschmettertem Gebeine
In den Wellen umgekommen,
Ward man aufmerksam und dachte
Wieder an den Tod des Grafen,
Ob es ähnliche Bewandtnis
Nicht mit ihm auch haben könnte,
Der in Heimlichkeit mit Lurlei
Trauten Umgang unterhalten,
Und dem sie für seinen Treubruch
Ihren Fluch ins Herz geschleudert.

Deshalb lag die Frage nahe,
Ob Lothar nicht gar ermordet
Und vielleicht ein Spuk im Spiel sei,
Der den Fluch an ihm vollzogen.
Schwer fiel ins Gewicht, daß einstens
Lurlei aus dem Rhein gefischt war,
Aus dem Rhein am Lurlenberge!
Ein natürlich Menschenkindlein
Hätte das nicht überstanden,
Nixenbrut nur lebt im Wasser.
Und am Königsstuhl zu Rhense
Nach dem Ruf ›ich *bin* auch Hexe!‹
War sie in den Rhein gesprungen
Wissend, daß sie ihm entstammte.
Alle dachten noch mit Schaudern
An den Auftritt; jetzt erklärte
Sich die Furcht und die Bestürzung,
Die so lähmend sie gepackt hielt,
Daß sie überwältigt standen,
Seine schicksalsschweren Folgen
Unbewußt voraus empfindend.
Lurleis letzte, doch im Wirrwarr
Damals nicht verstandne Drohung,
Als ob auch noch nach dem Tode
Sie sich grausam rächen könnte,
Suchte nun erst man zu deuten
Und zum Schlimmsten auszulegen
Wie, wenn sie nun nicht ertrunken,
Weil das Wasser ihre Heimat?
Wie, wenn sie als Nixe lebte
Und mit List, Verrat und Tücke
Junge Männer an sich lockte,
Sie zu sich herabzuziehen
Oder in den Grund zu stoßen
Und ihr warmes Blut zu saugen,
Wie es alte Mären melden?
Schrecklich wär' es, ganz entsetzlich,
Wenn am Felsen hier ein Unhold
Friedlich frommes Volk bedrohte
Und dem schönen, grünen Rheine
Not und Schimpf und Schande brächte!
    So ward überall gemunkelt
In Goar, die alten Weiber
Zischten's erst sich in die Ohren,
Trugen's dann von Tür zu Türe,
Und die langen Abendstunden
Waren wie dazu geschaffen,
Spukgeschichten zu erzählen,
Die bald jeder glaubt' im Städtchen.
Das Gerücht nahm zu an Umfang,
Schon im ganzen Trechirgaue
Fand es immer festern Boden

Und wuchs schnell zur Aventüre.
Lurlei, hieß es, haust als Nixe
Unheil und Verderben bringend
In des Lurlenberges Nähe,
Teils hoch oben auf dem Felsen,
Teils im Rheine zwischen Klippen.
Dieser oder jener wollte
Schon bei Tag mit eignen Augen
Auf dem Felsen sie gesehen
Oder auch mit eignen Ohren
Ihren Sang vernommen haben.
Andre meinten noch, im Mondschein
Sah’ man deutlich auf dem Gipfel
Sich ein funkelnd Schloß erheben,
Hell erleuchtet, auf den Türmen
Zuckten rot’ und blaue Flammen.
Bald verrufen ward die Gegend
Um den Berg als nicht geheuer
Und, soviel es ging, gemieden.
Um den bösen Geist zu bannen,
Ward ein feierlicher Umgang
Angeordnet; Priester, Mönche,
Hunderte von Laien zogen
Mit Monstranz und Weihrauchfässern
Singend hin und her im Tale.
Doch es half nichts; ja man hatte
Deutlich durch die Bittgesänge
Ein verhöhnend teuflisch Lachen
Aus der Luft erschmettern hören,
Und es blieb dabei, daß Lurlei
Die gefährlichste der Hexen
Und durch keine Macht und Mittel
Wieder zu vertreiben wäre,
Seit sie bei den Fischersleuten
Einmal Fuß gefaßt im Lande.
   Peter Sandrog widersprach nicht,
Denn daß Lurlei Nixenbrut sei,
War ja seine eigne Meinung
Gleich von Anfang an gewesen.
Daß er aber dem Gerüchte
Nicht zu widersprechen wagte,
Das bestärkte noch die andern
In dem Glauben, und sie meinten:
Wenn der Peter reden wollte,
Käm’s zutage, der weiß sicher
Mehr als alle! Sie gedachten,
Daß sein offenkundig Fangglück
Und sein schnell gewachsner Wohlstand
Grade von der Zeit sich herschrieb,
Als das jüngste Kind gekommen.
Hatt’ er mit den dunklen Mächten,
Denen Lurlei zugehörte,

Selber einen Pakt geschlossen?
Also frug man sich, und alle.
Blickten wieder scheu und feindlich
Auf den Fischer, den man endlich
Alle Schuld an dem Verhängnis
Ohne weitres in die Schuh schob.
    Wieder war's der wackre Ratsherr
Henne Frei von Paffenau,
Der, sobald der Weg es zuließ,
Längs des Rheins von Oberwesel
Angeritten kam, um treulich
Seinen lieben Bruder Peter
Aufzurichten und zu trösten.
Leider kam er auch mit Nachricht,
Die besorglich klang und traurig
Und die, wie es zu erwarten,
Gleich das Volk mit raschem Urteil
In Zusammenhang und Einklang
Mit dem Lurleiglauben brachte.
    Im Verlauf des langen Winters
War auf nachbarlichen Burgen
Hier und dort ein junger Edler
Eines rätselhaften Todes
Unvermutet schnell verblichen.
Ritter Eberhard von Sponheim
Und die Junker Ernst von Aschbach
Und Gregor von Lorch begrub man,
Ohne daß sie krank gewesen.
Jedem einzelnen von ihnen,
Hieß es nun im Mund der Leute,
Wäre irgendwo im Walde
Lurlei wundersam begegnet,
Hätte mit den Hexenaugen
Ihm ins Herz geblickt und zaubrisch
Ihm das Todeslied gesungen.
Darauf wären sie unrettbar
Rasch dahin gesiecht, der eine
Von den dreien, Ernst von Aschbach,
Hätt' in heißen Fieberträumen
Stets von Lurlei nur gesprochen,
Als verführt von ihrem Liebreiz
Und von ihr zugrund gerichtet.
    Also meldete der Ratsherr
Und fuhr fort nach der Erzählung:
»Sieh, so geht nun das Gerede
Überall im ganzen Lande,
Und man ist auf euch Goarer
Schlecht zu sprechen, weil den Unhold
Ihr an eurer Brust genährt habt.
Ich für mein Teil bin so ratlos
Wie betrübt darüber, Peter;
Denn ich hab' allstets die Blonde

Herzlich lieb gehabt und habe
Dir nach Kräften widersprochen,
Als du schon das Unheil ahntest.
Jammern sollt's mich in der Seele,
Wenn so'n schönes, holdes Wesen,
Wie die Lurlei war, nichts Bessres,
Als ein Geist der Hölle wäre,
Und ich kann mich nicht drein finden.
Was an den Gerüchten wahr ist,
Sei dahingestellt, nicht alles
Ist erdacht wohl und erfunden,
Einen Haken hat die Sache.
Schlimm genug ist, daß sie's glauben,
Was gesagt wird, und du weißt ja,
Wie die Menschen stets bereit sind,
Auch das Tollste, das am liebsten,
Gläubig in sich aufzunehmen.
Jetzt schon zweifelt kaum noch einer
An dem Dasein der Verwünschten
Und an ihren Übeltaten,
Und die nach uns kommen, Peter,
Schwören drauf mit heil'gen Eiden,
Daß sich alles so begeben,
Wie man's ihnen überliefert,
Und in Gegenwart und Zukunft
Auch so bleibt; in Ewigkeiten
Wird der Rhein die Nixe Lurlei
Nicht mehr los von seinem Felsen.«
    Peter seufzte, Dankmod weinte,
Und Salvete saß und nickte
Stumpf und mürrisch mit dem Kopfe.
Heinrich lauschte Hennes Worten
Mit Begier, doch was er dachte,
Hielt er fest in sich verschlossen.
    Endlich aus dem Binger Loche
Blies der Tauwind durch das Tal hin,
Und nach ein paar warmen Tagen
War des Winters glänzend Ansehn
Stark verbraucht und mitgenommen.
Nicht mehr fleckenlos und leuchtend
War der Schnee, er sank zusammen
Unter einer harten Kruste,
Die bald offne Lücken zeigte,
Immer grauer ward im Schmelzen
Und an eingefallnen Rändern
Erdig braun und schmutzig aussah.
Vom Geäst der Bäume fiel er
Stiebend oder polternd nieder,
Rutschte von den steilen Hängen,
Und das Eis begann zu tauen.
Von den Felsen rann und tropft' es
Wässerig herab zum Grunde,

Und der Regen half von oben
Beim Zerstörungswerk und machte
Schnell des Winters Rüstung mürbe.
Unter seinem schweren Joche
Schwellend und den Frühling ahnend
Brauchte nun der Rhein die Kräfte,
Stemmte sich und hob und drückte,
Freiheitsdurstig, seinen Kerker
Aufzusprengen. Das Gewölbe
Knackt' und kracht' in allen Fugen
Donnerähnlich, weithin schütternd,
Und das Eis bekam im Zickzack
Oder grad' und strahlenförmig
Große Risse, die tagtäglich
Weiter auseinander klafften.
Aus dem obern Stromgebiete
Drängte gleicherzeit das Wasser
Wuchtig nach, und endlich, endlich
Barsten meilenlange Flächen,
Mit gewaltigem Getöse
Losgetrennt in Stücke brechend,
Setzten schwer sich in Bewegung,
Rollten, schoben sich auf andre,
Die noch fest und ruhig standen,
Türmten sich empor und stauten,
Bis vom ungeheuren Drucke
Diese auch zertrümmert wurden
Und stromunter langsam wichen.
Wie Belagerung und Abwehr
Zwischen ebenbürt'gen Gegnern
War der Kampf am Lurlenberge.
Unaufhörlich, unermüdlich
War von Süden her der Sturmlauf
Gegen den erhöhten Eiswall,
Der dem Angriff lange trotzte.
Wasserfluten stürzten schäumend
Drüber her, und schwere Blöcke
Wurden sausend wie Geschosse
Auf das Bollwerk zugeschleudert,
Eh es nachgab und zerbröckelnd
Sich in wilde Trümmer löste,
Die von den befreiten Strudeln
Jauchzend, brausend aufgefangen,
Hochgeschwungen und gestoßen,
Felsen schleifend, Bäume schälend
In des Ufers Überschwemmung
Stromhinab getragen wurden.
Einen wunderbaren Anblick,
Unbeschreiblich groß und herrlich,
Bot des Rheines voller Eisgang,
Wie das mächtige Geschiebe
Wogend, rauschend stolz dahin floß,

Gleich als wär' des Stromes Spiegel
Von Millionen weißer Segler
Ganz bedeckt, die schwankend, schaukelnd
Bord an Bord vorüber zogen.
Knirschend rieb sich Scholl' an Scholle,
Bäumte sich empor, sank unter,
Tauchte wieder auf, daß spritzend
Manchmal hoch die Wellen schlugen.
Aus dem Rauschen und dem Brausen
Klang's, als wenn mit dumpfem Schritte
Des geschlagnen Winterfeldherrn
Endlos lange Heeressäulen
In geordneter Bewegung
Durch das Tal den Rückzug nähmen.
    Als die letzte Scholle fort trieb,
Floß, geklärt vom Gletscherwasser
Aus den heimatlichen Alpen,
Prächtig grün der Rhein zum Tiefland,
Und mit jugendlicher Eile
Kam daher gestürmt der Frühling,
Räumte gründlich auf im Neste,
Richtete sich ein und übte
Lächelnd seine holden Wunder.
Knospen sprangen, Blätter grünten,
Vögel sangen in den Zweigen,
Und die ersten Blumen blühten.
Auch die Menschen kamen wieder
Aus den winterlichen Mauern,
Wanderten einher die Straße
Längs des Rheins, und jeder blickte
Still hinauf in Furcht und Neugier
Zu der Lei des Lurlenberges.

XVII. Heinrich

Frühsommer war's im Tale wieder,
Der Wald geschmückt, der Himmel blau,
Im Laube wogt' es auf und nieder,
Und an den Gräsern hing der Tau.
Weit ausgespannte Segel blinkten
Stromauf, stromunter auf dem Rhein,
Die Kränze vor den Schenken winkten,
Und durst'ge Wandrer kehrten ein.
Es war das alte lust'ge Leben
Mit seinem schwärmenden Genuß,
Wie's rauscht und rollt im Land der Reben
Und an dem ewig jungen Fluß.
Nur Heinrich wollte nichts erfreuen,
Nicht Vogellied, nicht Blütenglanz,
Und nichts verschlug, ihn zu zerstreuen,
Nicht Becher oder Kirmestanz.
Ihm wollte Lurlei seit dem Tage
Der Königswahl nicht aus dem Sinn,
Auf Schritt und Tritt trug er die Frage
Mit sich herum: wo war sie hin?
All die unzähligen Geschichten
Von ihrem Nixentum am Rhein,
Die mit ausführlichen Berichten
Todbringend arger Zauberei'n
Das Tal durchschwirrten allerwegen,
Vermochten nicht, sein treues Herz
So aus dem Tiefsten aufzuregen,
Als wie der eine große Schmerz
Seit der Entdeckung an ihm nagte,
Daß Lurlei, die er zwanzig Jahr
Als Bruder nur zu lieben wagte,
Nun doch nicht seine Schwester war.
Zwar lindernd Öl war's auf den Wogen,
Die wild durchstürmten seine Brust,
Daß ihn doch Lurlei nicht betrogen,
Weil sie es selber nicht gewußt.
Doch hätten sie's zur rechten Stunde
Gewußt, daß sie nicht blutsverwandt,
Sie hätten sich zum Lebensbunde
Wohl längst geeint mit Herz und Hand.
Und hätt' auch, wenn der Wunsch erwachte,
Der Vater offen ihm vertraut,
Was er von ihrer Herkunft dachte,
Er hätte fest darauf gebaut,
Daß er mit seiner Lieb' und Treue
Sie von der Nixenart geheilt,
Und wenn das nicht, auch ohne Reue
Das schlimmste Los mit ihr geteilt.
Nun war's zu spät; was beide trennte,
Unwiderruflich war's geschehn,

Und doch, ein Stern am Firmamente,
Stand Hoffnung noch auf Wiedersehn
In Heinrichs Nacht mit hellem Schimmer,
Der ihm aus Lurleis Augen kam;
Das war kein Abschied schon für immer,
Den sie bei Rhense von ihm nahm.
In ihrem Blick hatt' er's gelesen,
Dem letzten, den er vor ihr sah;
Er kannte sie, klar lag ihr Wesen,
Ihr ganzes Leben vor ihm da.
Daß einst im Wasser es begonnen,
Erfuhr er staunend hinterher,
Doch daß es darin auch zerronnen,
Das glaubt' er nun und nimmermehr.
Die kühne Schwimmerin ertrinken,
Die Taucherin in Strom und Bucht?!
Ihr bot des Rheines Wellenblinken
Nur einen sichern Weg zur Flucht.
Was in der Wut sie da gesprochen,
Da man als Hexe sie verschrie'n,
Den Stab schon über sie gebrochen,
Gab ihr Verzweiflung ein im Fliehn.
Was aber jetzt man von ihr sagte,
Daß sie sich hie und da gezeigt,
In Not und Tod die Männer jagte,
War er zu glauben sehr geneigt.
Seit Winters Ende spülte wieder
So manchen Toten aus der Rhein,
Und immer sollten Lurleis Lieder
Die Mörder der Ertränkten sein.
Das Suchen hatt' er aufgegeben,
Das lange Zeit er rastlos trieb,
Doch hofft' er, daß ihr Widerstreben,
Sich ihm zu nah'n, nicht dauernd blieb,
Und wünschte sich, ihr machtvoll Singen
Einmal zu hören, sollt' es auch
Unfehlbar ihn ums Leben bringen
Und er vergehn in Klang und Hauch.

    An jener kühlen Uferstelle
Genüber grad der Felsenwand,
Wo einstmals, starrend in die Welle,
Sie ihn im vor'gen Sommer fand,
Lag Heinrich nun im Busch und dachte
Sein Leben durch von Jahr zu Jahr,
Wie er's von Kindheit an verbrachte
Mit Lurlei hier in Sankt Goar.
Ihm stiegen aus vergangnen Tagen
Ach! sonnenhelle Bilder auf
Mit muntren Spielen, keckem Wagen
Und mit dem glücklichen Verlauf
Von manchem lust'gen Abenteuer

Das er zu Wasser und zu Land
In ungedämpftem Jugendfeuer
Mit Lurlei frohgemut bestand.
Vor Augen war ihm, wie sie blühend
Zur Jungfrau reifte schön und schlank,
Und wie dann mehr und mehr erglühend
Sein Herz ans Herz der Schwester sank.
Von Liedern, die sie ihm gesungen,
Manch eins ihm ins Gedächtnis kam,
Das ihm so seelenvoll erklungen,
Wie's nie ein andrer noch vernahm.
So ließ er die Erinnrung walten
Und lag mit ihrem Perlenschatz,
Die Hände unterm Haupt gefalten,
An seinem alten Angelplatz.
    Der Tag versank; die Berge hüben
Beschatteten bereits das Tal,
Nur Kamm und Kuppen waren drüben
Beleuchtet noch vom Abendstrahl.
Tief dunkelgrün erschien die Halde
Mit ihrem Laub an Strauch und Baum,
Nur von dem hochgelegnen Walde
Erglänzte noch ein breiter Saum.
Die Wände dort und scharfen Kanten
Vom nackten, braunen Felsgestein
Entzündeten sich nun und brannten
In einem rosenroten Schein.
Das Wasser floß um Bänk' und Riffe,
Die Wirbel schäumten zwischendrein,
Zum Hafen steuerten die Schiffe,
Und einsam ward es auf dem Rhein.
Nichts störte mehr den Abendfrieden,
Kein Streit, kein lärmendes Getön,
Die tiefste Ruhe war hienieden
Im Tal und oben auf den Höh'n.
Die Zweige über Heinrich schwebten
So still, daß sich kein Ästlein bog,
Kaum daß die Blätter leise bebten,
Wenn sie ein Lüftchen überflog.
Durch sie hindurch erblickt' er oben
Aufragend in des Himmels Blau
Und wie von eitel Gold umwoben
Des Lurlenberges stolzen Bau.
Just dort, wo Lurlei hausen sollte,
Sucht' er sie niemals, sah nicht ein,
Wie sie das Leben fristen wollte
Hoch auf dem obdachlosen Stein.
Doch heute trieb's, hinauf zu dringen,
Ihn mächtig aus der stillen Bucht,
Er wünschte sich des Falken Schwingen,
Sein Auge maß die finstre Schlucht,
Die zackig aufstieg aus dem Rheine,

Wo, wie ihm dünkte, Fuß und Hand
Hier am Gestrüpp, dort am Gesteine
Notdürftig Halt und Stütze fand.
Wenn er im Boote nicht verzagte,
Mit dem er hergekommen war,
Sich durchs Gewirr hinüberwagte,
Vielleicht bestand er die Gefahr.
Wie er noch sann und überlegte,
War's ihm, da er zum Gipfel sah,
Als wenn sich dort etwas bewegte;
Ein Flattern ward im Winde da,
Wie wenn Gewand sich bauscht' und blähte
Und vorgebeugt im Abendschein
Lurlei dort oben stünd' und spähte
Vom Fels hernieder auf den Rhein.
Sein Atem flog, sein Atem stockte,
Sein Blick nicht von der Höhe schied;
Wie, wenn sie nun ihn rief' und lockte –?
Da klang schon ein ergreifend Lied.

    Am Berge blinkt das Abendrot,
Die Sonne geht zur Ruh,
Fahr' unten dort in deinem Boot
Mir nicht vorüber du!
Einsam hier oben halt' ich Wacht
Und harr' in Liebe dein,
Und meine Sehnsucht Tag und Nacht
Ist tiefer als der Rhein.

    Oh kämest du herauf zu mir,
Wie wollt' ich dich empfahn!
Mit offnen Armen wollt' ich dir
Und heißem Herzen nahn.
Ich preßte dich und küßte dich
Ach! viele tausend Mal,
Und deine Huld erlöste mich
Aus meiner Unrast Qual.

    Wo auf der Erde festem Grund
Dein Fuß auch geht und steht,
Es lächelt nimmer dir ein Mund
So süß, wie meiner fleht.
Und wo auch immer weit und breit
Dich Wogengang umsprüht,
Find'st nirgend soviel Seligkeit,
Wie mir am Busen blüht.

    Komm, laß uns beide wohlgemut
In Liebesbanden sein!
Mit meiner ganzen Seele Glut
Bin ich in Freuden dein.
Komm, flüstre Wonnen in mein Ohr
Und ruh' an meiner Brust,
Blick' auf und schwinge dich empor
Zu dein' und meiner Lust!

Auf und hinab wie halb von Sinnen
Von dem berückenden Gesang,
Das andre Ufer zu gewinnen,
Heinrich in seinen Nachen sprang.
Zum höchsten spannt' er alle Kräfte
Wie ein Verfolgter auf der Flucht,
Es bogen sich die Ruderschäfte
Am Bord von seiner Stöße Wucht.
Er fuhr um Strudel hin und Schnellen
Und steuerte mit fester Hand
Durchs tosende Gesprüh der Wellen
Zum mühevoll erreichten Land.
Dann wandt' er sich in Hast und Eile
Seitwärts zu jener engen Kluft
Und kletterte hinan die Steile,
Als ging' es senkrecht in die Luft.
Wo Strauch und Wurzel halten wollte,
Krallt' er sich mit den Händen ein,
Und unter seinen Füßen rollte
Hinunter Erdreich und Gestein.
Vermessen war's, doch ward's gewonnen,
Das wolkenhoch gewagte Spiel,
Und eh er des sich recht besonnen,
War Heinrich am ersehnten Ziel.

Die Sonne drüben war gesunken,
Grau stand der Felsen, öd und leer,
Kein Strahl, kein goldner Himmelsfunken
Beglänzte seinen Scheitel mehr.
Heinrich erblickt kein lebend Wesen,
Wohin sein suchend Auge schaut,
Nur Ginster wächst und Hexenbesen,
Schwarzdorn und bräunlich Heidekraut.
Er schreitet vor, und an der Spitze,
In kaum verhüllendem Gewand,
Reglos gleich ihrem Felsensitze –
»Lurlei!!« – am luftumgebnen Rand
Wirft er sich taumelnd vor ihr nieder,
Und in des Glückes Überschwang
Jauchzt er: »Hab' ich dich endlich wieder?!
Dein Lied war's, Lurlei! dein Gesang!«
Mit einer Inbrunst ohnegleichen
Schaut er ihr strahlend ins Gesicht,
Doch ihr Erschrecken, ihr Erbleichen
Sieht er in seinem Jubel nicht.
»Wie hab' ich dich gesucht im Tale,
Das du geheimnisvoll durchschwebst,
Seit deiner Flucht vom Königsmale!
Nun seh' ich's, fühl' es, daß du lebst!
Doch wenn du nicht im Grabe schliefest,
Was hielt dich, welches Zweifels Scheu,

Daß du mich nicht schon eher riefest?
Du weißt es doch, ich bin dir treu!«
    »Heinrich! Dich hab' ich nicht gerufen,
Nicht dir sang ich mein lockend Lied,
Da ich auf diesen Felsenstufen
Von allen dich am meisten mied.«
Die Augen mit der Hand bedeckend
Seufzt sie wie unter Bergeslast,
Derweil er auf den Knien sich reckend
Mit beiden Armen sie umfaßt.
»Warum willst grade den du meiden,
Der so dich über alles liebt,
Daß es für ihn nach deinem Scheiden
Kein Glück mehr auf der Erde gibt?«
So forscht er mit verhaltner Klage.
Doch sie, das Antlitz abgeneigt:
»Erlaß mir Antwort auf die Frage!«
Erwidert sie und sitzt und schweigt.
»Mir,« spricht er, »schweben auf der Lippe
Mehr Fragen noch; oh sage nur:
Was schaffst du hier auf wüster Klippe,
Wo keines Menschenschrittes Spur?
Lurlei, die Rede geht am Rheine,
Du brächtest Tod dem, der dich sieht,
Und dem auch, der im Abendscheine
Erklingen hört dein schmelzend Lied.«
Sie stutzt, ein grausam Lächeln gleitet
Ihr triumphierend durchs Gesicht,
Dann wallt sie auf, und heftig streitet
Es in ihr, bis sie trotzig spricht.
»Wenn nun die Rede keine Märe,
Wenn's ohne Rettung, Wahl und Rat
Nun wirklich mein Verhängnis wäre,
Jäh zu verderben, was mir naht?
Und keinen, keinen dürft' ich schonen,
Den hierher sein Verlangen führt,
Und müßte Treu wie Untreu lohnen,
Von Gnad' und Mitleid ungerührt?«
Sie ist vom Sitz empor gesprungen,
Scheint ihm unnahbar, hünenhaft
In ihrer Schönheit, doch durchdrungen
Von alles Bösen Willenskraft.
Er ist vor ihr zurückgewichen,
Sie blickt ihn gar zu schrecklich an,
Als käm' die Tücke schon geschlichen,
Die auch auf sein Verderben sann.
    »So hättest – hättest wirklich alle,
Die jüngst in voller Kraft geknickt,
Verlockt von deines Liedes Schalle,
Du, Lurlei, in den Tod geschickt?!
– Oh sprich! sag' mir's mit einem Worte!
Bin ich denn auch verloren nun?

Du schaust so wild am wilden Orte,
Mein Blick kann nicht in deinem ruhn.«
    »Verlange nicht nach weitrer Kunde,
Zu wissen, wie das Schicksal wägt,
Und wann auch dir die letzte Stunde,
Du einzig Lieber, einmal schlägt.«
»Liebst du mich –« »Frage nicht!« sie schneidet,
Schon wieder kalt und hart, das Wort
Ihm ab, den herben Ton umkleidet
Kein Mitgefühl; streng fährt sie fort:
»Mir ist vergiftet und verdorben
Das Blut, das in den Adern kreist,
In meinem Herzen ist gestorben,
Was Lieben und Erbarmen heißt,
Und nun kommst du daher und weckest
Begrabnes auf mir in der Brust,
Und was, Unsel'ger, du entdeckest, –
Oh würd' es nimmer dir bewußt!«
Er lächelt trüb. »Ich kann es raten;
Was, Lurlei, dich um mich bedrängt,
Ist, daß wie andern, die dir nahten,
Auch mir der Untergang verhängt.
's ist Schicksals Hohn; – ich hatt' das Leben
Schon satt, weil's freudlos mir verrann
Und nun es gilt, es hinzugeben,
Lacht's mich auf einmal gnädig an.
Kannst du ihr noch ein Weilchen wehren,
Der Hand, die schon sich nach mir streckt,
Kannst du den Würger warten lehren,
Bis mich sein Kommen nicht mehr schreckt,
O dann, so tu's! noch säh' ich gerne
Des lichten Himmels freundlich Blau,
Den breiten Strom, die goldnen Sterne,
Den grünen Wald in Duft und Tau!
Und dich, dich, Lurlei, möcht' ich sehen
Noch diesen einen Sommer lang,
Hier oben knien, dort unten stehen
Und selig lauschen deinem Sang.
Laß mir dies holde, süße Leben,
Nur deinetwegen wünsch' ich's mir,
Sieh doch das Tal, den Rhein, die Reben,
Wie wunderschön sind sie mit dir!«
Sie schweigt, und nur ein frostig Schaudern,
Das fieberartig sie durchfährt,
Bekundet, wie's mit Zwang und Zaudern
Gewaltig in ihr braut und gärt.
Ihr ganzes Innre will sich wenden
Und bäumt sich auf in Kampf und Scheu,
Auch diesen in den Tod zu senden
Für alle seine Lieb' und Treu.
Und Heinrich fragt: »Sind diese Bande
Zu brechen so entsetzlich schwer?

Komm mit! weit weg in ferne Lande!
Dein Bruder bin ich ja nicht mehr!
In kleiner Hütte, still geborgen,
Wirst du mein Weib an meiner Brust,
Des Tages Müh'n, ja Not und Sorgen,
Doch, Lurlei! namenlose Lust –«
    »Reiß' mir das Herz in tausend Stücke,
Weil dir es nicht zu Dienst und Dank,
Doch sprich mir nicht von einem Glücke,
Heinrich, das uns in Nacht versank!
Flieh! flieh! ich will die Augen schließen,
Nicht sehn, wo du hinunter klimmst,
Kein Laut soll mir von Lippen fließen,
Wenn unten du im Nachen schwimmst.«
»Du liebst mich!!« – doch eh' er umwunden
Sie, die wie aus sich selbst entrückt,
Hält sie erbebend ihn gebunden
Und fest an ihre Brust gedrückt.
Ihr Busen stürmt, und hochgeschwungen
Ihr langes Haar im Winde weht,
Wie er mit ihr in eins verschlungen
Am schroffen Klippenhange steht.
Er will sie küssen, doch zu halten
Weiß sie abwehrend ihn geschwind,
Er ist in ihren Ringgewalten
Gefangen wie ein hilflos Kind.
Dann packt sie wie mit Löwenklauen
Ihn an den Schultern, hält ihn steif
Weit von sich ab, ihn anzuschauen,
Er fühlt im Schreck sich todesreif.
Gespenstisch funkeln ihre Augen
Und bohren sich in ihn hinein;
Will jetzt sie seine Seele saugen?
Ihn niederstoßen vom Gestein?
Sie aber schreit. »Ich dich verderben?
Niemals! und stünd' der Rhein drum still!«
Und schüttelt ihn, »du sollst nicht sterben!
Es komme draus, was kommen will!«
Dann reißt sie ungestüm ihn wieder
Verlangend an sich und erstickt
In Leidenschaft ihm Brust und Glieder,
Hält wie mit Klammern ihn umstrickt.
    Dumpf aus der offnen Tiefe schallet
Des Rheines Brausen an ihr Ohr,
Und überm Bergesrücken wallet
Blutrot der volle Mond empor.
Da läßt sie ihn aus ihren Schlingen,
Preßt sich die Brust, aus Wonn' und Weh
Ihr rasend Herz in Ruh zu bringen
Und winkt ihm schweigend, daß er geh'.
Er zögert; doch den Arm erhoben,
Weist nach der Schlucht sie hin und steht

Starr, unbewegt, von Grau'n umwoben,
Und Heinrich wendet sich und geht.
   Im Öden ihrer Felsenwohnung
Bleibt Lurlei sinnend, und es tagt
In ihr, was sie mit Heinrichs Schonung
Dem Schicksal gegenüber wagt.
In einem menschlich letzten Triebe,
Aufflackernd ihr noch einmal nur,
Hat sie dem Jugendfreund zuliebe
Verletzt der Tiefe heil'gen Schwur.
Und kaum allein, merkt sie ein Flirren,
Das durch die Lüfte huscht und flaut,
Es fliegt einher ein zuckend Schwirren,
Und furchtbar ist es, was sie schaut.
Aus Nebeln, die zur Höhe steigen,
Sieht sie entstellt und leichenfarb
Heranziehn in geschlossnem Reigen
Die alle, die sie schon verdarb.
Wie Geier kommen sie geflogen,
Aschgrau von Staub und Moderduft,
Umkreisen Lurlei hoch im Bogen
Und halten dann in freier Luft.
Lothar voran den Unheilbringern,
Versammelt hier aus Gruft und Grab,
Und alle deuten mit den Fingern
Auf Heinrich hohlen Blicks hinab.
Die Toten fordern den Lebend'gen
Blutdürstig als ihr Opfer ein,
Er soll wie sie dem unabwend'gen,
Wahllosen Fluch verfallen sein.
Lurlei erkennt die Spukgestalten,
Rafft sich empor und will die Hand
Beschirmend über Heinrich halten,
Doch eben biegt er um die Wand.
Sie weicht um keines Schrittes Länge,
Steht aufrecht wie aus erznem Guß,
Und vor dem grausigen Gedränge
Bleibt unerschüttert ihr Entschluß.
   »Was wollt ihr?« spricht sie zu den Schemen,
»Ihr aus des Todes Gastgemach?
Ihr sollt mir nicht den Liebsten nehmen,
Und nimmer send' ich ihn euch nach.«
   Die Schatten flattern hin und wider
In zappelnd unruhvollem Flug,
Sie zeigen auf zerbrochne Glieder
Und wo das Herz einst ihnen schlug.
   »Bringt sie doch her aus Brust und Kammer
Und türmt und schichtet sie zu Hauf!
Sie wiegen mir mit ihrem Jammer
Die Treue nicht des einen auf,
Das mir nur schlägt und stets geschlagen,
Das nichts von Glück und Hoffnung weiß,

Und das ich für sein mutig Wagen
Nicht brechen will auf eu'r Geheiß.«
    Die Geister in den Wolken strecken
Die Arme wie zum Schwur empor,
Und ihre bleichen Häupter recken
Sie grinsend aus dem Dunst hervor.
    »An meinen Schwur wollt ihr mich mahnen?
Was kümmert's euch? ihr schwuret auch.
Der dort sich rettet, soll nicht ahnen,
Daß tödlich meines Mundes Hauch.«
    Sie schütteln ihre blut'gen Locken
Und rücken näher noch heran,
Und wie sie rings auf Klippen hocken,
Ist Lurlei ganz in ihrem Bann.
Gleich unverschämten Bettlern starren
Sie lechzend, lauernd, totenstill,
Wie sie der Beute räubrisch harren,
Die ihre Gier ertrotzen will.
Lurlei erhebt die Hand, beschwöret
Und ruft. »Aus meinem Angesicht!
Hinab mit euch! ihr seht und höret,
Ich kann's nicht! und ich will es nicht!«
    Da regt der Wind die breiten Schwingen,
Die Schatten fliehn, der Nebel weicht,
Der Grund erdröhnt von einem Klingen,
Das murrend um den Felsen streicht.
Von unten kommt's herauf gezogen,
Es rauscht im Strome, sprüht und schäumt,
Es scheint, daß da mit Wall'n und Wogen
Die Tiefe wunderwirkend träumt.
Doch was sich nun in Wirklichkeiten
Begibt, ist über Traum und Trug:
Zum Richter im verbissnen Streiten
Berufen von der Geister Zug,
Hebt langsam sich von seinem Throne
Und taucht empor der Vater Rhein,
Im Mondlicht funkelt seine Krone,
Auf Wellen tanzt ihr Widerschein.
Er reckt sich, übersteigt die Wipfel,
Frei, mitten aus des Tales Schoß,
Wächst höher als des Berges Gipfel,
Gleich einer Säule, riesengroß.
Ein schleppend Nebelkleid umschließet
Die Schultern und des Körpers Rund,
Ein silberweißer Schleier fließet
Vom Bart hinab bis auf den Grund.
Darüber ragt, vom Mond beschienen,
Das mächt'ge, goldumblitzte Haupt
Und blickt mit drohend ernsten Mienen
Auf Lurlei, die der Kraft beraubt,
Die Augen kaum zu ihm erhebend,
Dem Zorn im Götterangesicht

Nicht widerstehen kann und bebend,
Von Schreck gelähmt, zusammenbricht.
Sie liegt am Boden, ringt und windet
Sich vor des Hohen Machtgebot,
Das streng an ihren Schwur sie bindet,
Und stöhnt: »Ich sing' ihn in den Tod!«
    Heinrich, des Abstiegs Fährlichkeiten
Entronnen an des Ufers Saum
Und noch in allen Herzenssaiten
Den Nachklang vom erlebten Traum,
Beschritt sein Boot und fuhr vom Lande
Ins wilde Wasser grad' hinein
Zur Rückkehr nach dem andern Strande
Noch in des Mondes vollem Schein.
Denn Wolken stiegen auf und flogen
Erst einzeln, Schwänen gleich daher,
Gesellten dann sich und bezogen
Den Sternenhimmel mehr und mehr.
Der Wogen Sturz und Schwall umspülte
An Bug und Bord den leichten Kahn
Und brandete und schäumt' und wühlte
Auf klippenübersä'ter Bahn.
Heinrich bedarf zu neuem Wagen
Vorsichtigster Besonnenheit
Und aller Kraft, sich durchzuschlagen,
Wo rings Verderben nah bereit.
Und jetzt, im Kampfe mit den Wellen,
Mit denen er ums Leben ringt,
Hört er Gesang die Nacht durchschwellen,
Er horcht zur Höhe, – Lurlei singt!
Es schallt in diesen Felsenwänden
So mächtig, daß er, flutumrauscht,
Die Riemen lässig in den Händen
Und die Gefahr verachtend lauscht.
    Am Himmel wandelt
Der Sterne Heer
Und strahlt und leuchtet
Auf Land und Meer.
Sie messen die Zeiten,
Sie wissen und leiten
Mit ewigem Blick
Der Menschen Geschick.
    Mal schließet einer
Sein Auge zu,
Dann geht auf Erden
Ein Herz in Ruh.
Doch weiter wandern
Im Raume die andern
Und schauen herab
Aufs blumige Grab.
    Wer aus den Armen
Der Liebe schied,

Dem singt die Liebe
Das letzte Lied.
Und hört er's schallen,
Weiß er, gefallen
Ist ihm das Los
Aus dunklem Schoß.
        Beim schwebenden Gesang erzittert
Ihm schwer und ahnungsvoll das Herz,
Von der Geliebten Hauch umwittert,
Fühlt er der Trennung bittern Schmerz.
Die Wogen werfen nach Belieben
Den Nachen, weil er ungelenkt,
Von Strom und Gegenstrom getrieben,
Sich zwischen Wirbeln hebt und senkt.
Was blüht, das welket,
Vom Winde zerstiebt;
Dich hielt ich am Herzen,
Dich hab' ich geliebt.
Nun mußt du geben
Dein Blut und Leben,
Hoch oben hier
Versing' ich's dir. Heinrich, von Liebesweh ergriffen,
Hat nur für Lurlei Aug' und Ohr,
Sehnsüchtig, mitten in den Riffen,
Schaut er zur Sängerin empor. Die Wellen brausen
Um deinen Kahn,
Und ihr Vollbringen
Ist rasch getan.
Sieh her! noch blinket –
Und jetzt schon sinket
Dein Stern zur Ruh, –
So sink' auch du! Da packt im Augenblick den Nachen
Ein Strudel, daß er sausend kreist,
Sich aufbäumt und der schwarze Rachen
Heinrich hinab zur Tiefe reißt. –

        Auf weiß umschäumter Klippenbarre,
Um die hochan die Wellen gehn,
Liegt Heinrich nun in Todesstarre,
Und jede Welle will ihn sehn.
Die Luft bestreicht ihn lind und leise,
Geruhig scheint des Mondes Licht
Aus eng gewordnem Wolkenkreise
Ihm in sein friedlich Angesicht.
Und Lurlei kniet am Rand daneben,
Beugt sich hinab und horcht und späht,
Ob sich noch eine Spur von Leben
Durch einen Atemzug verrät.
Und als er endlich im Erwachen
Die schweren Augenlider hebt
Und durch die Züge nun, die schwachen,
Ein halb verklärtes Lächeln schwebt,

Umschlingt sie sanft ihn, legt dann wieder
Ihn leise bettend auf den Grund,
Wirft in Verzweiflung selbst sich nieder
Auf ihn und – küßt ihn auf den Mund.
Da zuckt er auf, noch einmal sammelnd
Die letzte Kraft, »Lurlei! – o du!
In deinen Armen –« haucht er stammelnd,
»Ach! stirbt's sich süß –« schnell fährt sie zu
Und preßt so lange Lipp' auf Lippe,
Bis sie kein Leben mehr verspürt
Und er sich endlich auf der Klippe
Im Kusse sterbend nimmer rührt.
    Lurlei erhebt sich, sitzt noch lange
Bei dem Entseelten hier und sinnt,
Doch über ihre blasse Wange
Nicht eine warme Träne rinnt.
Dann nimmt den Toten im Umfassen
Sie mit sich in die Flut hinein,
Ihn nicht dem Spiel der Well'n zu lassen,
Und schwimmt mit ihm hinab den Rhein.
Sie wiegt und hält in stummen Schmerzen
Den jungen Leib mit Arm und Hand
Und trägt ihn so an ihrem Herzen
Zu seinem heimatlichen Strand.
Und wie sie durch des Stromes Schwellen
Hinfließend ihn zur Ruhe bringt,
Da singen um sie her die Wellen,
Daß es im Wasser leise klingt:
    Still trage den Toten
In unserm Geleit,
Hast selbst ihn entboten
Und uns ihn geweiht.
Wir Trauernden können
Nun endlich dir gönnen,
Von Lieben und Leiden
Auf ewig zu scheiden.
Nun throne hoch oben
Nach Martern und Müh'n,
Laß Sturm dich umtoben
Und Lenz dich umblühn.
Jahrhunderte spinnen
Ihr Garn und verrinnen,
Kalt wirst du sie sehen
So kommen wie gehen.
Wir Wellen im Rhein
Beim sinkenden Schein,
Wir wollen den süßen
Liedern dir lauschen
Und wollen zu Füßen
Dir fluten und rauschen
Und rauschen und rauschen.
– Nun will die Nacht im Finstern walten,

Der ganze Himmel ist bedeckt,
In des Gewitters schwere Falten
Hat schüchtern sich der Mond versteckt.
Es blitzt, die ersten Donner rollen;
Hoch wieder auf dem Felsen steht
Bewegungslos im Schauervollen
Lurlei und spricht, vom Sturm umweht:
»Ich hab' mein blutend Herz bezwungen,
Dem Liebsten auch beim Wiedersehn
Hab' ich das Todeslied gesungen,
Hab', unerweicht von seinem Flehn,
Ihn um der Liebe Glück betrogen,
Im Wellenkampf ihn rasch besiegt
Und selbst ihm aus der Brust gesogen
Den letzten Hauch, – das Opfer liegt!
Nun, Schicksal, laß hier oben hausend
Mich meinen Schwur erfülln mit Macht,
Gib tausend nun und aber tausend
Mir für den einen dieser Nacht!
Ich will sie fangen und verderben
Mit listig lockendem Gesang,
Gebrochnen Herzens solln sie sterben,
Ersticken in der Sehnsucht Drang.
So lang dort unten noch im Grunde
Die Wellen rauschen ums Gestein,
So lang solln auch aus Lurleis Munde
Noch Lieder klingen auf dem Rhein!«

Im Burschenband

Die Zeiten wechseln und jagen,
Umwandelnd waren schon
Seit König Ruprechts Tagen
Vierhundert Jahr entflohn.
Die Burgen waren verfallen
Zu Trümmern, wüst und leer,
Und Ritter und Vasallen
Dahin mit Schild und Speer.
Und Rost und Würmer nagten
Im Städtchen an Riegel und Tor,
Bemooste Türme ragten
Aus bröckelnden Mauern empor.
Wohl andre Ratsherrn gingen
Zu Rate nun und Wein,
Und andre Fischer fingen
Den Salmen aus dem Rhein,
Als da in Herrlichkeiten
Graf Dieter hielt Lehensschau
Zu Peter Sandrogs Zeiten
Und Frei's von Paffenau.
Doch in dem alten Bette
Floß noch der breite Strom
Durch seiner Berge Kette
Vorüber an Stadt und Dom.
Er hatte Kriegsgefahren
Und Mord und Brand gesehn,
Von räuberischen Scharen
War ihm viel Leids geschehn.
Doch sein Gelände grünte
Von Reben hoch hinauf,
Mit Traubenblute sühnte
Er schwerer Zeiten Lauf.
Der Sorgen schnell vergaßen
Leichtherzigen Geschlechts
Die lustigen Zecher und saßen
Am Ufer links und rechts.
War Frieden nur im Lande,
So war auch Fröhlichkeit,
Und an des Bechers Rande
Hing Leben und Seligkeit.
    So war denn nach dem Lesen
Mal wieder in Sankt Goar
Ein guter Herbst gewesen;
Ein Weinchen, frisch und klar,
Versprach der Most zu werden,
Der aus der Kelter floß,
Und den zum Trost auf Erden
Man in die Fässer goß.
Schon ward das Laub der Reben
Am Berge goldig braun,

Der Sommerfäden Weben
Flog über Dach und Zaun.
Durchdringend schien mit Locken
Der Morgensonne Strahl,
Die Luft ging warm und trocken
Durchs herbstlich bunte Tal,
Daß man den Staub sah streichen,
Der auf den Wegen lag, –
Es gab nach allen Zeichen
Heut einen durst'gen Tag.
Drum ward er auch gesegnet
Den Braven in Sankt Goar,
Denn was nicht oft begegnet,
Ward ihnen freudig wahr.
Beim Zollhaus, das am Rheine
Aus alten Zeiten stand,
War's, wo die halbe Gemeine
Sich heut zusammenfand.
Sie lachten und trieben Possen
Und jubelten, dicht gedrängt
Um einen, der geschlossen
Ins Burschband war gezwängt.
Es war an die Mauerfließen
Geschmiedet ein breiter Ring
Zum Öffnen und zum Schließen,
Daß er den Hals umfing.
Der Fremde kam gegangen
Und frug nach einem Wirt,
Da hatten sie ihn gefangen
Und in das Eisen geschirrt.
Wie an den Pranger gekettet,
Stand er voll Ungeduld,
Als hätt' er das Leben verwettet
Durch eine schwere Schuld.
»Spielt also man zu Lande,«
Rief er, »dem Gaste mit?
Führt hier zu Schimpf und Schande
Des freien Wandrers Schritt?
Nichts hab' ich angezettelt,
Was Sitte nicht erlaubt,
Gestohlen nicht, noch gebettelt,
Gemordet oder geraubt;
Hab' einen Paß zum Reisen
Von löblicher Polizei,
Drum aus dem verwünschten Eisen
Gebt gleich den Hals mir frei
Und lasset meine Straßen
Mich weiter ziehn in Ruh!«
Da lachten sie über die Maßen
Und riefen ihm spöttisch zu:
»Daß du zum Morden und Rauben
Nicht hergekommen bist,

Das wollen wir dir glauben,
Doch bist du auch ein Christ?
Wir lassen dich nicht laufen
Als Heiden in die Welt,
Wir müssen dich erst taufen,
Das Becken ist bestellt.
Die Ehre seit Karl dem Großen
Man hier dem Gast erweist,
Du mußt dich nicht dran stoßen,
Daß sie das Hänseln heißt.«
    »Ich nehme sie für genossen
Und sag’ euch allen Dank.
Auch eh ihr mich begossen
Mit Karls des Großen Trank!«
    »Nein, nein! es muß was fließen,
Eh zu den Christen du zählst,
Sag’ nur, ob zum Begießen
Du Wein oder Wasser wählst.«
    »Nun gar noch! ich und Wasser?
Und darum an den Rhein?
Ist mal eu’r Brauch ein nasser,
Tauft wenigstens mit Wein!«
Da jauchzten sie ohn’ Ende
Und schlossen ihn los im Nu
Und schüttelten ihm die Hände
Und lachten und sprachen dazu:
»Die Antwort war nicht übel,
Denn hätte das Wasser gesiegt,
Hätt’st einen vollen Kübel
Du über den Kopf gekriegt.«
Sie zogen in hellem Haufen
Mit ihm zur ›Lilie‹ hin,
Und da begann das Taufen
Erst recht nach ihrem Sinn.
Er hielt die wackern Zecher
Dort auf sein Kerbholz frei
Und trank aus silbernem Becher
Aufs Wohl der Kumpanei.
Ihm ward die Kehle zum Lohne
Fürs Burschband brav genetzt,
Und eine goldne Krone
Ward ihm aufs Haupt gesetzt.
Und haften mit ihnen blieb er
Im uralten Wirtshaus am Rhein,
Ins Hänselbuch aber schrieb er
Clemens Brentano sich ein,
Poet von Stand und Wesen; –
Sie glotzten ihm ins Gesicht,
Denn keiner hatte gelesen
Von ihm ein einzig Gedicht.
    Und wie sie nun so saßen
Ums aufgelegte Faß,

Die Trinkerkräfte maßen
Und plauderten dies und das,
War heimisch bald geworden
Der Fremdling im Verein
Und sprach. »Vom Hänselorden
Ihr lieben Brüder mein,
Habt ihr so schöne Sachen,
Die einem den Aufenthalt
So angenehm hier machen,
Nicht mehr noch der Gestalt
Wie eure Mordskravatte,
Fein zierlich, fest geknüpft,
Die um den Hals ich hatte,
Und draus ich kaum entschlüpft?
Ich möchte den Ruhm euch mehren
Um andre Dinge noch,
Als um das Heidenbekehren
Im runden Eisenjoch.«
Sie horchten auf mit Staunen,
Ob das sein Ernst wohl sei,
Dann ging durch sie ein Raunen,
Sie dachten an Lorelei.
Und einer vom Gelage
Erbat das Wort für sich.
»Uns wundert deine Frage,
Denn, Bruder Clemens, sprich,
Hast du noch nichts erklingen
Von Lorelei gehört,
Der Zauberin, die mit Singen
Die Männerherzen betört?
Auf jenem Fels dort hauset
Die schöne, schlimme Fei,
Vor der dem Schiffer grauset,
Fährt unten er vorbei.
In Unglück und Verderben
Lockt sie mit ihrem Lied,
Vor Liebesweh muß sterben,
Wer's hört und wer sie sieht.«
Die Reihe, zu erstaunen,
Nun an Herrn Clemens kam,
Hoch zog er die Augenbraunen,
Als er die Rede vernahm.
Und schnell mußt' er erwidern:
»Eine schöne Zauberin?
Und die mit Liebesliedern
Berückt der Männer Sinn?
Hat nie ein kühner Streiter
Den Kampf mit ihr gewagt?
Spinnt mir das Märlein weiter,
Und was ihr wisset, sagt!«
    »Du wirst nicht viel erfahren;
Nur noch zu künden bleibt,

Daß hier seit grauen Jahren
Sie schon ihr Wesen treibt.
Und vielen hat sie, vielen
Gebracht den Untergang
Mit Locken und mit Spielen
Und zaubersüßem Sang.
Es steht im Totenbuche
Bei manchem, der verschied:
›Gestorben an Lurleis Fluche,
Verdorben von Lurleis Lied‹.«
»Hört,« sprach Herr Clemens wieder,
»Ich fahr' in Fröhlichkeit
Durchs Reich und fahnd' auf Lieder
Aus altvergangner Zeit.
Sie quellen in aller Runde
Aus unversieglichem Born
Und tönen in Volkes Munde
Gleich einem Wunderhorn.
Könnt singen ihr oder sagen
Ein Lied der Lorelei,
Daß ich es heim kann tragen
In meine Bücherei?«
Sie schüttelten mit Verneinen:
»Nicht einer, dem sie sang,
Kam lebend zu den Seinen,
Weil ihm das Herz zersprang.
So konnte keiner melden
Das Lied, dem er gelauscht,
Von all den jungen Helden,
Die sie damit berauscht.
Drum laß den Rat dir taugen:
Bleib ihrem Felsen fern,
Daß nicht vor ihren Augen
Dich läßt dein guter Stern!
Sie sitzt im Abendscheine
Und strählt ihr langes Haar,
Blickt lauernd hinab zum Rheine
Und singt dich in Gefahr.«
    Des Dichters Tiefblick klebte
An seines Römers Rund,
Ein sinniges Lächeln schwebte
Um seinen blühenden Mund.
Sie weckten ihn aus Träumen.
»Wohlauf, du grübelnder Mann!
Laß klingen, laß brausen und schäumen,
Was über die Seele dir rann!
Das ist das beste beim Trinken
Hier unter den Reben des Rheins,
Daß Grillen und Sorgen versinken
Wie nirgends in Wellen des Weins.
Hier schwinden die schwersten Bedenken,
Heimweh und Kummer und Schmerz,

Hier wird beim Becherschenken
Dir federleicht das Herz.
Stoß an auf Freiheit und Leben,
Auf Lust und Liebesglück!
Du hast dich uns einmal ergeben,
Sehnst immer dich wieder zurück.«
Anstimmten die fröhlichen Zecher
Das Lied ›Bekränzt mit Laub
Den lieben vollen Becher!‹
Und löschten den brennenden Staub.
    So saßen sie in der Lilie
Und hielten mit Bedacht
Weltlustige Vigilie
Bis spät nach Mitternacht.
Sie tranken, die Römer schwingend,
Dem Bruder fleißig zu
Und trugen ihn auch singend
Ins Bett hinein zur Ruh. –
    Die liebe Sonne lachte
Schon hoch am Himmelsraum,
Als Clemens ächzend erwachte
Aus einem schweren Traum.
Ihm träumt', er wäre voll Würde
Ein Bischof, fromm und reich,
Von vieler Jahre Bürde
Sein Scheitel silberbleich.
Und zu ihm käme geschritten
In seine Sakristei
Mit flehentlichen Bitten
Die schöne Lorelei.
Die Augen blitzten und blinkten,
Es glänzt' ihr goldnes Haar,
Die Lippen lockten und winkten
Ach! süß und wunderbar.
Sie bat ihn, sie vom Bösen
Und von dem ewigen Fluch
Zu retten und zu lösen
Mit seinem heiligen Buch.
Sie wollte nicht mehr auf Erden
Verführen der Männer Herz,
Sie wollt' eine Nonne werden
Und büßen in Pein und Schmerz.
Er aber schrak zusammen;
Vor ihren Blicken stand
Sein eignes Herz in Flammen
Trotz seinem Bischofsgewand.
»Ich kann den Zauber nicht bannen,
Der dir in den Augen liegt;
Zieh ungelöst von dannen,
Du hast auch mich besiegt!
Erst blickte sie stumm und traurig
Ihm in sein frommes Gesicht,

Dann lachte sie schrill und schaurig:
»Herr Bischof, verfangt Euch nicht!
Wollt wahren Ihr Herz und Glauben,
Kommt niemals an den Rhein
Und trinkt in rheinischen Lauben
Nie einen Tropfen Wein!
Die Reben und die Minne,
Sie geben Euch nimmer frei,
Und um Verstand und Sinne
Bringt Euch die Lorelei.«
Sie wandte sich, ihn zu lassen;
Doch plötzlich wieder jung,
Wollt' er sie rasch umfassen
Mit seiner Arme Schwung.
Da fühlt' er mit Schrecken und Schnaufen
Am Hals ihre würgende Hand,
Als wär' er noch einmal zum Taufen
Ins Burschband eingespannt.
Die Hänselbrüder umstunden
Ihn wieder, ein ganzer Hauf,
Doch Lurlei war verschwunden, –
Und keuchend wacht' er auf.
     Fürbaß die Wanderpfade
Zog Clemens frank und frei
Und machte die Ballade
Von der schönen Lorelei.
Das Lied ging in die Runde,
Kehrt' allerwegen ein
Und brachte der Welt die Kunde
Von der Zauberin am Rhein.
Die sitzt in Ewigkeiten
Auf ihrem Berg und singt
Und sieht das Schifflein gleiten,
Das euch vorüberbringt.
Wenn ihr sie seht und höret,
So nehmt eu'r Herz in acht,
Daß sie euch nicht betöret
Mit ihrer Liebesmacht!